作者像

作者简介

程正民，1959 年毕业于北京师范大学中文系。曾任苏联文学研究所副所长、《苏联文学》杂志常务副主编、北京师范大学中文系系主任。现为北京师范大学文学院教授，北京师范大学文艺学研究中心专职研究员。主要研究俄苏文论和文艺心理学。

主要著作有《俄苏文学批评史》《20 世纪俄苏文论》《列宁文艺思想与当代》《巴赫金的文化诗学》《从普希金到巴赫金》《俄国作家创作心理研究》《创作心理和文化诗学》《艺术家个性心理和发展》等。

内容简介

本书试图以俄罗斯诗学为例，从理论研究和个案研究相结合的角度，探讨跨文化诗学。

在理论部分，突出对话思想对跨文化研究的理论价值和重要意义。运用巴赫金的对话思想，指出对话是人类重要的生活方式和生存状态，是一种世界观和思维方式，人类文明的发展史就是跨文化对话的历史，人类诗学的发展史也是跨文化诗学对话的历史，跨文化是一种文化对话，跨文化诗学也是一种诗学对话。从这种观点出发，书中对跨文化诗学的可能性和意义、前提和领域，诗学异质性和民族文化精神的关系，跨文化诗学对话的态度、方式和旨归等问题进行了具体的阐释。

在个案研究部分，具体探讨了 20 世纪俄罗斯诗学如何在跨文化语境中得到新的发展，焕发出新的生机；在文化诗学问题上钟敬文和巴赫金如何进行对话；巴赫金诗学如何在跨文化语境中得到发展；俄罗斯形式结构诗学如何在跨文化语境中产生蝶变；以及俄罗斯宗教哲学和俄罗斯文学的关系、小说诗学和民间文艺学的关系等问题。这些个案研究为跨文化诗学研究提供了具体生动的内容，也深化了跨文化诗学研究的理论思考。

［法］金丝燕 董晓萍 主编

“跨文化学导论”丛书之六

跨文化诗学
——以俄罗斯诗学为例

程正民 著

中国大百科全书出版社

图书在版编目（CIP）数据

跨文化诗学：以俄罗斯诗学为例／程正民著．—
北京：中国大百科全书出版社，2022.11
（“跨文化学导论”系列）
ISBN 978-7-5202-1244-1

Ⅰ．①跨… Ⅱ．①程… Ⅲ．①诗学－诗歌研究－俄罗
斯 Ⅳ．① I512.072

中国版本图书馆 CIP 数据核字（2022）第 215828 号

出 版 人　刘祚臣
策 划 人　曾　辉
责任编辑　易希瑶　曹　来
封面设计　程　然
责任印制　魏　婷
出版发行　中国大百科全书出版社
地　　址　北京市阜成门北大街 17 号　　邮政编码　100037
电　　话　010－88390969
网　　址　http://www.ecph.com.cn
印　　刷　北京汇瑞嘉合文化发展有限公司
开　　本　787mm × 1092mm　1/32
印　　张　14.25
字　　数　217 千字
印　　次　2022 年 12 月第 1 版　2022 年 12 月第 1 次印刷
书　　号　ISBN 978-7-5202-1244-1
定　　价　78.00 元

[法] 金丝燕 董晓萍　主编

“跨文化学导论”系列

“跨文化研究”丛书（109）

教育部人文社会科学重点研究基地重大项目

“跨文化学理论与方法论”

（项目批准号：16JJD750006）

青海省人民政府 - 北京师范大学高原科学与可持续发展研究院与

北京师范大学跨文化研究院“丝路跨文化研究”重大项目

（项目批准号：19JJD750003）

综合性研究成果

教育部人文社会科学重点研究基地

北京师范大学民俗典籍文字研究中心

青海省人民政府 - 北京师范大学高原科学与可持续发展研究院与

北京师范大学跨文化研究院“ 丝路跨文化研究”重大项目组

资 助 出 版

“跨文化研究”丛书
编辑委员会

序 言

跨文化学导论，以多元、多学科、多语种为架构，以“多”组合的“跨”为研究平台，将理论研究与扎实的个案研究相结合，整体形成“跨文化学导论”丛书。

参与这一理论架构的每一位学者，都是各自学科的代表。他们在跨文化学的平台上，参加学科建设，写各自“导论”，这符合跨文化研究新学科的要求，此前并无先例。

跨文化学的学科发生地在中国，这是必然的。几十年前，跨文化研究活动已在中国大地兴起，在北京大学和南京大学得到开拓，在北京师范大学发展，经过坚持不懈的努力，直至今天，已打下一定的基础。

跨文化学的学科建设有三个维度：

一是研究维度。建立跨文化研究的国际化网络，定方向、定点、定期、定人、定主题，铺设跨文化研究的理论框架。

二是教学维度。建立跨文化多点式的国际化教育基地，举办跨文化学研究国际暑期学校、创设高端博士生研修课程，联合培养硕士和博士，加强高级访问学者、青年教师和博、硕研究生的交流。

三是出版维度。已有五条轴线：

※ 中法合作学术期刊《跨文化对话》

（乐黛云、[法]李比雄主编）

※ 中法合作“远近丛书”

（乐黛云、[法]金丝燕、董晓萍主编）

※ 中法合作“跨文化研究平台”丛书

（乐黛云、[法]金丝燕、董晓萍主编）

※ 教育部人文社科重点研究基地十三五规划重大项目综合性研究成果

“跨文化研究”系列丛书

※ 教育部人文社科重点研究基地重大项目综合性研究成果

“跨文化学导论”丛书

（[法]金丝燕、董晓萍主编）

方法论是跨文化学的聚焦点，也是一种思想原则，包括“跨文化性”“文化转场”与“跨文化对话”。

专业研究的精微、思想创新的引领，是跨文化学的灵魂。老一代学者已经留下经典。超越文本的单语化，尽量多语化，至少双语化。

国际性是跨文化学产生影响的方式。

跨文化学的工作目标，既为今天和明天，也为长时段的历史研究提供当时已经书写而非追述的学术文献。

2021 年 1 月 30 日

目 录

中　编　跨文化诗学个案研究（一）

下 编 跨文化诗学个案研究（二）

前　言

为了加强跨文化研究的理论建设，北京师范大学跨文化研究院决定以系列著作的形式，编写“跨文化学导论”，并邀我参加这项工作。我的本行是文艺学，研究重点是俄罗斯诗学，近几年才开始参与跨文化研究。这本书仅仅反映我这几年运用跨文化学的理论和方法研究俄罗斯诗学的一些心得，以及从中引发的对跨文化研究的一些理论思考。

跨文化研究的基础是个案研究，离开它跨文化研究就无从谈起，我的跨文化研究就是从俄罗斯诗学的个案入手的。从宏观的角度，我考察了 20 世纪俄罗斯诗学如何既向西方诗学开放又植根于俄罗斯诗学的传统，如何在跨文化语境中焕发出新的生机。从微观的角度，我探讨了在文化诗学问题上钟敬文和巴赫金的对话、跨文化语境中的巴赫金诗学、俄罗斯形式结构诗学如何在跨文化语境中产生蝶变，以及俄罗斯宗教哲学和俄罗斯文学关系、小说体裁和民间文化关系等问题。这些跨文化的宏观研究和微观研究，给我的俄罗斯诗学研究带来了新的活力，深化了俄罗斯诗学的研究。

跨文化研究不能满足于个案研究，它的发展急需得到理论的提升。我的俄罗斯诗学跨文化研究，为跨文化研究和跨文化诗学研究提供了具体的、生动的内容，也促成我对跨文化研究的理论思考，书中的“对话论”“跨文化对话论”“跨文化诗学论”和“跨文化研究与巴赫金的对话思想”，就是我对跨文化研究的一些看法。其中我突出了对话思想对跨文化研究的理论价值和重要意义。根据巴赫金的对话思想，我把对话看作是人类重要的生活方式和生存状态，指出它渗透到人类生活的各个方面，当然也渗透到文化和文学艺术的各个领域。我认为对话的前提是承认人的主体性、人的独立价值，是承认差异，承认多样，承认多元，对话不仅是一种话语形式，更是一种世界观和一种思维方法，人类文明发展的历史就是跨文化对话的历史。按照我的理解，跨文化研究就是跨文化对话，跨诗学研究就是跨诗学对话。我们只有对于对话思想有更深入的理解，跨文化研究和跨文化诗学研究才有可能得到进一步的发展。

上　编

跨文化诗学的理论研究

第一章

对话论

当代社会生活中，对话已经成为一个最热的词汇和最普遍的社会现象。无论在国际政治生活中、国内政治生活中，还是在思想文化领域和日常生活中，处处充满对话。对话正在深刻影响当代社会生活的发展，当代政治、经济、文化、思想的发展。对话尽管如此重要，但我们对于对话的思想内涵，对话思想的历史发展，对话的原则、条件、方式，以及对话的旨归，都缺乏系统和深入的阐发。从理论上研究对话思想当然有很大难度，但值得一试，因为它对社会政治、经济和文化的发展至关重要。

一、对话思想的历史渊源

翻阅多种辞书、百科，很难看到对“对话”一词的现代阐释，一般都把它当作一种文体来看待，视之为“对白”。《现代汉语词典》视“对话”为“对白”，称“戏剧、电影中角色之间的对话”。在《辞海》中，对话亦为对白，称“戏剧名词，戏剧中角色的相互对话，是剧本中台词的主要部分”。《苏联百科辞典》则把对话扩大到政论和哲学文体，称对话是“戏剧表现性格和剧情发展的基本手法之一，也是散文的手法之一（诗中罕用）。对话也是独立的政论和哲学文体（如《柏拉图对话集》）”。[1]

显然，对话最早是被视为一种文体，先是戏剧中的对白，后来扩大到政论文体、哲学文体。按照巴赫金的说法，古希腊较早出现的对话文体是“苏格拉底对话”。[2]在他看来，苏格拉底对话体形成的基础是“关于真理和人们对真理的思考都有对话本质这一见解”。他把通过对话寻求真理同“郑重的对白”对立起来，认为真理不

---

[1]《苏联百科词典》，北京：中国大百科全书出版社，1986，第325页。

[2]［俄］巴赫金（M. M. Бахтин）《巴赫金全集》（第五卷），白春仁、顾亚铃译，石家庄：河北教育出版社，1998，第143—147、173—174页。

是产生和存在于某个人的头脑里，而是在共同寻求真理的人们之间产生的。同时，他认为苏格拉底对话的主人公都是思想家，“苏格拉底对话在欧洲文学史上第一次塑造了思想家的主人公”。他指出苏格拉底对话的基本手法是把对同一事物的不同意见加以对比的对照法，是以激活、引发对方发表意见的引发法。在苏格拉底之后，写过“苏格拉底对话”的有柏拉图等人。柏拉图的著作几乎都是用对话写成，把对话作为一种独立文体，作为一种独立的文学形式用于学术讨论。其特点是在于侧重揭露矛盾、层层深入，最后得出结论，让人看到思想辩证发展的过程。按巴赫金的说法，柏拉图在第一、二期的写作中还是承认对话的真理本质，但到了创作后期，内容的独白化就开始使苏格拉底对话的形式解体。

巴赫金以“苏格拉底对话”为例论述了对话思想在欧洲古代社会的萌芽和产生，那么作为当代意义的对话思想，作为当代形态的对话思想又是在什么历史条件下产生的？这个问题很少有人做出明确的回答，参照巴赫金的一些看法，当代意义的对话思想的产生是同新的历史时代相联系的，到了封建主义解体、资本主义产生的历史新时代，对话思想才找到适合自己开花结果的土壤。

在专制的封建社会，在西方的中世纪，政治上是专制统治，思想上是高度一元化、独白化，不可能有当代意义对话思想的出现。到了资本主义关系产生的新时代，封建禁锢被打破了，社会从封闭走向开放，从一元走向多元，产生了众声喧哗的局面，当代意义的对话思想也就应运而生，它同新的时代是有血缘关系的。

在当代社会，不少思想家针对当代社会的发展，对对话思想进行深入的思考和阐发，使对话思想成为当代思想界一个核心观念。其中最突出的思想家是俄罗斯的巴赫金（Михаил Михайлович Бахтин，1895—1975）。他在研究陀思妥耶夫斯基（Фёдор Михайлович Достоевский，1821—1881）小说的特征时，提出了复调小说的概念，并指出复调小说的基础是对话。在他看来，对话是人类重要的生活方式和生存方式，它渗透到人类生活的各个领域，生活的本质是对话，思想的本质是对话，语言的本质是对话，文学艺术的本质是对话，文化的本质也是对话。他强调对话的特征是主体性、对话性和未完成性，而且特别提出要把对话转移到思想领域，面对思想独白，倡导思想对话。巴赫金的对话思想有强烈的现实针对性，他的对话思想是对人的价值的尊重和人与人平等关系的追求，是对科技至上和专制制度的无情抗议。

除了巴赫金，西方也有一些思想家从不同角度对对话思想进行探索，在不同程度上丰富和发展了对话思想。

在德国，伽达默尔（Hans-Georg Gadamer，1900—2002）从阐释学的角度涉及对话思想。伽达默尔是海德格尔的学生，他在以“哲学的阐释学的基本特征”为问题的《真理与方法》一书中，分析发展了海德格尔的阐释学思想。海德格尔从存在主义哲学本体论出发看待阐释活动，他认为人类是历史式时间中的存在，由于人的存在，世界不再是一个外在于人的客体，是人化的世界、被人解释的世界。所以解释不是客观的分析，而是主体的建构，解释总是一种在“先结构”规定下展开的行为。伽达默尔同海德格尔一样，也是在哲学层面上思考“理解和阐释”的问题。在他那里，“理解怎样才是可能的”被作为一个中心问题。在论述这个问题时，他把“对话”这一概念引进阐释学。他认为作为历史产物的阐释都是现在和过去的对话，面对一个过去的文本，一方面我们聆听它们，就我们现在关心的问题发问；另一方面，我们也从自身需要和已有构成出发的文本找出问题。这样一种双向交流和对话，便构成全部阐释的基础，一部分作品的意义不是作者给定的，而是阐释者给定的，只有阐释者在与作品交流中，作品才显示出意义。姚斯（Hans Robert Jauss，1921—1997）也发挥了伽达默尔的观点，他说，“艺术传统也假设了现在与过去的关系，根据这种对话关系，过去的作品可以回答我们，并对我们‘说些什么’，这是因为现在的观察把问题重新提出来了”。(《文学史作为向文学理论的挑战》)

在德国，哈贝马斯（Jürgen Habermas，1929—　）提出交往行为理论时也涉及对话问题。他试图以交往行为理论来对抗后现代性，重建现代性。在他看来，晚期资本主义社会中国家干预不断加剧，经济制度和行政制度已侵入交往赖以生存的生活世界，限制和控制了人的交往，造成主体间相互不理解。这种交往是不合理的，它造成社会的矛盾和冲突。因此，他要求交往合理化，即要求交往不受国家、不受经济制度和行政制度的干预。在他看来，人不是一个单称的主体，人的认识不是一种简单的主客体关系，人的理性应理解为交往理性，人作为主体其实是一种交互主体或曰主体间性，人的知识则为一种交流、交谈和对话。真理则是人们在对话中达成的共识，在晚期资本主义社会的危机中，通过对话、交往获得价值观的共识，通过理解达到合理的真理，通过社会各阶层成员之间相互理解达成社会和谐的目标，这是哈贝马斯所构建的交往行为理论。这种理论虽然乌托邦色彩十分明显，但他提出的交往对话达到人类的相互沟通，还是有其理论价值的。

在法国，茱莉亚 · 克里斯蒂娃（Julia Kristeva，1941— ）受巴赫金对话思想的影响，提出了互文性（又称文本间性）的理论。她认为任何文本都不可能完全脱离其他文本，而必然卷入文本之间的一种相互作用之中；文本中的语义元素在构成文本的历史记忆的其他文本之间，建立起一种连接、一个网络。她还说，“任何文本都好像是用引文拼装而成，任何文本都是吸纳和改造其他文本的产物”；“‘文学语言’就是‘文本主层面的交互地’……就是各种书面符号的对话。”互文性这个概念其实并不限于文学中常见的借鉴、引用、影响和戏拟等关系，它还涉及文本意义的生成。文本的意义既是此文本和彼文本的空间上的共时联系，又是此文本和彼文本时间上的历时联系，随着各种文本系统之间的互通、互变，文本的意义向的外延和解释也恒新恒异，得到无限地延伸。

不论是巴赫金也好，伽达默尔和哈贝马斯也好，还是克里斯蒂娃也好，这些不同时代、不同国度的思想家们从不同的角度，以不同的形式阐明了他们对对话的看法，为我们深入思考和研究对话思想提供了重要的思想资源，我们对于对话思想的研究是以他们的思想为出发点的。

二、对话是人类重要的生活方式和生存状态

对话是人类重要的生活方式和生存状态，它渗透到人类生活的各个领域。

生活的本质是对话。巴赫金指出："生活就其本质是对话：提问、聆听、应答、赞同，等等，人是整体地以其全部生活参与到这一对话之中，包括眼睛、嘴巴、双手、心灵、整个躯体、行为。他以整个身心投入话语之中，这个话语则进到人类生活的对话网络里，参与到国际的研讨中。"[1]从日常生活来看，人是社会关系的总和，单个人是无法脱离开他人而存在的，我离开他人就不能成其为我，他人离开我也不能成其为他人，"单一的声

[1] [俄]巴赫金（M. M. Бахтин）《巴赫金全集》（第五卷），白春仁、顾亚铃译，石家庄：河北教育出版社，1998，第357页。

音，什么也结束不了，什么也解决不了。两个声音才是生命的最低条件，生存的最低条件。”[1]从社会生活来看，政党和政党之间，国家和国家之间尽管存在矛盾，存在对立，最终是要从对抗走向对话。在国内，共产党和国民党之间，曾经有过抗日战争中的对话和合作，有过解放战争中著名的重庆对话和谈判。1949 年中国人民政治协商会议的召开，也是共产党和国内各民主党派之间和平建国的一次政治对话和政治协商。在国际，东西方两大阵营一直存在对抗，存在冷战，但对话也在不断进行，诸如 20 世纪 50 年代的日内瓦会议、朝鲜谈判，以及至今仍在进行的东西对话。尽管美国和西方有些人仍然坚持冷战思维，但建立人类命运共同体，坚持用对话解决国际争端，通过对话达到合作共赢，仍然是国际政治生活的主流。

思想的本质是对话。巴赫金指出，“思想就其本质是对话性的”，“思想、意识、一切受到意识光照的人的生活（因而是与思想多少有些关联的生活），本质上都是对

---

[1] [俄] 巴赫金（M. M. Бахтин）《巴赫金全集》（第五卷），白春仁、顾亚铃译，石家庄：河北教育出版社，1998，第 340 页。

话性的。”[1]为什么说思想的本质是对话性的？这涉及思想的理解。思想不是一种主观的个人心理的产物，不是生活在孤立的个人意识之中。思想是人通过实践对外界客观世界反映的产物，也产生于人与人的交往之中。思想的真正生存领域是在同别的思想交往对话之中。思想正是在不同意识、不同声音的相遇和对话中碰出火花，演出生动的事件。思想也只有在不断的交往和对话中才能获得活力，才能得到不断的生成、充实和发展，思想如果只生存在个人的意识之中，拒绝同别的思想交往、对话，思想一旦被独白化了，那思想就会退化，甚至死亡。现实生活告诉我们，一种新的思想总是在同旧的思想对话和交锋中产生，当它既能从别的思想吸收养分，又能对别的思想发生挑战时，这种思想就总是充满活力和生气勃勃的。一种思想如果把自己凝固起来，把自己树为不允许对话的绝对权威，不容许有别的思想的存在，不容许有别的声音，拒绝同别的思想交锋和对话，那么这种思想肯定会走向僵化和消亡。马克思主义是在同德国

[1] [俄]巴赫金（M. M. Бахтин）《巴赫金全集》（第五卷），白春仁、顾亚铃译，石家庄：河北教育出版社，1998，第115页。

古典哲学、英国古典政治经济学和法国空想社会主义学说的对话中产生的，并在同多种思潮的交锋和对话中得到不断发展的。毛泽东思想也是在同古今中外的多种思想的对话和交锋中得到发展。

语言的本质是对话。巴赫金把对话思想运用到语言领域，也使得他对语言的本质有自己独特的理解。传统的理论把语言看成是思维的工具，是思维本身的要素，是思想生命表现的要素，是思想的直接现实，同时也看到语言是在社会劳动实践中适应交流意识、传递信息的需要而产生的。而巴赫金对语言的看法则突出了语言的对话本质，他在《马克思主义与语言哲学》（1928）中，从社会学的观点出发，从对话的思想出发，批判了语言学中的两个派别。一派是以洪堡（Wilhelm von Humboldt，1767—1835）为代表“个人主义的主观主义”的语言学，它把语言完全局限于个人心理范畴，认为个人心理是语言创造的源泉，语言的发展规律就是心理的发展规律。另一派是以索绪尔（Ferdinand de Saussure，1857—1913）为代表的“抽象的客观主义”的语言学，它把语言看成是稳定不变的体系，关注的是符号系统本身的内部逻辑，认为语言是先于个人意识而独立存在，既与意识形态价值无关，也与历史没有任何关系。显然，前者抹杀了语言的社会交际功能，而后者则是把活生生的语言概念化了。有别于上述两种派别，巴赫金强调语言的社会性，强调语言在社会交往中的“内在社会性”，认为语言属于社会活动，话语是双方的行为，它取决于两个方面：一是谁说的，二是对谁说的。在《陀思妥耶夫斯基诗学问题》中，他明确指出：“语言只能生存于使用者之间的对话交际之中。对话交际才是语言的生命真正存在之处。语言的整个生命，不论在哪个运用领域里（日常生活、公事交往、科学、文艺等等），无不渗透着对话关系。……这种对话关系存在于话语领域之中，因为话语就其本质来说便具有对话的性质。”[1]

艺术的本质是对话。巴赫金认为艺术的本质也是对话，现实生活中“我”和“他人”的关系在艺术中就成了作者和主人公的关系。在《审美活动的作者和主人公》（20世纪20年代前半期或中期），他提出审美活动是一种“审美事件”，它是由作者和主人

[1] [俄]巴赫金（M. M. Бахтин）《巴赫金全集》（第五卷），白春仁、顾亚铃译，石家庄：河北教育出版社，1998，第242页。

公构成的，二者在审美活动中是不可分割、缺一不可的，是相互联系、相互依附的，二者之间的关系是一种对话关系。他认为审美事件不同于伦理事件、认识事件和宗教事件，其根本特点就在于作者与主人公都是独立的存在，都有独立的意识，主人公的意识同作者的意识处于一种平等、对位的位置。他认为："当只有一个统一的而又独一无二的参与者时，不可能出现审美的事件，一个绝对的意识，没有任何外位于自身的东西，没有任何外在而从外部限制自己的东西，是不可能加以审美化的。……审美事件只能在有两个参与者的情况下才能实现，它要求有两个各不相同的意识。"[1] 所谓审美事件所体现的对话，又可以有三种对话关系：第一，作家同前辈作家的对话，作家在写某类题材或某类人物时，总是要考虑前辈作家在写同类题材和人物时是如何表现的，他们之间就展开了对话。第二，作家通过其作品与同时代的接受者展开对话，作家作品一发表，总要接受读者和批评家的评论，他们或赞同，或

[1] [俄] 巴赫金（M. M. Бахтин）《巴赫金全集》（第一卷），晓河、贾泽林等译，石家庄：河北教育出版社，1998，第 118—119 页。

反对，这也是一种对话。第三，作家通过作品同后代人展开对话，按照巴赫金的看法，一部作品除了有现实内容，还有丰富的潜在内容，它的潜在内容可以被后代接受、发现和重新创造，他是向后代人开放的。他说："文学作品要打破自己时代的界线而生活在世世代代之中，即生活在长远时间里（大时代里），而且往往是（伟大的作品则永远是）比在自己当代更活跃更充实。"❶

文化的本质也是对话。巴赫金对文化有一套完整的看法，他指出一个时代的文化是有区分的整体，文化是具有多样性、多元性的；各种文化又是互动和对话的，文化的互动和对话是文化发展的动力；文化所经历的最紧张、最有成效的生活是在文化的交界处和边缘；文化对话的最终目的是达到文化的创新。

以上是从人类生活的角度说明对话渗透到人类生活的各个领域，对话是人类生活的重要方式。同时，我们看到对话也渗透到各个学科领域，在哲学学科中有对话哲学，在语言学科中有对话语言学，在社会学中有对话

---

❶ [俄] 巴赫金（M. M. Бахтин）《巴赫金全集》（第四卷），白春仁、晓河等译，石家庄：河北教育出版社，1998，第366页。

社会学，在历史学科中有对话历史学，在诗学学科中有对话诗学等等。

三、对话是一种世界观，也是一种思维方法

对话不是作为一种文体、一种戏剧或小说中的对白，而是作为一种思想，它涉及人们对世界的看法、对人的看法、对人与人关系的看法。对话思想坚信人的价值和人与人之间的平等关系，坚信世界是多样的，是不断在变化的，从这个角度讲，可以说对话是一种世界观，是一种思想方法，一种思维方式。

作为世界观的对话思想主要是肯定人的价值、人的主体性，认为人与人之间的关系应当是一种平等对话关系，人与人之间的平等对话是人类生活的重要方式，是人类生存的基本条件。本来在人类社会中，人的存在都应当受到重视，每个人都是独立的存在，都有独立的价值，都应当受到尊重。可是在等级社会中，人与人之间是不平等的，不同等级和不同地位的人之间有不可逾的障碍。比如，在农奴主和农奴的关系中，在农奴主看来，

农奴是他的工具、他的所有物，农奴不是人，农奴本身没有独立的价值，农奴的一切只能听农奴主的，在农奴和农奴主之间的关系不可能是平等的关系、对话的关系。对话所张扬的思想正是同这种等级观念相对立的，同社会专制和社会压迫相对立的，它张扬人的独立的价值，张扬人与人之间的平等关系。正如巴赫金所说的，对话思想、狂欢思想是要在人与人之间形成一种新型的相互关系，这种关系同强大的等级关系是完全对立的，而正是在这种新型的对话关系中，人不再受等级制度的压抑，“人回归到了自己，并在人们之间感受到自己是人”[1]。巴赫金所倡导和所张扬的对话思想是有鲜明的现实针对性的，它既是同历史上专制制度的对抗，同他所生存的年代苏联现存制度对人的压制的对抗，同时也是针对 19 世纪末 20 世纪初随着科技发展带来的对人的漠视和人的物化的深沉思考。对话思想作为一种世界观，它在对专制制度的挑战中，在对人的物化的挑战中，体现了一种对人的关怀，一种深厚的人文精神。

[1] [俄] 巴赫金（M. M. Бахтин）《巴赫金全集》（第六卷），李兆林、夏忠宪等译，石家庄：河北教育出版社，1998，第 12 页。

作为世界观，对话思想张扬人与人之间的平等，反对等级和专制，与这种世界观相适应，在思想方法和思维方式方面则提倡思想的对话，反对思想的独白。巴赫金认为思想有两种类型，一类是独白型的思想，或称思想的独白，一类是对话型的思想，或称思想的对话。独白型的思想是一元论的、凝固的、排他性的，以为自己最正确、最权威，不同别人对话，不承认第二种声音、第二种意见。独白型的思想的存在，在相当程度上是同等级、专制和权力相联系的，同时也是一种思维定式和思维模式。主张对话型的思想是主张多元论的、相对性和未完成性。这种思想类型是反对一元论、反对绝对化、反凝固化的，它承认不同的意见和不同的声音的存在，认为必须通过同他人的交流对话，才能使思想充满活力。这种对话型思想的存在，在很大程度上是同人与人之间平等自由的关系的存在相联系的，同时也是一种思维定式和思维模式。下面具体谈谈这两种思维类型的特征。

（一）独白型思维

独白型思维首要的特征是一元化。在阶级社会中，在等级社会中，意识形态领域是一元化的，只允许有一种权威、一种声音，不允许出现另一种权威、另一种声音，这种思维是绝对排他性，其目的就在于力图使现有制度和现有的秩序神圣化和稳固化。这种一元化的思维使人的思想陷入呆板、单调、停滞之中，事实证明思想一旦被独白化、一元化了，那思想就会失去活力，甚至会逐渐退化，乃至死亡。独白型思维的第二个特征是凝固化，它反对事物的相对性，反对事物的双重性，反对事物的变化，认为任何事物都是绝对的、极端的和不变的，黑的就是黑的，白的就是白的，肯定就是肯定，否定就是否定，上就是上，下就是下，皇帝永远是皇帝，奴隶永远是奴隶。正如巴赫金所指出的，“它肯定整个现有的世界秩序，即现有的等级、现有的宗教、政治和道德价值、规范、禁令的固定性和永恒性”❶。这种思想方式归根到底也是为了现存制度和现存秩序的合法性。独

❶ [俄]巴赫金（M. M. Бахтин）《巴赫金全集》（第六卷），李兆林、夏忠宪等译，石家庄：河北教育出版社，1998，第11页。

白型思维第三个特征是严肃性，它的主要音调和特色是冰冷、专横、单调、枯燥，正如巴赫金所指出的，“在阶级文化中，严肃性是官方的、专横的，是与暴力、禁令、限制结合在一起的”[1]。

（二）对话型思维

与独白型思维的一元化相对立，对话型思维的首要特征是多元化，它反对一切等级、特权、规范和禁令，主张每个人都有自己存在的价值，都应当受到尊重，都可以发表自己的见解，都可以发出自己的声音。从这个意义上讲，世界上并不存在绝对的权威，思想是可以争议的，思想不是一元而是多元的。思想的一元导致思想的僵化和停滞，只有思想的多元对话，才能使思想永远保持生机和活力。对话型思维的第二个特征是相对性、双重性和未完成性。独白型思维把事物看成是凝固的、绝对的、不变的，对话型思维则认为一切事物都具有相对性和双重性，一切事物都是不断更新和变化的，都是

[1] [俄] 巴赫金（M. M. Бахтин）《巴赫金全集》（第六卷），李兆林、夏忠宪等译，石家庄：河北教育出版社，1998，第 105 页。

未完成的，没有绝对的肯定，也没有绝对的否定，诞生孕育着死亡，死亡孕育着新生，世界正是在不断交替和更新中得到发展，任何事物和思想如果一旦凝固了，僵化了，那就意味着停滞和死亡。相对性和双重性是一致的，它们都体现出一种交替和更新的精神，正如巴赫金所指出的，这种精神“与一切现成的、完成的东西相敌对，与一切妄想具有不可动摇性和永恒性的东西相敌对”，它“洋溢着交替和更新的激情，充溢着对占统治地位的真理和权力的相对性的意识”。[1] 对话型思维的第三个特征是愉悦性。巴赫金指出：“真理就其内质而言，都是自由的、愉悦的和唯物的。”[2] 与独白型思维的冰冷、专横、单调、枯燥相对立，对话型思维是自由的、愉悦的、活泼的和清新的。这种特色来自于对一元化的和绝对性的独白思维的严肃性的解构，当人们的思维从对专制权力的恐怖解放出来，从单极和单调的绝对性解放出来，自然就具有思想解放的轻松和畅快。

---

❶ [俄] 巴赫金（M. M. Бахтин）《巴赫金全集》（第六卷），李兆林、夏忠宪等译，石家庄：河北教育出版社，1998，第 13 页。

❷ 同上，第 330 页。

四、对话的前提条件和进行方式

承认差异、承认多样、承认多元，是对话的首要条件。霸权是不承认差异，不承认多样，不承认多元的，它只承认自己的统治、自己的制度和思想，不允许有另外的制度、另外的思想和声音。而实际上世界是多样的、多元的，国家之间、民族之间、团体之间、政党之间、个人之间是有差异的，霸权是讲独白不讲对话的。承认差异、尊重差异，才需要对话。承认差异、尊重差异并不是不承认人类文明和人类思想的共同性和普遍性，正是存在于各民族和文化间多种多样的差异性及它们之间的对话，丰富了人类的文明和人类的思想，并为人类文明和人类思想的发展提供更大的历史空间。我们常讲“越是民族的就越是世界的”，就是这个道理。是世界各民族文化的差异性，丰富了世界文化的普遍性和共同性。

对话的另一个前提条件是承认人的主体性，承认人的独立性，承认人的价值。承认人的主体性是同承认差异性相联系的，我们说承认差异、承认多元就是承认个体的独立存在，承认个体的价值。人是社会关系的总和，人是在社会关系中存在的，个人的存在离不开他人的存在。在社会关系中，在交往对话中，实际是有两个主体。在交往对话中，只有承认两个主体各自的独立性、各自的价值，对话才有可能进行。如果一方不承认另一方的独立价值，要用一方压倒另一方，对话是无法进行的。在同别人的对话中，要怎么让人尊重？怎么让人觉得值得同你对话？关键在于你得有实力，能提出有价值的问题来同人对话。同时，也只有在对话中，双方各自的独立价值、双方各自的特点和优势才能充分显示出来。

对话还有一个前提条件，是承认事物的未完成性。在与专制独裁相联系的独白思维看来，世界是稳固的，不变的，是完成的，而与平等相联系的对话思维看来，世界是发展的，变化的，是未完成的。这里说的未完全性有两个含义，一是世界是不断发展、变化的，不可能是固定不变的、停滞的。二是人们对世界的认识、人们对真理的认识，也不是凝固的、僵化的。同时，人们不可停留在自己的内心来认识世界，来认识真理。真理不是产生和存在于某个人的头脑里，而是在寻求真理的人们的对话中产生的，人们只有通过人与人的对话、交往，通过社会实践活动来认识世界，来认识真理。从这个角度讲，对话是同人们永不停止的认识真理、认识世界的愿望相联系的，承认世界的未完成性，承认人的认识的未完成性，是对话的重要前提条件之一。

对话除了需要一定的前提条件，还需要按照一定的方式进行，这些正确的对话方式能保证对话正常进行，如果方式不对也将妨碍对话的正常进行并达不到预期的目的。以下略举几种对话的方式。

参与

参与主要指对话双方都必须到场。一是不能缺席，如果只有一方那就是独白而不是对话。二是不能回避，不能沉默，双方必须直面问题，就问题本身展开对话，而不能或者一言不发，或者躲在背后各说各的，这样无法进行交锋，就无法进行真正的对话。

倾听

倾听，或称聆听，是对话的基本态度，主要指的是对话参与者需要真心地耐心地倾听对方的看法，真正了解对方的看法，而不是对听取别人的声音不耐烦，拒绝别人的声音，甚至是曲解或歪曲别人的声音，如果是这样，对话是无法进行的。海德格尔曾经指出，语言作为可理解事物的一个中间环节，是以聆听作为基础的。伽达默尔也认为对话的“共同归属总是与能够互相聆听而同时发生的”。

问答

问答是对话的基本结构，伽达默尔认为“理解是在对话中实现的”，“理解一个问题就意味着问这个问题，理解一个观点就是把它当作一个问题的答案”。问答的关系不是单向的，而是双向的。对话双方所指出的问题都要对对方做出回答。从这个意义上讲，问答逻辑就成了对话的基本形式。人们通过问答来寻找问题的答案，问题提得越多，我们对事物的认识就越深入。比如当代人同历史上的经典文本展开对话，就是带着当代问题向经典文本提出问题，并寻求答案。

争论

争论是对话的重要形式。争论的前提是争论双方有不同的意见和看法，同样首先要把双方不同的意见和看法明确摆出来，充分表达出来。其次，是要找到分歧的焦点，所争论问题的焦点，并且各自用一些理由来证明自己对事物或问题的见解，揭露对方的矛盾。巴赫金就指出“争辩”是“苏格拉底对话”这一体裁的核心基础❶。他把同一事物的不同意见加以对比，以对话激活、引发对方发表不同意见。而争论的最终目的则是克服各自意见的偏见，吸收各自意见的长处，最后得到正确的认识，并渐渐逼近真理。

协商

所谓协商是对话双方就共同关心的问题、共同感兴趣的问题，展开平等对话。协商之前对问题的看法可能是不一致的，可能是存在矛盾的。但在协商过程中，通过双方的对话交流、恳谈沟通、双方的坦诚相见，甚至是相互让步，最后找到双方看法的最大公约数，达到求同存异，凝聚共识。

---

❶ [俄] 巴赫金（M. M. Бахтин）《巴赫金全集》（第五卷），白春仁、顾亚铃译，石家庄：河北教育出版社，1998，第 173 页。

五、对话的原则和戒律

对话除了需要有必要的前提条件和一定的方式，还必须共同遵循和坚持正确的对话原则，摒弃一些妨碍对话的错误做法。

（一）平等的原则

所谓平等的原则就是要求对话的双方处于平等的地位，双方都有阐明和坚持自己的立场、发表自己和坚持自己意见的权利，同时双方都必须尊重对方，要耐心倾听对方的意见和声音，在对话中要以理服人。对话时当然要强调自己的主体地位，要以我为主，但切忌以强凌弱、称王称霸，切忌唯我独尊、强加以人，切忌以势压人、不讲道理。在国际交往对话中，如果一方坚持霸权主义，不以平等态度对待对方，谈判往往无法正常进行并取得成功，只有平等对话才可能取得合作共赢。在日常生活交往中也是如此，在学校中老师如果只讲师道尊严，一味压服学生，是无法取得好的教学效果，如果老师能尊重学生，师生平等相待，平等对话，以对话式的教学、启发式的教学代替灌输式的教学，就能取得好的教学效果。

（二）信任的原则

信任的原则给对话的双方提出了重要的要求，一是双方要相互理解，也就是各自对对方有一个基本的了解和判断，其中包括对方的基本情况、长处和短处、兴趣和爱好、对方的需求和底线。知己知彼，对话才能顺利进行。二是双方要有共同的要求和愿望，尽管双方有矛盾有分歧，但要坐在一起展开对话，就要有达成一致的愿望，有通过对话消除分歧和矛盾、达成共识和共赢的愿望。三是双方要有诚信，要言而有信，要言必信、行必果，要履行双方的共同约定。讲信任、讲诚信，一要切忌相互猜忌、无端猜测，一切应当从实际出发；二要切忌误解，尽量通过解释、沟通，消除误会；三要切忌偏见、成见，不要以固定的眼光而要以发展的眼光看待对方。

（三）妥协的原则

妥协是指对话双方因固有的利益或看法发生矛盾和冲突时，双方从共同的愿望出发，做出让步，放弃部分利益和看法，以避免冲突，或避免无法达成共识和协议。妥协不是无原则的、无底线的，它只是在坚持原有的立场和原则的基础上，做出一定的让步。妥协一要戒固执，一点也不改变原有的立场和看法，看似坚定，实际上是僵化，最后无法放弃部分利益求得全面的胜利。二要戒急躁，碰到矛盾和冲突时要冷静对待，不意气用事，图一时痛快，要有足够耐心，通过妥协，通过解出新的办法实现自己最终的目的。固执和急躁在对话中是解决不了什么问题的。从某种意义上讲，对话的艺术就是妥协的艺术。

（四）求同存异的原则

在对话过程中，对话双方肯定存在分歧，存在差异，对待分歧和差异有两种不同的态度和做法：一种是强调分歧，强调差异，甚至扩大分歧，扩大差异，其结果必然使对话无法进行；另一种是极力寻找共同点，强调共同点，极力扩大共同点，同时缩小差异，以求得对话取得积极效果。以求同存异的办法取得对话成功的例子屡见不鲜，1955 年周恩来在万隆会议就是以求同存异的精神促使大会取得成功。这次大会是亚非国家摆脱殖民统治争取民族独立和维护和平的盛会，但由于西方国家特别是美国的挑拨，会议出现分歧，有的国家提出所谓共产主义威胁的问题。周恩来在会上根据和平共处五项原则，提出求同存异的精神，他说，“中国代表团是求团结不是来吵架的”，“中国代表团是求同而不是来存异的”。他说：“我们并不要求各人放弃自己的见解，因为这是实际存在的反映。但是不应该使它妨碍我们在主要问题上达成共同的协议。”他的讲话扭转了会议紧张气氛，友好谅解、求同存异的精神主导了会场。会议最后终于通过各国和平共处、友好合作的十项原则。会议体现出的亚非国家要求摆脱大国政治干涉，平等协商，和平共处，友好合作的精神，后来被称为“万隆精神”。

（五）互补的原则

在当今世界，人与人之间，国家与国家之间相互联系、相互依存的程度空前加深，人类生活在同一个地球村里，越来越成为你中有我、我中有你的命运共同体。同时，还应看到不同国家和不同个人没有高下之分、优劣之分，相互之间只有各自的优势、特色，也有各自的短板和不足。个人之间也好，国家之间也好，只有通过交流对话，互通有无，取长补短，才能取得共同的进步。在交流对话中不能搞唯我独尊，以我优先的单边主义、霸权主义，那样做只能堵塞互利共赢、共同进步的道路。多样带来交流，交流孕育融合，融合产生进步。在对话交流中，在比较竞争中取长补短，在交流互鉴中共同发展，这样才能促进人类的共同进步和发展。

六、对话的旨归

对话本身不是目的，不管个人和个人的对话也好，团体和团体之间的对话也好，学派和学派之间的对话也好，国家与国家的对话也好，都不是为了交流而交流，为对话而对话，对话是通过对话双方相互尊重、相互学习，以求得双方取得共识，双方相互提高，并且让思想得到激活，达到思想的创新。

（一）共识

对话之前双方可能存在偏见、误解，存在认识的片面性，因此产生矛盾和冲突。通过交流对话，增进双方之相互了解、相互尊重，这就有可能消除偏见、误解，克服认识的片面性、最后取得共识，让思想得到共同的提高。人们对事物的认识就是在克服各种狭隘的、僵化的、片面的观念，而得到发展和深入的。从这个意义上讲，对话也是人们认识真理和寻找真理的正确道路。对话使人们能超越政治的、阶级的、民族的、文化的偏见，通过沟通和思考，去认识世界，去认识人类。

（二）互补

对话的双方应当说都有自己的优势和不足，都对自己并不一定有清醒的认识，对话能使对话的双方更清醒地认识自己的优势和不足，更清醒地认识对方的优势和不足，最终能使双方相互得到丰富、充实和提高。在这方面巴赫金提出了“外位性”的概念，他认为外位性是一种超视，我能在他人身上看到他人看不到、看不懂的东西，他人能在我身上看到我自己看不到、看不懂的东西，“别人的文化只有在他人文化的眼中看才能较为充分和深刻地揭示”[1]。也就是说，对话的双方只有在比较、交锋和对话中，才能显示出自己独有的特色和底蕴。比如说，在西方人眼里，东方文化的特色和底蕴会显露得更清楚，反之，在东方人眼里，西方文化的特色和底蕴会显露得更加清楚。东西方文化通过交流和对话就能相互得到互补、充实和提高。

（三）创新

人类社会是在不断改革、不断创新中向前发展的，而创新的动力就在于不同制度、不同思想、不同文化的交流对话。一个人也好，一个国家也好，如果把自己封闭起来，拒绝同他者交流和对话，那必然陷于僵化和停滞。当然，通过对话求得创新要保持自己的文化主场、自己的主体。在对话中如果没有自己的价值、自己的眼光、自己的问题，是无法创造性理解别人的文化的，也就无法在对话中丰富和充实自己，无法在对话中激活自

[1] [俄]巴赫金（M. M. Бахтин）《巴赫金全集》（第四卷），白春仁、晓河等译，石家庄：河北教育出版社，1998，第370页。

己，无法在对话中实现真正的创新。正如巴赫金所说，“我们给别人文化提出它自己提不出的新问题，我们在别人的文化中寻求对我们这些问题的答案，于是别人文化给我们以回答，在我们面前展现出自己新的层面，新的深层含义。倘若不提出自己的问题，便不能创造性地理解任何他人和任何他人的东西（这当然应是严肃而认真的问题）。”[1]

对话思想是人类社会实践的总结，是人类历史上积累下来的宝贵思想财富，无论在历史上或者在当代社会的各个领域，对社会的发展都是发挥过或正在发挥着重要的作用。当今世界，人类正处在大发展大变革的时代，也正面临着各种挑战。面对百年不遇的大变局，没有任何国家和任何个人能够独自应对人类面临的各种挑战，只有坚持交流对话的对话思想，才能真正实现合作共赢，相信对话思想对于人类命运共同体的建设，对于人类的发展，必将发挥更大的作用。

---

[1] [俄]巴赫金（M. M. Бахтин）《巴赫金全集》（第四卷），白春仁、晓河等译，石家庄：河北教育出版社，1998，第370-371页。

第二章

跨文化对话论

照我理解，跨文化就是文化对话，跨文化研究就是文化对话的研究。

当今的世界正面临百年不遇的大变局，世界的政治、经济、文化都出现种种矛盾和冲突，出现单边霸权和多边对话的冲突。在这种历史背景下，这些年来对话研究、跨文化对话研究成了热门研究领域，人们热望通过对话、通过跨文化对话促进东西多元文化的和谐共生，促进人类命运共同体的建构。这方面的研究虽然有很大进展，但关于跨文化对话的思想、内涵、跨文化对话的历史必然性、跨文化对话生存的领域、跨文化的前提条件、动力和旨归，都需要做进一步系统、深入的探讨。

一、人类文明发展的历史是跨文化对话的历史

纵观人类社会发展的历史、人类文明发展的历史，我们发现人类社会和人类文明的发展是同各民族文化的交融、对话紧密联系的，无数事实证明，文化开放对话，文明则兴；文化封闭对抗，文明则衰。这一历史事实也为跨文化对话的历史必然性找到了历史的根据。

从中国的文化发展来看，唐代、近代、五四运动和当代的改革开放，是跨文化对话的几个重要历史节点。

唐代是我国历史上文化繁荣的时代，后人把唐代与汉代并列，称为“汉唐盛世”。唐代文化的繁荣固然与唐代社会的发展、与唐代强大的国力有关，强大的国力为文化发展创造了有利的条件。同时，中外文化交流对话也为文化繁荣创造了有利的条件。唐朝的统治者对外来文化采取的不是封闭的、对立的政策，而是开放兼容的政策。唐太宗说过，“自古皆贵中华，贱夷狄，朕独爱之如一”[1]。在这种视华夷如一的思想的指导下，唐朝对外政治、经济、文化交流十分频繁，与之交流的有日本、高

[1]《资治通鉴》贞观二十一年五月条。

丽、天竺、大食以及东南亚、中亚等地的40多个国家。通过这种交流，整个唐代，从文学艺术到文化生活的各个领域，都可以看到外来文化的影响，例如唐人婚俗也受北朝的鲜卑族婚俗的影响，民间婚俗的主要仪式在女家举行。唐人恢宏的气度与对待不同文化的兼容心态，创造了有利文化繁荣的环境，使史学、书法、绘画、雕塑、音乐、舞蹈都有很大的发展，对文学题材的拓展，文学趣味、文学风格的多样化，也都有重要影响。同时，这种文化交流、对话也是双向的，例如白居易的诗在日本就有很大影响，当时传到日本的白居易诗就有《白氏文集》70卷、《白氏长庆集》29卷，《长恨歌》《琵琶行》在日本几乎家喻户晓。当时两国诗人之间还通过交流建立友情，例如日本奈良时代的文学家阿倍仲麻吕（汉名朝衡），曾被派遣来中国留学，在唐朝生活50余年，与王维等唐代诗人广泛交往，《全唐诗》中还保留着中国诗人赞美他的诗篇。

近代是中国历史上跨文化对话的另一个重要节点。近代指的是1840年鸦片战争为开端到1919年五四运动兴起为止。这一阶段里，中国逐渐沦为半封建、半殖民地社会，西方文化以日益强劲势头涌入中国，欧风美雨成为不可阻挡的历史风云，西学东渐成为突出文化现象，并形成对固有的传统文化观念的强大冲击，形成中西文化的撞击和对话。其实，中国与近代西方文化的接触从明中期就开始了，随着葡萄牙人进入澳门开展贸易，耶稣会教士也带来西方宗教和西方科学知识。但这都属正常文化交流，不构成对传统制度和传统文化的威胁。鸦片战争以后情况产生变化，随着列强入侵西学来势凶猛，此时采纳西学与改革救国密切相关，成了先进人物图强救国的潮流。这个过程如梁启超所言经过三个阶段：先是从器物上感觉不足，想学外国船坚利炮；继而从制度上感到不足，发动“变法维新”；最后才从文化根本上感到不足，要求人格的觉醒。西学东渐促进了教育体制的变革，刺激了留学事业的发展、翻译事业的迅速发展、传媒文化的进步。而这一切把进化论、天赋人权、自由民主等重要西方学说引进中国，引起人们对传统文化的重新审视，引起中西方文化剧烈冲撞，形成了思想领域的革命。

五四运动是中西文化又一次撞击和对话。这次运动以反帝反封建为其根本任务，是新民主主义革命的开端。五四运动固然有深刻的社会政治原因，人们反帝反封建的情绪高涨，同时也与西方民主思潮的大量输入有关。随着第一次世界大战期间中国资本主义的进一步发展，西方科学和民主思潮的大量输入，特别是俄国十月革命的胜利的影响和马克思主义思想的传播，一些觉醒的先进知识分子便产生了民族解放的新希望，因而出现了一个以反帝反封建为内容的思想革命和文化启蒙运动。这个运动是在西方科学和民主思潮与封建专制和蒙昧教条的撞击下产生，它以反对文言文、提倡白话文为旗帜，向封建文化发起猛烈进攻。当然，在新文化运动中还出现过对西方文化和传统文化都缺乏分析的形式主义偏向，文化上出现过“全盘西化”的错误主张，在文学创作中也出现“欧化”倾向。在中西文化的碰击和对话中，中国文化如何在吸收外来文化营养基础上使之民族化，在继承民族传统基础上使之现代化，始终是一个艰难的过程。

改革开放时期是中西文化最新的也是最广泛、最深刻的一次对话。1949 年，中华人民共和国成立后实行向苏联一边倒的对外政策，在文化交流方面是吸收苏联的文化，对西方文化是封闭的、禁锢的。到了“文化大革命”时期，问题就更严重了，发展到对一切外来文化都是排斥的，在文化上把自己完全封闭起来。这一切严重阻碍了文化的发展。打倒“四人帮”以后，国家出现了解放思想、改革开放的新局面，中外文化交流也出现新局面，其广度和深度都是前所未见的，向外来文化的开放是全方位、是多元的。西方各种思潮、包括政治思潮、文学思潮大量涌入，促成人的价值观念、主体意识的深刻变化。同时中外文化交流也是双向的，国门的打开，既为各国文化思潮引进提供了条件，也为中国文化走向世界创造了机会，古代的、现代的和当代的作家作品被介绍到国外，中国文化代表团、作家代表团也走出国门，参加各种国际文化活动。

从俄罗斯的变化发展来看，也有彼得大帝时期、19世纪末20世纪初年代、20世纪50—60年代，这样一些跨文化对话的重要历史节点。

在17世纪俄罗斯开始面向西方时，构成俄罗斯传统文化的基本要素源于拜占庭的精神和艺术，源于蒙古征服者的结构和制度。17—18世纪是俄罗斯文化史的转折期。罗曼诺夫王朝建立以后，尤其是17世纪下半期，沙皇阿列克谢从西方引进先进科学知识和先进科学技术，使西方社会政治思想和社会生活方式渗入俄罗斯，同时也遇到俄罗斯传统文化的强烈抵抗，但经过一番改造成了俄罗斯文化的新成分。18 世纪初，彼得大帝的改革则为俄罗斯彻底打开面向欧洲的大门，西方文化全面冲击传统的俄罗斯生活，教会垄断精神生活和文化生活的局面被打破。俄罗斯建立了科学院和大学，教育学、科学、文学、艺术都取得很大进步，启蒙思想迅速传播。

19 世纪末 20 世纪初，俄国社会进入帝国主义阶段，在西方文化思潮影响下，俄罗斯社会生活和文化生活更加多元化。在这个时期既有西方无产阶级文化——马克思主义的传播，又有西方多种现代主义思想流动进入。以文学艺术领域为例，批判现实主义流派持续发展，西方未来派、象征派、抽象派等艺术流派也纷纷涌入。十月革命后的最初年代，俄罗斯文化虽然以无产阶级文化为主导，但在西方文化影响下，文化领域依然是多元化的，各种文艺团体林立，各种文艺流派纷呈。多元化带来文化领域的升级和活力，带来文化的繁荣，同时也带来混乱。因此联共（布）中央做出决议，把各种文学团体统一为全苏作家协会，实现文化的大一统。

第二次世界大战以后，东西方出现冷战，苏联在国内批判世界主义，断绝同西方文化的交往，严重影响了文学艺术的发展，使文化生活出现封闭、停滞的局面。苏共二十大以后，思想文化领域出现了解冻，开始向西方文化开放门户，扩大国际文化交流。东西方文化的交流使作家艺术家开阔了眼界，吸收了有益的成分，特别是借鉴了一些艺术表现手法。当然也出现对西方文化盲目崇拜的问题，如何以俄罗斯文化为根基来吸收西方文化，成了文化思想界关心的问题。

从人类社会文明发展文化发展的历史来看，文化的交融和文化的对话确实是文化发展的动力，同时，我们也看到历史上各个时期各个民族的文化对话也是一个艰难的过程，文化的对话往往也伴随着文化对抗，如何处理好文化开放和保持文化主体性的关系也是一个重要问题。其他诸如深层对话和表层对话的关系，上层对话和下层对话的关系，都是跨文化发展史提出的问题，从这个角度看，跨文化研究不仅要关心理论研究，更要关心历史研究，要从跨文化的历史研究中发现和思考跨文化研究的理论问题。

二、跨文化对话渗透到人类生活的各个领域

按照传统的看法，跨文化对话指的是不同民族不同国家之间异质文化的对话，这项研究多是在不同民族不同国家文化的范围进行。依我看来，文化既然是人类生活普遍存在的现象，那么跨文化对话也是人类生活的重要方式，它也必然渗透到人类生活的各个领域，各民族各国家之间的跨文化对话是主要的，同时也存在古今跨文化对话，下层上层跨文化对话，不同地域跨文化对话，乃至不同文化领域之间的、不同艺术之间的跨文化对话。跨文化对话应当说是一个广阔的领域，是一个广阔的时空概念，如果我们以这种观念来看待跨文化现象，就可以将跨文化研究引向更广阔和更深入的境界。

（一）民族文化之间的对话

跨文化对话首先是在不同民族和不同国家的异质文化中进行的，这种对话在各个民族各个国家的历史上都曾经进行过，今天依然在进行，它促进了各民族文化的交流和繁荣。文化是具体的，它体现在制度、政治、民

俗、科技、艺术、伦理各个方面，而民族文化是历史形成的具体形态，具有自己的结构，自己的行为系统、价值系统和思维特征。所谓各民族跨文化对话，就是各民族历史形成的民族行为系统、价值系统、思维特征的对话，各民族文化精神的对话。拿中华文化来说，它是在同外来文化融合中，由儒家、道家和佛家三家思想融为一体的文化，是一种行为系统、价值系统和思维系统。中华文化同其他国家文化的跨文化对话，就是不同的行为系统、不同的思想价值系统、不同的思维系统的对话。拿思维方式来说，西方由于社会经济和科学的发展，出现经济多元化，社会流动性强，人的思维呈外向性，思维方式也比较重理性，比较开放。而中国由于宗法制度和小农经济的影响，思维方式是内向性的，强调情感和理智的统一，注重内心的自省和修养。各民族文化的对话就是在各民族文化精神的对话中进行的，不同的行为系统、价值系统、思维系统之间有相互吸收、相互融合的一面，也有相互对立、相互矛盾的一面。不同民族的文化就是在这种对话中得到发展的。

（二）古今文化的对话

跨文化对话也包括古今文化的对话。跨文化对话不仅是共时，也应当是历时的，当代文化之间进行对话，当代文化也同历史文化展开对话，因为当代文化和历史文化既具有共同的价值观和思维特色，也因为时代的发展必然有不同的价值观和不同的思维方式，因此两者之间必然产生冲撞和对话。历史上新旧文化的碰撞、复古和革新之争、继承和发展的互动，既是文化发展的难题，也是文化发展的机遇和动力。古代文化有其传统的价值，但随着时代的变化，文化又必须向前发展，必须具有当代意识，古今文化对话的最大难题是如何克服全盘肯定和全盘否定的思维片面性，真正做到通过古今文化的对话达到古今文化的融合，并创造出新的文化。在苏联，十月革命后，在如何建设社会主义新文化方面也曾产生剧烈的争论。“无产阶级文化派”认为旧文化渗透了旧阶级的“臭气和毒剂”，扬言要把普希金、陀思妥耶夫斯基和托尔斯泰“从现代生活的轮船上扔出去”。列宁批判了这种否定文化遗产的错误思潮，指出无产阶级文化不是从天上掉下来的，无产阶级文化是在资本主义社会、地主社会和官僚社会压迫下创造出来的，他强调要在继承人类文化遗产的基础上，创造出面向新的生活、表现新的事物和新的人的新文化。在我国，在五四运动中也面临新旧文化之争，在这场反封建的思想革命和文化启蒙运动中，有主张复古的，也有主张全盘否定旧文化的。在纠正这两种错误倾向，纠正这种片面性之后，才使得新文化运动走向正确的轨道，得到健康的发展。

（三）上层文化和下层文化之间的对话

在一个民族文化中不是完全统一的，也是有区分的，其中有上层的文化，也有下层的文化，或者是有雅文化，也有俗文化，这两种文化之间也存在一种对话关系。巴赫金在评论陀思妥耶夫斯基和拉伯雷的创作时，就深刻分析了下层文化、民间狂欢文化对陀思妥耶夫斯基复调小说的影响，对拉伯雷怪诞现实主义小说的影响，他认为上层文化和下层文化的关系是一种互动的关系，是一种对话的关系，而上层文化和下层文化的对话和互动正是文化发展的动力。他认为上下层文化的互动和对话不是单向、而是双向的，不仅下层文化、民间文化影响上层文化，上层文化也影响民间文化。他指出，在文艺复兴时期，整整一千年积淀起来的非官方的民间诙谐文化闯入正宗文学和高级意识形态领域之中，对拉伯雷小说、塞万提斯小说、莎士比亚戏剧的创作起着重要作用。同时，他指出，狂欢节所体现的狂欢式世界感受（自由平等的精神，更替更新的精神），不仅影响了文艺复兴的世界观，弘扬了一种人本主义精神和生气勃勃的创造精神，同时形成了一种新的文体，一种复调的文体。在指出下层文化对上层文化影响的同时，他还特别指出，千年积淀起来的民间文化受到文艺复兴时期人文主义精神的影响，本身也得到提升。这种变化，巴赫金认为表现在“它的全民性、激进性、自由不羁、清醒和物质性已从自身近于自发的存在阶段，转向艺术的自觉和具有坚定性的阶段。换言之，中世纪的诙谐在其发展的文艺复兴阶段已成为新的时代的自由的、批判的历史意识的表现。”[1] 巴赫金所指出上层文化和下层文化的对话和互动以及带来文化的发展，我们在中国文学的发展中也可以清

[1] [俄] 巴赫金（M. M. Бахтин）《巴赫金全集》（第六卷），李兆林、夏忠宪等译，石家庄：河北教育出版社，1998，第 84—85 页。

楚看到。魏晋南北朝的民歌为后来的唐诗、宋词带来活力，而民间故事、民间说书，如“水浒”故事、“三国”故事、“唐僧取经”故事也被施耐庵、罗贯中、吴承恩等文人作家加工成为《水浒传》《三国演义》和《西游记》。反过来说，从屈原的《离骚》，司马迁的《史记》，李白、杜甫的诗歌到曹雪芹的《红楼梦》，这些“正宗文学”也走进民间，对民间文学来说是极大的提升。雅俗文学之间的对话和互动，使文学发展充满生机和活力。

（四）不同地域文化的对话

俗话说，一方水土养一方人，一个地方的山川气候、文化习俗、文化传统造就一个地方的文化，地域文化之间是有其差异的。中国作为多民族的、历史悠久的、幅员辽阔的国家，形成许多不同地域文化，例如东北之粗犷，燕赵之慷慨，西北之雄奇，楚汉之绚丽，吴越之逍遥，巴蜀之灵气等等。不论是现代作家还是当代作家，都可以看出它们同地域文化的密切关系，例如沈从文之湘西，鲁迅之浙江，老舍之北京，孙犁之白洋淀，莫言之山东高密，贾平凹之商州，王安忆之上海石库门等等，不同地域文化造就了作家、艺术家不同的文化性格，也孕育出不同的文学流派，同时也可以看到不同地域文化之间也有对话。20世纪30年代，国内就曾经出现过京派文化和海派文化之争，鲁迅也写了《"京派"与"海派"》（《花边文学》）一文介入争论。他从政治的角度指出，"文人之在京者近官，没海者近商"[1]。实际上如果从文化的角度来看，在老舍这样一些京派作家身上，可以看出他们的自若、刚直、谦恭、讲礼、潇洒、闲适，在张爱玲这样一些海派作家身上既可以看出海派的趋时、现实，又能感觉到现代人的开放和奇异的智慧。其实京派和海派不仅各具特色，同时他们之间也有相互沟通、相互影响的一面。杨晦在1947年所写的《京派和海派》中就指出："五四运动却是发生在北京，这好像是京派的光荣成绩。其实不然。五四运动正是海派势力伸张到北京去，突破了京派的士大夫的结果。所以，等到后来伸张到北京的海派势力一部分又南下了，另一部分留在北京，好像江南之橘，到了淮北就变成了枳一样，反倒接受了士

[1] 鲁迅《鲁迅全集》第5卷，北京：人民文学出版社，1957，第352页。

大夫的传统。"[1] 再拿京剧来说，作为一种戏曲的剧种，作为一种戏曲的国粹，它有近二百年的历史，它不是单一的剧种，而是众多地方剧种聚合而成，是各种地方文化的聚合。清乾隆五十五年（1790 年），四大徽班陆续进京演出，于嘉庆、道光年间同来自湖北的汉调艺人合作，相互影响，后又接受了昆曲、秦腔的部分剧目、曲调和表演方法，并吸收了一些民间曲调，才逐渐形成相当完整的艺术风格和艺术表演体系。

（五）不同学科之间和不同艺术门类之间的对话

跨学科之间的对话，跨艺术门类之间的对话，都是一种跨文化对话，这种跨学科和跨艺术门类的文化对话逐渐开始引起重视。

这里所说的跨学科文化对话，主要指的是科学、哲学、政治、道德、宗教和文学之间的文化对话。科学和文学的对话指的是科学精神和人文精神的互动和对话，在欧洲文艺复兴时期，文学艺术所体现的人文精神，张扬人性反对愚昧的精神，大大促进自然科学的发展。反

---

[1] 杨晦《杨晦文学论集》，北京：北京大学出版社，1985，第 225 页。

过来，19世纪自然科学的发展，自然科学所体现的实证精神，重观察、重研究分析的科学精神也明显影响19世纪现实主义和自然主义文学的发展。巴尔扎克说他的《人间喜剧》的构思得益于自然科学之处甚多，左拉的文学宣言就取名为自然主义。文学和哲学的关系来看，两者既是相互独立又是相互影响的文化现象，历史上有过哲学文学化的时代，文艺复兴时代文学就对哲学产生过影响。不过两者之间，主要是哲学影响文学对世界的认识和对人生的体悟，这是哲学和文学的共同关注，哲学对文学的影响主要体现为作家的哲理追求，不少作家通过学习理论著作和生活体验，形成他们独特的世界观和人生观，并体现在作品之中。中外古今一切优秀的文学作品都有哲理意味，都有人生哲理，当然，哲学作为一种思潮时，也会深刻影响文学的发展，如儒、道、释之于中国古代文学，存在主义之于中国现当代文学。文学与道德也存在对话关系，文学与道德的渊源也非常密切，道德主要是区分善恶，理论家常把真善美并提，实际上真和善本身并不就是美，但美必须建立在真和善之上。道德对文学的影响主要体现为作家在作品中根据自己的人生理想进行道德探索。文学与宗教的对话关系就更为独特和复杂，文学与宗教在把握世界的方式上有共同之处，都借助于幻想，借助于形象，但文学是对生活的真实反映，宗教是对生活颠倒反映，宗教对文学的影响主要不是在文学作品宣扬教义，而是作家在作品中进行宗教探索，表现出一种宗教情怀，如俄罗斯的文化有深深的宗教印记，俄罗斯作家的宗教情怀体现为他们从宗教的角度思考人生、灵魂和未来，表现出带有浓厚宗教色彩的深沉忧患意识和强烈的救世精神，震撼人的心灵。

相对于文学与非审美文化的科学、哲学、道德、宗教之间的对话，文学同绘画、音乐、舞蹈、戏剧、电影这些审美文化之间的文化对话就来的更密切、更明显，它们之间有更强的渗透性和互动性，而这种文化互动大大促进文化的繁荣。诗歌源于音乐，音乐造成诗歌的韵律特点。而在我国古代也将诗歌和绘画视为一体，所谓诗中有画，画中有诗，诗画共同追求一种境界。拿我国唐代文化和文学繁荣来说，一方面是唐人对待外来文化有恢宏的气度和兼容的心态，广泛接受外来文化的影响。开放的文化氛围，中外文化的交融，推动了文学艺术题材的拓展和艺术风格的多样化。另一方面，各种艺术门类，各种艺术文化之间的交融和对话也带来唐代文化和唐代文学的整体繁荣。例如唐代绘画、书法、雕塑、音乐、舞蹈的繁荣影响到文学：唐代张旭和怀素的草书的自由纵恣气象与唐代诗人的盛唐气象极为相似；唐代的画论和诗论也相互影响；唐代燕乐的发展产生了一种诗歌的新形式——词。古代文化和文学是在各种文化的对话和交融中得到发展和繁荣，当代文化和文学也是在各种文化的对话和交融中得到发展。电视连续剧是电影、戏剧、文学和现代技术的联合，小品是戏剧和相声的结合。可以说当代一切最富活力和最有成效的文化现象和文化成果，都出现在各种艺术文化的交界处，而不是在这些文化领域的封闭的特性中。

三、跨文化对话的前提是承认文化的主体性、相异性和多样性

跨文化对话是一种复杂的文化现象，它既不是两种文化的简单相加，也不是用一种文化代替另一种文化。跨文化对话的目的是要达到文化创新，但要达到这个目的，在跨文化对话中要克服一些错误的倾向，坚持一些

正确的原则，这就是要承认和坚持文化的主体性、相异性和多样性。

（一）主体性

文化对话是在两种文化中进行的，一种文化离不开另一种文化。在文化对话中实际上存在两个主体，我和他者是并存的。在文化对话中，只有承认两个主体，承认对话双方各自的独立性、各自的价值、而不是用一方来压倒另一方，使对方处于不等的地位，这样，文化对话才有可能进行，对话双方的各自的特点和优势才有可能充分显示出来。

所谓的主体性，就是在文化对话中双方都要保持自己的文化价值，坚持自己的主体立场。在坚持文化主体性问题需要反对两种倾向、两种片面性：一种是文化自大，以为自己的文化是最优秀的、最有价值的，别人的文化一无是处，都要无条件臣服，所谓欧洲文明优越论，所谓德意志民族文明优越论，都是典型的例子；另一种倾向是文化自卑论，在文化对话中完全被对方压倒，放弃自己的文化立场，把自己的文化完全融于他人文化之中。巴赫金就批判过这种片面性，这种错误的观点，好像为了更好理解别人的文化，为了学习别人的文化，就应该融于别人的文化之中，忘却自己的文化而用别人的文化的眼睛来看世界。他尖锐地指出："创造性的理解不排斥自身，不排斥自己在时间中所占的位置，不摒弃自己的文化，也不忘记任何东西。"❶

在文化主体性问题上，历史的教训是值得我们认真汲取的。在五四运动中，存在新旧文化之争，保守复古是错误的，"全盘西化"丧失民族文化主体性也是错误的。在吸收西方科学民主的先进文化时，只有坚持民族文化的优秀传统，才能使文化得到健康的发展。在中华人民共和国成立后的一个时期，我们在政治上向苏联"一边倒"，文化上也提倡以俄为师、以苏为师，在教育领域，在文化学术领域，在文学艺术领域，完全照搬苏联的一套，丢掉了民族文化传统，丢掉了革命文化传统，缺乏主体意识，缺乏自己的文化立场，根本谈不上文化对话，其结果也就妨碍了具有中国特色的社会主义文化

❶ [俄]巴赫金（M. M. Бахтин）《巴赫金全集》（第五卷），白春仁、顾亚铃译，石家庄：河北教育出版社，1998，第370页。

的发展。改革开放后，我们打破文化禁锢，向西方开放，引进了西方的科学技术，也引进了西方有价值的文化，但也存在照搬硬套，缺乏分析和鉴别，缺乏与其展开认真的对话。

（二）相异性

承认文化相异性是文化对话的前提和条件，也是跨文化研究的出发点。在世界文化的范围内，文化有其普遍性，有其共同点，但各民族文化也有其特殊性，有其不同点，有其独特价值。文化的普遍性和特殊性，共同性和相异性是一种辩证关系：没有特殊性就没有普遍性，普遍来自特殊，没有民族文化的独特价值，也就没有世界文化的共同价值，民族文化的独特价值越丰富、越精彩，世界文化的共同价值也就越丰富、越精彩。从这个角度讲，跨文化研究的前提是承认文化的相异性，跨文化研究的出发点是研究文化的相异性，研究各民族文化如何以自己独特的价值去充实、丰富和发展人类的共同文化。在这个问题上要克服两种倾向：一种是只求同不存异，只注重共同性不注重在丰富的相异性、独特性的基础上概括共同性，其“同”不是来自丰富的“异”，其结果必然是干巴的、不丰富的，更是没有普遍性的。一种是只求异不求同，只注重独特性不注重普遍性，不注重从独特性挖掘普遍的价值，其“异”结果也是没有文化价值的。

谈到跨文化研究的相异性，有一个问题常常被忽视，就是我们如何理解文化的相异性，究竟应从民族文化中求什么样的“异”，才能有利于文化的创新和发展。实际上在民族文化中的“异”有两种“异”，既有正面价值的“异”，也有负面价值的“异”。在中华民族文化中，有仁者爱人的“异”、有以民为贵的“异”、有天人合一的“异”，同时也有怪力乱神的“异”、有三寸金莲的“异”、有君臣父子之“异”。历史上在一些西方学者那里，他们也搞跨文化研究，但他们关心的不是具有正面价值的中华特色文化，而是具有负面价值的中华文化中的糟粕部分。这种所谓的求异研究，不是真正的跨文化研究，也无益于人类共同文化的发展。

一个时期以来，在跨文化研究中，“越是民族的越是世界的”成了一种流行的口号。这种提法有其正确的一方面，也就是只有重视民族文化的相异性、独特性，才能有世界文化、人类文化的共同性和丰富性。但这种提法也有片面性，如前所述，民族文化的“异”也有两面性，我们只有挖掘出民族文化中有正面价值的部分，才能进入世界文化之林，民族文化中有正面价值的部分才是世界的。

（三）多样性

文化的多样性，或者称文化的多元性，同文化的主体性和文化的相异性一样，都是跨文化对话的重要条件和前提。

巴赫金在谈到文学和文化的关系时，特别强调不能脱离开一个时代完整的文化语境来理解和研究文学，不应当把文学同其余的文化割裂开来，要看到一个时代各种文化之间的联系。他明确指出，“不把文学同文化隔离开来，而是力求在一个时代整个文化有区分的统一体来理解文学现象”[1]。巴赫金在这里提出一个主要问题，就是文化的多元性和统一性问题。所谓统一体指的是一个

---

[1] [俄]巴赫金（M. M. Бахтин）《巴赫金全集》（第四卷），白春仁、晓河等译，石家庄：河北教育出版社，1998，第 365 页。

时代文化的一体性或完整性。一个时代的文化也好，一个民族的文化也好，总是有统一的精神和特色。以欧洲文艺复兴文化为例，它遍及各个国家的文化，遍及上下层文化，但都体现了以人为本、反对神权的人文主义时代精神。再以俄罗斯文化为例，我们不仅可以从俄罗斯作家的作品中，俄罗斯音乐家、画家的作品中，而且也可以从俄罗斯民歌和民间故事中，感受到一种如别林斯基所说的“销魂而广漠的哀愁”，一种反农奴制的人道主义精神。所谓的“有区分”指的是一个时代文化、一个民族文化的多元性、多样性，不仅有上层文化下层文化之分，也有不同地区文化之分。文化的统一性和文化的多样性是辩证的统一，不能只看到多样性看不到统一性，也不能只看到统一性看不到多样性。在文化交流和对话中，看到文化的多样性和多元性比看到文化的统一性和整体性更为重要，因为前者是后者的基础和源泉，多元性和多样性是文化发展的动力。但在人类文化发展过程中，要真正达到文化的多样化和多元化是很不容易的，大一统的思想总是要限制文化的多样化和多元化，把所谓正统文化之外的文化视为“异端”和“异类”，并加以打压。在苏联早期，讲阶级斗争的《铁流》（绥拉菲莫维奇）和《毁灭》（法捷耶夫）就被视为革命文学的正统和典范，而表现战争的残酷和人性复杂的《骑兵军》（巴别尔 Исаак Эммануилович Бабель，1894—1940）和《第四十一》（拉夫列尼约夫 Борис Андреевич Лавренёв，1891—1959）就视为“异类”和“异端”。这种扼杀多样化和多元化的做法，严重阻碍了文化的发展。

四、跨文化对话的方式是文化的开放和互动

文化对话的方式是文化的互动，而要做到文化的互动首先要做到文化的开放。在这个问题上，巴赫金指出，要注意到文化的互动不是单向的而是双向的，文化开放不仅是共时而且还是历时的。

文化的对话就是文化的互动，不同文化之间的互动是文化发展的动力。以往我们在谈到不同文化的相互关系时，往往只注意到单向的作用和影响，而忽视文化对话的双向性，只注意强势文化对弱势文化的影响，而忽视弱势文化对强势文化的影响，只注意一种文化对一个时代文化发展的影响，而忽视多种文化互动对一个时代

文化发展的影响。拿欧洲文艺复兴来说，正如巴赫金所分析的，中世纪的民间狂欢文化、民间的诙谐文化以及它们所体现的平等精神、变更精神，对文艺复兴人文精神的形成是重要的支持；反过来文艺复兴的自觉的人文精神也极大提升了民间文化的品质。再拿“五四”新文化运动来说，唱主角的、站在前面的是先进的知识分子以及他们所倡导的新文化，但正如钟敬文先生所指出的，也不能忽视民间文学工作在所倡导的中层文化（市民文化）和下层文化（民间文学）所体现的反封建精神对新文化运动的支持，它们恰好是“从另一方面对旧制度、旧伦理和旧文艺（正统文艺）的批判，是更基本的、积极的批判”[1]。

文化互动不是单向的而是双向的，同时，文化开放也不仅是共时的，而且也是历时的。巴赫金指出，从共时的角度看，一种文化要在同别的文化的对话和互动中，显示出自己文化的底蕴，并且使双方的文化都得到丰富和充实。同时，从历时的角度看，也要把文化放在历史发展的过程中，放在“长远的时间”里，在同未来时代

[1] 钟敬文《民俗文化学：梗概与兴起》，北京：中华书局，1996，第135页。

的对话中，揭示其蕴藏的巨大潜能。他反对施本格勒关于文化世界是封闭的和完成的思想，反对他把一个时代的文化看成是一个封闭的圆圈。他指出，文学作品是若干世纪乃至上千年积淀而成的，只根据现在和以往的历史是无法揭示文学作品和文化现象的深刻含义的。他说，“文学作品要打破自己时代的界线而生活在世世代代中，即生活在长远时间里（大时代里），而且往往是（伟大的作品则永远是）比自己当代文学更活跃更充实。”[1] 这就是说，这些作品仿佛超越自己的时代，在自己身后的生存过程中，不断充实新的意义。我们经常提到的“说不尽的莎士比亚”指的就是这种历时对话的文化现象。巴赫金把这种文化现象当作文化对话现象加以理解，一种文化能够同后代对话，能活在长久的时间里，在于它有潜在的内容和潜在的价值，它要随着时代的推移，不断被激活，不断被揭示。巴赫金说，“古典作品的历史现实，就其实质而言，是它们的社会思想被反复强调的一个连续的过程。它们借助于寓于其中的潜在可能性，在每个

---

[1] [俄] 巴赫金（M. M. Бахтин）《巴赫金全集》（第四卷），白春仁、晓河等译，石家庄：河北教育出版社，1998，第 366 页。

时代，在新的对话背景上都可能被揭示出新的思想因素来。它们的这种意义成分确实在继续发展、创造”[1]。

在文化的互动和开放方面，巴赫金还提出外位性和边缘性这两个重要概念。

在文化互动问题上，巴赫金提出外位性问题，他批评为了更好理解外人的文化必须融于其中的观点，指出：“创造性的理解不排斥自身，不排斥自己在时间中所占的位置，不摒弃自己的文化，也不忘记任何东西。理解者针对他想创造性加以理解的东西而保持外位性，时间上、空间上、文化上的外位性，对理解来说是件了不起的事。”[2]所指的外位性就是说在文化对话中，在对待别的文化时要保持自己文化的主体性。他认为：“在文化领域中，外位性是理解最强大的推动力。”[3]这个观点可以从两方面加以理解。第一，外位性和对话消除了文化的封闭性和片面性，并能显现出文化的深层的底蕴。巴赫金

---

❶ [俄]巴赫金（M. M. Бахтин）《文学与美学问题》，俄文版，1975年，第231—235页。

❷ [俄]巴赫金（M. M. Бахтин）《巴赫金全集》（第四卷），白春仁、晓河等译，石家庄：河北教育出版社，1998，第370页。

❸ 同上。

认为，“别人的文化只有在他人文化的眼中才能较为充分和深刻地揭示自己。”❶ 同时，不同文化只有在交流和对话中才能显示出自己深层的底蕴。东方文化的特点在西方人的眼里可以显露得更清楚。第二，外位性和对话使不同文化相互得到丰富和充实，并有可能创造出新的文化。一种文化如果没有自己的价值，自己的底蕴，自己的眼光，自己的问题，是无法创造性理解别人的文化，也无法在对话中丰富和充实自己。巴赫金说，“我们给别人文化提出它自己提不出的新问题，我们在别人文化中寻求对我们这些问题的答案；于是别人文化给我们以回答，在我们面前展现出自己的新层面，新的深层含义。倘若不提出自己的问题，便不可能创造性地理解任何他人和任何他人的东西（这当然应是严肃而认真的问题）。”❷

在文化开放问题上，巴赫金提到了文化边缘性问题，他认为不同文化领域之间不应当是封闭的、对立的，而应当是开放的、对话的。而这种开放和对话往往是出现在文化的边缘，出现在不同文化的交界处，而新的文化

❶ [俄] 巴赫金（M. M. Бахтин）《巴赫金全集》（第四卷），白春仁、晓河等译，石家庄：河北教育出版社，1998，第 370 页。

❷ 同上，第 370—371 页。

往往正是在不同文化的边缘和交界处产生的。巴赫金早年在《文学作品的内容、材料与形式问题》(1924)中就指:“不应当把文化领域看成既有边界又有内域疆土的某些空间整体。文化领域没有内域疆土，因为它整个儿都分布在边界上，边界纵横交错，遍于各处，穿过文化的每一要素。文化具有系统的整体性，渗入到文化生活的每个原子之中，就像阳光反映在每一滴文化的水珠上一样。每一起文化行为都是在边界上显出充实的生命力，因为这里才体现出文化行为的严肃性和重要性，离开了边界，它便丧失了生存的土壤，就要变得空洞傲慢，就要退化乃至死亡。”❶到了70年代，他又进一步阐释这个问题。他说:“由于迷恋专业化的结果，人们忽略了各种文化领域间的相互联系和相互依赖问题，往往忘记了这些领域的界限不是绝对的，在不同时代有着不同的划分，没有注意到文化所经历的最紧张、最富有成效的生活，恰恰出现在这些文化领域的交界处，而不是在这些文化

❶ [俄]巴赫金(M. M. Бахтин)《巴赫金全集》(第一卷)，晓河、贾泽林等译，石家庄:河北教育出版社，1998，第323—324页。

的封闭的特性中。”[1]这种现象的出现，可能是因为在这种边缘地带、交界地带，各种文化在对话中容易出现一种混沌的、活跃的状态，比较容易打破旧的思想、旧的形式，产生新的思想、新的领域。巴赫金这种看法是符合文化发展的实际和客观规律。历史和现实的文化现象都证明，一切最有活力的、最有成效的文化现象，都是出现在多种文化的交界处，而不是在文化封闭的特性之中。

当今世界已经进入全球化时代，人类正处于大发展大变革大调整时期，建构人类命运共同体已成为人类文明进步的方向。在这种新的形势下，世界各国文化的交流对话越发重要，跨文化对话和研究已是中西文化在当代的创新和发展的重要动力，它的价值也变得愈加突出。当前的跨文化研究在实证的个案研究的基础，迫切需要在理论研究上有所突破，对一些基本理论和基本概念做一些深入的探讨，对跨文化的原则和方法做一些深入的探讨，像巴赫金那样，提出“生活的本质是对话”“思想的本质是对话”“语言的本质是对话”以及“外位

[1] [俄] 巴赫金（M. M. Бахтин）《巴赫金全集》（第四卷），白春仁、晓河等译，石家庄：河北教育出版社，1998，第 365 页。

性”“边缘性”等一系列重要的理论和概念。历史研究和现实研究的结合，实证个案研究和理论研究的结合，是跨文化研究的正道。

第三章

跨文化诗学论

诗学一词并不单指诗的理论，而是指一般的文学理论，它源于古代希腊，在亚里士多德的《诗学》中，诗学和文学理论是同义词。诗学源自希腊文 poietike，英文是 poetics，俄文是 поэтка。一般来说，对诗学有三种理解，一是指文学理论，二是指文学结构和审美手段的研究，三是指某一个作家对文学形式和法则的运用。这里所研究的诗学指第一种说法，即文学理论。

比较文学的研究在世界上只有一百多年的历史，随着比较文学研究的深入，比较诗学的研究也提到历史日程上来。1963 年，艾田蒲（Rene Etiemble，1909—2002）在他著名的《比较不是理由》中，首次提出“从比较文学到比较诗学”的设想。钱锺书、刘若愚、叶维廉等学者也倡导和从事比较诗学的研究，钱锺书认为

“比较诗学是一个重要而且大有可为的研究领域”。[1]之后，比较诗学的研究取得了不少成绩，其中如钱锺书的《管锥编》(1979—1982)、《谈艺录》(1984)、《七缀集》(1985)，叶维廉的《比较诗学》(1983)，刘若愚的《中国的文学理论》(1987)，以及曹顺庆的《中西比较诗学》(1988)，黄药眠、童庆炳主编的《中西比较诗学体系》(1991)。近些年来，比较文学研究出现重大转机，由影响研究、平行研究进入跨文化研究，更强调中西异质文化的碰撞和对话，与此同时，比较诗学研究也随之进入跨文化诗学对话研究。

跨文化诗学研究是一个新的研究课题，它涉及跨文化诗学对话的可能性和意义，跨文化诗学对话的历史，诗学的异质性和民族文化精神的关系，跨文化诗学对话的领域，跨文化诗学对话的途径等问题，其中也涉及跨文化诗学对话的观点，比如跨文化诗学对话的旨归是否是要通过诗学对话建立一种普遍诗学等主要问题。跨文化诗学对话研究是跨文化对话研究中一个比较重要的研

[1] 张隆溪《钱钟书谈比较文学与“文学比较”》，见北京师范大学中文系比较文学研究组选编《比较文学研究资料》，北京：北京师范大学出版社，1986，第92页。

究领域，有许多复杂的问题需要在研究实践中进行深入的探讨。

一、跨文化诗学对话的可能性和意义

所谓跨文化诗学对话，指的是不同民族不同体系的文学理论的对话。

跨文化诗学对话研究首先是跨文化文学对话的发展和深入。当我们在对不同民族文学的异同进行研究时，会发现单就文学与文学本身进行比较研究，单就文学现象本身进行研究，许多问题是不好理解的，是讲不清楚的。各民族文学特殊的面貌和特征是同各民族特有的社会历史文化背景相联系的，同时也是植源于各民族不同价值观念和美学观念。作家艺术家总是根据一定的美学观念和美学理想进行创作，要了解他们特有创作特征和追求，就必须追寻他们创作背后的美学观念和美学理想。同样，我们要对不同文学现象进行深入比较研究，首先也需要了解他们的创作所依据的不同的文学观念和文学理想，需要对不同的诗学进行深入的比较分析。从这个角度讲，跨文化诗学对话是跨文化文学对话发展的必然，是跨文化文学对话的深入。艾田蒲在指出比较文学必然导向比较诗学时说："历时的探寻和批判的或美学的沉思，这两种方法以为它们自己是势不两立的对头，而事实上，它们必须相互补充；如果能将两者结合起来，比较文学便会不可违拗地被导向比较诗学。"[1] 这里讲的就是历史的、实证的研究和理论研究的关系，论从史出，理论研究是以历史的实证的研究为基础的，但如果没有理论的指引，历史的实证研究也无法深入。正是从这个意义讲，跨文化诗学研究是跨文化文学研究发展的必然和深入。

跨文化诗学研究不仅是必要的，而且是可能的。世界各国、各民族的诗学体系各不相同，诗学范畴、概念更是各不相同，人们怀疑讲神韵、讲风骨、讲意境、讲妙悟的中国古代诗学能否同讲摹仿、讲反映、讲典型、讲净化的西方古代诗学相互沟通。美国学者韦斯坦因（Ulrich Weisstein，1925—2014）就指出："我不否认有

[1] 干永昌、廖鸿钧、倪蕊琴选编《比较文学研究译文集》，上海：上海译文出版社，1985，第 116 页。

些研究是可以的……但却对把文学现象的平行研究扩大到两个不同的文明之间仍然迟疑不决。因为在我看来，只有在一个单一的文明范围内，才能在思想、感情、想象力中发现有意识或无意识地维系传统的共同因素。……而企图在西方和中东或远东的诗歌之间发现相似的模式则较难言之成理。”[1] 他的这种看法是片面的、不全面的，因为他只看到同一民族同一文明之间在思想感情和思想文化方面的共同性，看不到不同文明、不同民族之间思想感情和思想文化方面的共同性。就诗学研究而言，因不同民族文化精神的差异，不同国家、不同民族诗学的观念、范畴、概念的确有很大差异，这是不可否认的，但这只是问题的一个方面。同时，我们还应当看到不同国家、不同民族的诗学也都有探索和研究文学的审美特征和审美本质的共同追求，有探索和研究文学创作奥秘和文学批评标准的共同追求。这些共同的追求就是跨文化诗学研究的重要基础。事实上，各个国家各个民族的诗学是以其特有的民族文化为基础，从不同的方面、不

---

[1] [美] 乌尔利希 · 韦斯坦因（Ulrich Weisstein）《比较文学与文学理论》，刘象愚译，沈阳：辽宁人民出版社，1987，第 5—6 页。

同的角度来丰富和充实我们对文学共同理解的感悟和认识。

俄国学者巴赫金在谈到文学与文化的关系时，在谈到文艺学和文化史的关系时，所说的一段话对于我们理解跨文化诗学研究的必要性和可能性，是有帮助的。他说："这里应当强调，文学是一种极其复杂和多面的现象，而文艺学过于年轻，所以还很难说，文艺学有什么类似'灵丹妙药'的方法。因此，采取各种不同的方法就是理所当然的，甚至是完全必要的，只要这些方法是严肃认真的，并且能揭示出新研究的文学现象的某种新东西，有助于对它的更加深刻的理解。"[1]巴赫金这里讲的是由文艺学研究对象的复杂性和多面性带来的文学研究方法的多样性。跨文化诗学研究何尝不是这样，由于研究对象文学的复杂和多面，任何一种带有民族特色的诗学只能揭示文学现象的某些方面的特征，谁都无法穷尽文学的全部奥秘。各个民族的诗学各有的特点和优势，通过他们之间的相互对话，这就从不同角度不同方面揭

[1] [俄]巴赫金（M. M. Бахтин）《巴赫金全集》（第四卷），白春仁、晓河等译，石家庄：河北教育出版社，1998，第365—366页。

示了文学的特点和规律，从而丰富和充实人类的诗学。试想，如果我们只承认只肯定一个民族的诗学，不承认进而否定另一个民族的诗学，那么我们的诗学将会是多么片面，多么干巴。从这个意义上讲，跨文化诗学对话、跨文化诗学对话研究不仅是十分必要的，而且是完全可能的。这种研究固然有很大难度，但它对于跨文化文学研究的深入和诗学本身的发展都是有重要意义的。

二、诗学发展的历史就是诗学跨文化对话的历史

世界诗学的发展有悠久的历史，西方有亚里士多德的《诗学》，东方有刘勰的《文心雕龙》。各国各民族诗学的发展，除了同本国本民族的社会历史文化相关，特别是同本国本民族的民族文化精神相关，也同各国各民族的诗学的跨文化对话相关。几千年来，各国各民族诗学的发展，也促进世界诗学的共同发展，从这个意义上讲，世界诗学发展的历史就是各国各民族诗学跨文化对话的历史。这种诗学的跨文化对话在不同历史时期展开，也在不同国家不同民族之间展开，其中有西方各国各民

族诗学之间的对话，也有东方各国各民族诗学之间的对话，更有东西方各国各民族诗学之间的对话。这里只选择中国近现代诗学同西方诗学的对话和俄国诗学同西方诗学的对话来谈。

在中国古代，中国诗学同西方诗学谈不上什么交集，中西诗学的跨文化对话是从近代开始的，是从 1840 年对外开放门户开始的。其中最值得重视的人物是同时代的王国维（1877—1927）和梁启超（1873—1929）。王国维是近代第一个介绍西方哲学和美学的中国学者，他开拓了中西美学、中西诗学跨文化对话的先河，力图把中国古代美学、诗学和西方美学、诗学结合起来，把乾嘉学派的考据方法和西方的逻辑思辨方法结合起来，对近代美学和诗学做出开拓性的贡献。王国维的诗学理念深受康德和叔本华的影响，受“一切美皆形式美”而“美无功利”的影响，更标举“文学超然于利害之外”的本性。他的《〈红楼梦〉评论》《人间词话》《宋元戏曲考》既受西方文化和诗学的烛照，又植根于中国古代文化和诗学，对一些重要诗学问题做出新的阐发。在《〈红楼梦〉评论》中，他在叔本华美学思想的影响下，指出《红楼梦》是“悲剧中之悲剧”，是一部用“个人之性质”表现

“人类全体之性质”的哲学悲剧，道出《红楼梦》悲剧的必然原因和美学价值。而他在《人间词话》中提出的境界论，更是中西诗学对话的结晶。难能可贵的是王国维在文化大变革的年代，对中西文化中西诗学的跨文化对话有自觉的体认，他在《论新学语之输入》一文中指出，“国民之性质各有所特长，其思想所造之处各异，……我国人之特质，实际的也，通俗的也；西洋人之特质，思辨的也，科学的也，长于抽象而精于分类，……吾国人之所长，宁在于实践之方面，而于理论之方面，则以具体的知识为满足，至分类之事，则除迫于实际之需要外，殆不欲穷究之也。”[1]这里既有对西方文化的热情，又有对传统文化心理的体察，表现出在中西文化和中西诗学对话面前的一份冷静。作为王国维的同时代人，梁启超也较早向国人介绍康德的哲学思想，宣传西方的民主自由思想和“欧西文思”（即欧洲文化思想）。他的“诗界革命”“文界革命”“小说界革命”无不和西方文化思想、文学思想有密切关系。关于诗界革命，他说，“欲为诗界

[1] 金雅主编《中国现代美学名家文丛 · 王国维卷》，杭州：浙江大学出版社，2009，第 5 页。

之哥伦布、玛赛郎，不可不具备三长：第一要新意境，第二要新语句，而又须以古人之风格入之，然后成其为诗。……今欲易之，不可不求之于欧洲。欧洲之意境语句，甚繁富而玮异，得之可以陵轹千古，涵盖一切，今尚未有其人也。”[1]这所说的“三长”就是要求中西融会贯通，打破中国诗歌的封闭系统，求新声于异邦，创造中国新诗的新天地。

五四运动开始，西方的哲学思想、文学思想大量涌入中国，中西诗学对话进入新的时期，这时复古派和西方派引起了中西文化之争，如瞿秋白所说，“‘东方文化’和‘西方文化’居然成为了中国新思潮中的问题”[2]。在这场斗争中，鲁迅既反对复古派，批判“学衡派”和“甲寅派”复古论调，也反对认为西方文明全是精华东方文明全是糟粕的“全盘西化”的主张。在整个新文化运动中，鲁迅坚持了正确的方向，也成为了现代中西诗学跨文化对话的开拓者。从 20 世纪 20 年代到 30 年代，他除

---

[1] 梁启超《饮冰室文集点校》（第三集），昆明：云南教育出版社，2001，第 1826 页。

[2] 瞿秋白《饿乡纪程》，《瞿秋白文集》第 1 卷，北京：人民文学出版社，1985，第 30 页。

了翻译和介绍大量外国文学作品，也翻译和介绍了许多外国的文艺理论名著，其中早年如厨川白村的《苦闷的象征》。后来为了同创造社论争，为了校正只信进化论的偏颇，又翻译和介绍了普列汉诺夫和卢那察尔斯基的马克思主义文艺论著。这些论著的翻译和介绍对中国文艺的发展，特别是对中国左翼文学运动的发展，产生深远的影响。鲁迅对外来的作品和文论采取的是“拿来主义”的态度，在他看来，贯通中外古今是发展中国文学和中国诗学的两条路子：“采用外国的良规，加以发挥，使我们的作品更加丰满是一条路；择取中国的遗产，融合新机，使将来的作品别开生面也是一条路。”[1] 除了鲁迅，茅盾和郭沫若也为中西诗学的对话做出重要贡献，如前者对西方现实主义和自然主义的介绍和改造，后者对西方浪漫主义的介绍和改造。

中华人民共和国成立后，中外诗学交流和对话出现了复杂的局面。由于东西冷战局面的出现，中国实行向苏联一边倒的政策，这就基本上断绝了同西方文化和西

[1] 鲁迅《且介亭杂文·〈木刻纪程〉小引》，《鲁迅全集》第6卷，北京：人民文学出版社，1959，第39页。

方诗学的交流和对话。政治上向苏联一边倒，文化上和诗学上当然也是一边倒。这时，中国诗学是全面倒向苏联诗学，基本上是单方面的输入，虽有交流，但谈不上对话。这种局面的出现带来两个后果，一方面是给中国诗学带来了马克思主义社会学诗学，使中国文艺理论界学会用马克思主义立场、观点和方法来看待文学艺术问题；另一方面也给中国诗学带来了教条主义和庸俗社会学，在文学理论方面只谈党性、人民性、阶级性，只谈文艺为政治服务，不谈文学的人性和人道主义；只遵从现实主义、社会主义现实主义，不谈其他文学流派；只运用文艺社会学单一方法研究文学，排斥其他研究方法。这种理论倾向在文化大革命中发展到极端，严重阻碍了中国诗学的发展。

进入新时期，国家实行改革开放的政策，向西方打开门户，这时中西诗学交流和对话也出现了空前跃进的新局面。这时，西方各个时期的文论像潮水般向我们涌来，既有古代、近代、也有现代和后现代，如唯美主义、直觉主义、象征主义、意象派、形式主义、现象学与存在主义、新批评、结构主义，又如解构主义、阐释学、接受理论、女权主义、新历史主义、后殖民主义。这些西方文论的涌入，对中国文论是极大的冲击，它改变了我们对文学艺术的单一的认识，改变了我们对研究方法单一的使用，在文学观念和文学研究方法方面是从一元走向多元，出现了文艺心理学、文艺社会学、文化诗学等新的学科，这就大大促进中国诗学的发展。与此同时，在这种中西诗学交流对话中也提出了新的问题，这就是跨文化诗学对话中的民族主体性问题，就是西方诗学如何同中国传统诗学融合的问题，有人提出中国文艺理论患了失语症。针对这种情况，文艺理论又提出了中国古代文论如何实现现代转换的问题。这些都是中西诗学跨文化对话需要解决的问题，也是需要长期探索的问题。

下面再谈谈俄罗斯诗学如何在同欧洲诗学的跨文化对话中得到发展。19 世纪俄罗斯诗学是植根于俄罗斯民族文化精神，但也同欧洲的诗学保持密切的联系。拿其代表人物别林斯基来说，他的历史的、美学的批评观念，除了植根俄国诗学的历史主义传统，也是在同欧洲唯美主义批评，同黑格尔的历史辩证法思想的对话中，是在同德国的理想的、思辨的哲学美学批评，同法国的实证的历史的批评的紧张对话中形成的。从 19 世纪中期到 20 世纪初，俄国文艺学的学院派也同欧洲的社会科学和自然科学展开对话，吸收它们的新成就，大胆革新文学观念和研究方法，出现了神话学派、文化历史学派、比较历史学派和心理学派四大学派，他们既重视实证研究又有很强的历史主义精神，大大推进了俄国诗学的发展。十月革命前后，俄国引进了欧洲先进的思想——马克思主义，以普列汉诺夫为代表的俄国的马克思主义把马克思主义运用于文学艺术研究领域，产生了俄国马克思主义文学理论批评、俄国马克思主义社会学诗学。马克思主义社会学诗学的产生使俄国的诗学产生根本性变化。问题是十月革命后，由于历史条件的限制、思想的一元化和对外封闭，社会学诗学一家独大，成了诗学的主流，拒绝同外来的诗学对话，拒绝同不同流派的诗学对话，这大大限制了诗学的发展。所幸的是，不少俄罗斯文艺学家在政治高压下依然坚持自己的学术信念和学术个性，在植根于本民族文化精神和本民族文艺学优秀的历史主义传统的前提下，大胆同外国的文化思想流派、诗学流派展开对话，在俄罗斯诗学发展中取得了有世界影响的成就。普罗普（Владимир Яковлевич Пропп，1895—1970）在吸收歌德形态学研究和欧洲故事学研究的基础上，弘扬俄罗斯诗学的历史主义精神，把故事的形态研究和历史研究结合起来，回答了故事是什么和故事怎么来的两大问题，为故事学研究和叙事学研究做出重大贡献。同样，洛特曼（Юрий Михайлович Лотман，1922—1993）在同本国形式主义和西方结构主义诗学的对话中，把诗歌的艺术文本结构研究和诗歌非文本结构（历史文化语境）结合起来，大大推进了结构诗学的研究，被西方誉为是诗学的一场哥白尼革命。

仅从中国诗学和俄罗斯诗学的发展历史看，诗学发展的历史就是跨文化诗学对话的历史，各国各民族诗学的跨文化对话促进了诗学的发展，反之，各国各民族诗学如果拒绝同外来的诗学对话，则严重阻碍诗学的发展。同时，也可以看到各国各民族诗学对话也是一个艰难的、复杂的过程。

三、跨文化诗学对话的前提和领域

承认各民族诗学的相异性，是跨文化诗学对话的前提和基础。在世界范围内，各民族诗学有其共同性，也有其特殊性，有其植根于民族文化精神的独特价值。诗学的共同性和相异性是一种辩证关系，没有特殊性就没有共同性，共同性来自独特性。没有各民族诗学的独特价值，也就不会形成世界诗学的共同价值。民族诗学的独特性、独特价值越丰富越精彩，世界诗学也就越丰富越精彩。从这个角度讲，跨文化诗学对话的前提是承认各民族诗学的相异性，跨文化诗学对话研究的出发点是研究各民族诗学的相异性，是研究各民族诗学如何以自己独特价值去充实、丰富和发展世界的诗学。在这个问题上需要反对两种倾向，一种是只注重求同不注重求异，只注重共同性不注重在丰富的相异性的基础上概括其共同性，其“同”不是来自丰富的精彩的“异”，其“同”也必然是干巴巴的、不全面的、缺乏普遍性的；另一种是只求异不求同，只注重独特性不注重共同性，不注重从独特性中挖掘出有普遍价值的东西，其“异”结果也是缺乏价值的，因为各民族诗学之“异”并不都是有文化价值的。

各民族诗学的特异性表现在各民族诗学的各个方面，各民族诗学的跨文化对话有其广阔的领域，其中包括各民族诗学总体体系、总体特色的对话，也包括各民族诗学范畴、概念、术语的对话，这在中西诗学的跨文化对话中表现得很充分。

中西诗学对话首先表现在文学观念之差异，表现在对文学的本质特征、文学的作用的不同认识。

在文学是什么，在文学和现实是什么关系这个根本问题上，中西文论都认为文学是生活的反映，是源于生活的，但西方文论更侧重于认为文学是生活的摹仿和再现，中国文论更侧重于认为文学是生活的再现，更强调“诗言志”。在西方，亚里士多德的《诗学》是西方的传统文论，它的理论基础就是摹仿论，认为文学是对现实的模仿，后来达·芬奇等人提出的“镜子说”也如同一辙。亚里士多德在《诗学》中提出的摹仿论在西方文论中雄霸两千多年，其间尽管有些变化，但基本上是坚持这一传统。在中国，文论则偏重于主观抒情言志，从“诗言志”“感物言志”，到后来的“物感说”(《乐记》)、“缘情说”（陆机）、“妙悟说”（严羽）到“神韵说”（王士祯），都偏重于认为文学是主观情感的抒发，力求达到摹仿与表现相融合，再现与抒情结合，在人物交融中达到一种审美境界。尽管中西诗学在对文学本质的认识上有差异，但也是相对而言的，从中西文论发展的长河来看，再现说和表现说也是相互渗透的，同时也是不断变化的。更进一步说，无论是摹仿说也好，表现说也好，它们都是寻求对文学本质特征的认识，寻求对文学奥秘的认识，都试图通过个别表现一般，通过偶然表现必然，通过有限表现无限，如中国文论所说的“意外之意”“象外之象”“韵外之致”等等。

中西诗学的差异不仅表现在对文学本质特征的认识上，也表现在对文学作用的认识上。西方欣赏文学作品偏重于求知，偏重于审美的愉悦功能，亚里士多德就认为欣赏活动本质上是一种求知活动、认识活动，人们通过欣赏得到审美愉悦，通过情感的宣泄获得一种审美享受。而中国古代文论更注重文学的教化作用，提倡文学应当“经夫妇，成孝敬，厚人伦，美教化，移风俗”，主张文学“原道、征圣、宗经”，主张“文以载道”。中西文论虽然都强调真善美的统一，但西方侧重真和美的结合，中国更侧重于美和善的结合。

以上谈的是中西诗学在文学观念上的差异，如果从理论形态和思维形态来看，中西诗学也是有差异的。

首先，西方诗学偏重论辩、分析，有较强逻辑性，中国的诗学偏重于感悟，有较强的经验性、直觉性。从思维方式来看，西方哲学一直偏重于逻辑分析，倾向于把事物分成不同范畴，通过范畴的分析来探究事物的特性和内在规律，这种分析带有很强的逻辑性和论辩性。这反映到文论上必然重视客观系统分析、逻辑分析。而中国哲学、中国思维方式则重视体验、直觉、感悟，反映到文论上必然是重视领悟。中国文化中“感兴”“妙悟”“神韵”“滋味”那种只能意会不能言传的特征，正是直觉、感悟思维的产物。

其次，西方诗论有较强系统性，这是同西方诗学重逻辑、重分析相联系的。而中国诗学因为重感悟，所以系统性就相对差些。当然中国诗学也有像《文心雕龙》等系统性较强的论著，但毕竟更多的是“诗文评”，是对具体作品的感悟。当然，对中国诗学的系统性问题还有不同看法，有人认为中国诗学看似缺乏系统性，但却存在严密的体系，存在一种“潜体系”，有一种不比西方诗学逊色的深广的哲理。

第三，西方诗学有较强明晰性，而中国古代诗学则有较大模糊性。与较强的逻辑思维相关联，西方诗学讲究诗学概念的明确性，多采用一些抽象的概念，是一种脱离了具体事物的纯概念。而与感悟式的思维相联系，中国诗学的概念有相当程度的模糊性，古代文论常常不是用抽象的概念来表达，而是多用形象比喻式来表达，如诗之如芙蓉出水，文之如长江大河。这种模糊式的表述缺点是不确定性，具有多义性，但也给人留下无限的想象空间、感受的空间、理解的空间。这种模糊性在某种程度上说更接近于文学艺术的特性。

中西诗学的对话主要体现在中西诗学总体体系和总体特色的对话，同时中西诗学对话也在中西诗学范畴之间展开。中西诗学范畴的差异是中西诗学总体体系和总体特色差异的具体体现。中西诗学的对话常常是在中西诗学范畴之间进行，诸如“感物”和“表现”，“意境”和“典型”，“文如其人”和“风格即人”，“阴柔”“阳刚”和“优美”“壮美”，“意象”和“意蕴”，“美善相乐”和“寓教于乐”等等。通过中西诗学范畴的对话，一是能在对话中把各自范畴的基本理论内涵和文化内涵，各自范畴的优势和不足，更明显体现出来，让我们有更具体更深刻的了解；二是能够在对话中，了解中西诗学各不相同而又相关的范畴如何从各自独特的角度切入对一些诗学问题的探索。这种对话涉及相似诗学范畴的不同层面，最终能丰富和充实我们对一些诗学问题的认识。

就拿中国诗学的意境论和西方诗学的典型论来说，

这是中西诗学范畴对话两个最有代表性的诗学范畴，它们之间存在相通的“文心”，面对共同的诗学问题同时又分别承载着中西诗学各自不同的把握文艺现象的方式和各自不同的民族文化心理。它们面临的共同问题是如何借助艺术手段达到艺术创作中主体和客体的统一，现实生活和艺术形象的融合，达到寓意于境，寓无限于有限，创造出鲜明生动的有普遍意义的艺术形象。但由于民族文化精神的差异，民族文化心理的差异，中西诗学中的这两个范畴也是有明显差异的，典型说偏重于摹仿、再现、写实，意境说偏重于表现、抒情、言志；典型说偏重于塑造人物形象，意境说偏重于描绘景物；典型说追求表现“熟悉的陌生人”，追求通过个别表现一般，意境说追求言外之意、弦外之音。通过这两个诗学范畴的对话，不能说明中西诗学谁高谁低，只能说明中西诗学在把握主客体关系和塑造艺术形象方面各有特色，各有千秋，而这些差异又是同中西不同的审美意识相联系的，同重思辨和重感悟的思维方式的差异相联系的。同时要看到中国的意境说和西方的典型说都是属于历史的，各自在中国古代和西方近现代都有一个历史发展过程，至于两者之间的对话，两者之间的交流、整合也是同中国近现代文学和诗学的发展相联系的。王国维在承继历代意境说的基础上并采取西方一些美学观念，完整论述了意境说的理论。但随着近现代中国社会和中国文学的发展，随着西方文化和西方诗学的进入，在中国诗学中，西方的典型论逐渐代替了意境论，但意境说的特质和优势是无法代替的，两者如何通过对话达到互补、汇通、整合，最后生成一种新的范畴，这是属于历史的课题。

四、诗学的异质性和民族文化精神

各民族诗学异质性的形成是同各民族社会历史文化条件，同民族文化精神相联系的，只有对各民族社会文化有深入的了解，才能对各民族诗学异质性有深切的理解，才能展开各民族诗学的真正对话，才能不致于将一个民族的诗学强加于另一个民族的诗学，也才能从别的民族的诗学中吸收有利于本民族诗学发展的精华。

从西方诗学来讲，它的一系列异质性是同西方较早进入商业社会以及西方科学技术的发展相联系的，这与中国的农业社会有很大区别。西方的商业社会形成了西方人的性格和西方特有的民族文化精神，并给西方诗学打下深深的烙印。商业社会形成了人和自然的对立，商业充分也形成了人的个体性的突出，群体性的不突出。西方商业社会比较重视人的外在的实际活动，反映在诗学上就是比较重视对事物的反映，强调摹仿客体的真，与此相适应的，反映在对文学的社会作用的看法方面主要强调求知，强调文学对事物对社会的认识作用，而不过分强调文学的教化作用。而西方对真的追求，西方科学技术的发展，也深刻影响西方诗学的思维方式，形成它重分析、重逻辑、重思辨，并具有较强明晰性和系统性的特征。西方诗学几千年来尽管有很大变化，始终体现汤用彤先生所概括的“因知识以求知识，因真理而求真理”的特征，始终充满一种追求客观规律的科学精神。

从中国古代诗学来讲，它的一系列特征，它的异质性，则是同中国的农业社会，同中国传统的以儒家和道家为代表的民族文化精神相联系的。不同于西方的商业社会，中国古代主要是农业社会，就人与自然关系而言，土地对农民来讲是命根子，所谓“天地自然育成万物”，农民对土地对大自然就有一种亲切感，于是“天人合一”自然就成为农业社会的理想。同时，在农业社会，就人与人关系而言，农民世世代代生活在一个地方，一个家族有父子、兄弟、夫妇等人伦关系，这种人与人关系强调的不是个人，而是群体，强调的不是斗，不是对抗，而是和，是“和为贵”。显然，农业社会这种对人与自然关系的理解，这种对人与人关系的理解，迥然不同于商业社会对人与自然关系的理解、人与人关系的理解。而这种对人与自然关系、人与人关系的独特理解，这种“天人合一”的生活理想，这种“以和为贵”的道德伦理，自然就形成以儒家和道家为代表的中国古代民族文化精神，进而影响中国古代诗学的文学观念，并形成中国诗学一系列独特的诗学范畴。

从文学观念来看，与农业社会讲求实用性、讲求群体性相联系，儒家的哲学是社会哲学，儒家的文学观念特别注重文学的社会作用，强调文学的“兴、观、群、怨”和“美刺”的作用，主张文学应当“经夫妇、成孝敬，厚人伦，美教化”，倡导“文以载道”。与农业社会人与自然和谐、“天人合一”相联系，道家的哲学是自然哲学、与这种哲学相对应，道家的文学观念崇尚面对自然，以自然为本，强调文学要“法自然”，强调文学是出世的，不应当有任何目的。儒家的文学观念和道家的文学观念看似有所不同，但都主张人与人的和谐，人与自然的和谐，无论是人与人关系的“和为贵”还是人与自然关系的“天人合一”，总之儒家和道家都强调“和”的思想，而“和”最终成为中国古代诗学的核心观念。这种和的文学观念非常突出地反映到一系列诗学范畴上，不同于以冲突为美的西方诗学，中国古代诗学通过气、神、韵、境、味等诗学范畴，体现出一种以和为美的美学思想，一种含蓄、朦胧、淡泊、空灵、灵动、悠远的美学境界。

从俄罗斯诗学来讲，它的突出特征，它的异质性，也是同俄罗斯社会历史，同俄罗斯民族文化精神相联系的。俄罗斯诗学不论是19世纪以别林斯基为代表的革命民主主义美学和文学批评，还是后来的马克思主义社会学诗学，都有一些共同的特征。一是唯美主义美学观和现实主义文艺观，强调文艺要忠实于现实生活又要积极影响生活，提出“美是生活”和文学应当成为“生活的教科书”。二是强调文艺的思想性、政治倾向性和社会教育功能，不仅把文学看成是认识生活的手段，而且看成是改造生活的手段。三是因为承担着参与社会思想斗争的社会启蒙重任而具有鲜明的论战性和强烈的政论色彩。

这些特征对于讲求文学特征和讲求美学追求的西方诗学来讲，是十分刺眼、很难理解的，但如果联系俄国社会特征和俄国民族文化精神来看，却是非常自然、可以理解的。一是俄罗斯诗学体现了俄国村社的重集体轻个性的民族精神个性。俄国社会长期处于农奴制，广大农村一直存在村社。俄国村社是俄国农民进行自我管理的形式，它不仅决定了农民经济的性质，而且也决定了俄国农民的精神个性和价值观。村社是一种经济和生活的联合体，是一种向国家和地主负责的集体，是一种同甘共苦的集体。这种集体在长久的发展中培养了俄国农民轻个性重集体的精神个性和价值观。别尔嘉耶夫（Николай Александрович Бердяев，1874—1948）曾经说过，“俄国人，总喜欢在温暖的集体中，在土地使人消融于其中的惬意的环境中，在母亲的怀抱中生活。骑士精神，锻造着个人的价值感和荣誉感，造成个人的坚定性，俄罗斯的历史没有创造出这种个人的坚定性。”[1]俄国文化中的集体精神当然也同俄国农民对东正教的信仰有关，东

---

[1] [俄]别尔嘉耶夫（Н. А. Бердяев）《俄国的命运》，俄文版，1918年，第6页。

正教教育农民要与有组织的集体和谐一致，东正教有一个核心理念就是“聚合性”，它强调人与人之间的精神交流，强调集体是绝对的，个人是相对的，是从属于集体的。二是俄罗斯诗学体现了俄罗斯浓厚的宗教情怀所包含的强烈的救世主义精神。别尔嘉耶夫说：“俄罗斯人民的灵魂是由东正教培育的，它具有纯粹的宗教形式。这种宗教形式一直保存到现在，保存到俄国的虚无主义者和共产主义者身上。”[1] 俄罗斯文化中的宗教情怀除了表现为对未来、对现实之外的世界的追求，更表现为一种强烈的救世主义，或者叫普世主义。这种救世主义同基督教的历史有关。在基督教历史上第一罗马曾是基督教中心，后来灭亡。第二罗马即拜占庭帝国，也曾以第二罗马自居取代基督教中心地位，后来也灭亡。这时基督教转到莫斯科，出现了第三罗马的说法。俄国人认为俄国是基督教世界的中心，认为东正教才是唯一的正统的基督教。这种第三罗马的理论强调俄国具有普济天下的使命，充满强烈的救世精神。这种精神渗透到俄国文化、

---

[1] [俄] 别尔嘉耶夫（ Н. А. Бердяев ）《俄国共产主义的由来和意义》，俄文版，1990 年，第 8 页。

俄国文学，也渗透到俄国诗学，表现出一种对人类命运的深切关怀，一种救世的责任感。

五、跨文化诗学对话的态度、方式和旨归

中西诗学植根于不同的社会条件，不同的民族文化精神，无论在诗学观念上和诗学范畴上都存在很大差别，但从诗学发展的角度看，为了求得中西诗学的共同发展，为了丰富和充实人类诗学的宝库，中西诗学又需要进行跨文化的对话。这种对话尽管有很大难度，但只要态度正确、方式得当、目标明确，还是有可能进行的。历史上中西诗学对话所积累的有益经验，为我们进行中西诗学跨文化对话提供了重要启示。

中西诗学对话首先面临的是态度问题和立场问题，也就是要克服种种错误的看法和做法，在中西诗学之间建立平等的对话关系。在中西诗学的对话上有两种态度都要不得，一是全盘西化，言必称希腊，言必称西方，生硬照搬西方诗学的观念和概念，把它套在中国文学身上。二是故步自封，夜郎自大，排斥一切西方诗学，排

斥一切现代诗学的新发展。实际上的情况是几百年来西方经济强势形成的西方诗学话语强势是客观存在，并构成对中国诗学的贬抑态势。必须承认西方诗学有其优势，具有很大影响力，但也带有其历史局限性，而中国古代诗学尽管长时期在世界上沉寂，但中国古代诗学也有其不可替代的优势和独立价值。尤其应当看到，当今世界正面临百年不遇之大变局，中国的政治经济地位正在上升，中国正在世界东方崛起。从这个角度看，中西诗学之间应当采取平等对话的态度，各自从对方吸收有价值的诗学资源。所谓的中西诗学平等对话，就是要坚持中西诗学互为主体的原则，西方诗学是一个主体，中国诗学也是一个主体，中西两个主体应当通过互释、互证、互补展开平等的对话。中国文学界多年来关于“失语症”的担心和“中国古代文论现代转换”的探讨，实际上涉及的都是中西诗学的关系问题，而解决这个问题的最好思路就是中西诗学平等对话。中西诗学平等对话事实上不仅是必要的，因为它们有各自优势和各自的局限，需要通过对话吸收对方的长处，弥补自己的不足，求得诗学的发展。中西诗学对话也是可能的，因为中西诗学面临文学的本质和理解一系列共同问题，比如文学创作问题、文学作品问题、文学欣赏问题等等，都需要从不同的角度、不同的方面进行探讨，以求得我们对文学现象更全面和深刻的认识。

其次，中西诗学对话面临的是对话方式问题。关于中西诗学对话方式或方法，近年来学者提到的有异同比较法、文化寻根法、整合建构法等等，钱锺书也曾说过，“如何把中国传统文论中的术语和西方的术语加以比较和互相阐发，是比较文学的重要任务之一”[1]。我认为中西诗学对话最主要的方式是相互阐释，这是中西诗学对话的必由之路。

阐释是各种各样的，一种是固守原典，不能越原典雷池一步，要求原封不动地指向原典，这样做的结果既不可完全重现原典，对被阐释的对象的丰富的复杂的内涵有真切的了解，更不能根据历史和现实的发展激活原典的意义。另一种是过度阐释，或者把自己的观点生硬地加在原典身上，甚至是生硬地勉强地用古人的观点来印证自己的观点。还有一种是拿西方的文论来同中国文

[1] 张隆溪《钱钟书谈比较文学与“文学比较”》，见北京师范大学中文系比较文学研究组选编《比较文学研究资料》，北京：北京师范大学出版社，1986，第92页。

论做简单的比附，把西方诗学的概念、范畴硬套在中国诗学身上。凡此种种，都不是我们主张的中西诗学对话的阐释方法。

我们主张的中西诗学对话的阐释方法，有两个重要特征，一是这种阐释方法是跨文化的对话，必须充分重视和尊重阐释者和被阐释者之间的文化差异，充分重视和尊重不同诗学之间的文化差异，不能简单地生硬地加以比较和阐释。二是这种阐释方法必须坚持双向阐释的原则，坚持阐释者和被阐释者互为主体的原则。在以往的阐释中，只存在一个意识、一个主体，这就是阐释者的意识和主体，而在对话式的阐释中，则有两个意识、两个主体，既有阐释者的意识和主体，也有被阐释者意识和主体。而只有这两种意识和两种主体的对话，才能碰撞出和激活出新的意识、新的思想。近现代以来，王国维、宗白华、朱光潜、钱锺书等先辈就在中西诗学的相互阐释、相互印证、相互补充中做出榜样，如王国维提出的“境界说”、宗白华提出的“意境层次说”、朱光潜提出的“美是主客观统一说”，而钱锺书在他的著作中中西诗学互释和古今诗学互补的例子更是不胜枚举。其他比较成功的著作还有刘若愚的《中国文学理论》、叶维廉的《比较诗学》、张隆溪的《道与逻各斯——东西方文学阐释》等等。

第三，中西诗学对话最后面临的是旨归问题，也就是中西诗学对话的目的是什么，我们如何为中西诗学对话设立一个切合实际的目标。在这个问题上共同的看法是不能为对话而对话，那么它对话的目的是什么呢？看法不尽相同，有提出要取长补短，有提出要焕发新义，有提出要达到中西诗学化合，有提出要建立世界共通的普遍诗学。实践证明，通过对话，中西诗学取长补短、焕发新义是有可能的，而中西诗学要完全融合，甚至达到一种普遍诗学则是不切实际的，因为各民族的诗学是植根于各民族文化的具有独特价值观和思维方式的诗学，要完全融合，要成为一体，是完全不可能的。中西诗学对话最切合实际的目标，一是通过对话充实和发展本民族的诗学，二是通过对话丰富和加深我们对诗学共同规律的认识，而这两者又是相互统一的，我们对诗学共同规律的认识是建立在各民族诗学对诗学认识的基础上，只有各民族诗学发展了，才能有对诗学共同规律的更深入的认识，我们以俄罗斯诗学和西方诗学的对话来说明这个问题。

从19世纪到20世纪，俄罗斯诗学以其深厚的人道情怀和历史主义精神，以其独特的价值和品格，在世界诗学大格局中占有独特的地位，产生了独特的影响。俄罗斯诗学之所以取得比较大的成就，除了植根于本民族的文化传统和诗学传统，还特别善于从西方诗学中吸取营养，在俄西诗学对话中形成自己独特的有世界影响的诗学。别林斯基是19世纪俄罗斯诗学的杰出代表，他所提出的“历史的、美学的批评原则”就是俄罗斯诗学和欧洲诗学对话而形成的具有民族特色和极高创新性的文学批评原则，是文学批评理论的一次重大突破。在他之前在俄国特别在西欧出现不同批评观念和批评，各有其优点也有其不足。欧洲的“纯美学分析批评”重美学批评但缺乏社会历史内容。他认为“在批评之国的德国，批评是理想的、思辨的；在法国，批评是实证的，历史的”，而俄国批评的目的是“应该不仅追求科学的成功，并且还追求教育的成功，我们的批评还应该对社会起家庭教师的作用”。[1] 为此，他提出要把欧洲批评的观念和

❶ [俄]别林斯基（В. Г. Белинский）《别林斯基选集》（第一卷），满涛译，上海：上海译文出版社，1979，第325—326页。

方法与俄国批评的批评观念和方法加以融合，形成历史的美学的文学批评原则，他曾满怀深情并充满自信地说过这样一段话："俄国批评史也正如俄国诗歌及文学史一样，表现了从统治在欧洲意见的回声转变为独创的对艺术的看法这一渐进的追求……我们现在已经对任何一种欧洲批评都不能感到满意，看到它们每一种里面都包含某种片面性和排他性。我们已经有某种权力可以认为，在我们的批评中，所有这些片面性会汇合、调和成多方面的、有机的（而不是庸俗、折中的）统一。也许，我们的祖国、我们伟大俄国的使命，就在于把从前仅仅排他性地显示于西欧的全世界历史性发展的一切因素统统融合于自己一身。"[1]

20世纪俄罗斯诗学虽然是马克思主义社会学诗学一统天下，其他诗学流派受到打压，但不少文艺学家仍然坚持自己的学术信念和学术个性，坚持俄罗斯诗学的优秀传统，并在同西方诗学的对话中发展俄罗斯诗学，其中出现了巴赫金、普罗普、洛特曼等一批具有世界声誉

[1] [俄]别林斯基（В. Г. Белинский）《别林斯基选集》（第三卷），满涛译，上海：上海译文出版社，1980，第614—615页。

的文艺学家。其中，洛特曼是20世纪俄罗斯诗学中张扬诗学的代表人物，他的结构诗学同俄国形式主义诗学一样，虽然是受到西方学者的语言学和西方结构主义思潮的影响，认为艺术文本的分析要抓住艺术文本结构，文本结构的复杂性是同文本的艺术能量成正比的。他这种理论当年曾被文艺学者的主流斥之为“去人文化”和“反历史主义”。实际上这是对洛特曼结构诗学的误解，洛特曼在同西方结构主义的对话中，并没有完全照搬西方结构主义，他继承了俄罗斯诗学历史主义的传统，并不把结构研究局限于文本结构，而是提出了艺术文本结构和艺术外文本结构（社会历史文化语境）的概念，认为只有把艺术文本看成是社会历史文化的存在物，才能对艺术文本有真正的理解。他的结构诗学体现了俄罗斯诗学结构研究和历史研究相结合的趋势。俄罗斯诗学和西方诗学的对话吸收了各自的优势，弥补了各自的不足，让世界诗学研究出现了新的特点和新的趋势。从这个意义上讲，西方评论认为洛特曼的结构诗学研究是文学研究中的“一场哥白尼革命”。[1]

❶ [荷兰] 佛克马（D. W. Fokkema）、易布思（E. Kunne-Ibsch）《二十世纪文学理论》，林书武等译，北京：生活·读书·新知三联书店，1988，第50页。

第四章

跨文化研究与巴赫金的对话思想

巴赫金关于文化对话的思想（文化的整体性和多元性、文化的主体性、文化的互动性、文化的边缘性和开放性、文化的创新性），关于人文科学和文化研究方法论的思想（理解、外位性），为我们开展跨文化研究提供了丰富的思想资源，有重要的理论价值和实践意义，值得认真加以梳理和研究。

一、巴赫金的对话思想

巴赫金是 20 世纪最重要的思想家，他的研究涉及哲学、伦理学、人类学、民俗学、语言学、符号学和文艺学、美学多个领域，具有丰富的多面性和很强的原创性，对 20 世纪思想文化界有巨大的震撼力。

中国对巴赫金的认识经历了一个复杂的过程，开始是关注他的复调理论，继而关注他的狂欢化理论，最后才抓住对话理论。随着研究的深入，我们才逐渐体悟到复调理论和狂欢化理论的背后和深处是巴赫金毕生追求并为之付出重大代价的对话精神，是对话理论，认识到不理解对话就谈不上真正的理解复调和狂欢。对话精神正是巴赫金哲学思想和美学思想的根基，是巴赫金思想最有魅力和最具震撼力的精华所在。

在巴赫金看来，对话是人类重要的生活方式和生存状态，它渗透到人类生活的各个领域，他认为生活的本质是对话，思想的本质是对话，语言的本质是对话，文学艺术的本质是对话，文化的本质也是对话。

生活的本质是对话。他指出，“生活就其本质说是对话的：提问、聆听、应答、赞同等等，人是整个地以其全部生活参与到这一对话之中的，包括眼睛、嘴巴、双手、心灵、整个躯体、行为。他以整个身心投入话语之中，这个对话则进到人类生活的对话网络里，参与到国际的研讨中”[1]。在另一处他又谈到，“生活中一切全是对话，也就是对话性的对立”[2]，“单一的声音，什么也结束不了，什么也解决不了。两个声音才是生命的最低条件，生存的最低条件”[3]。巴赫金关于生活的本质的思想是他对人和人的存在方式的根本理解，是他对现实的人的存在的深刻理解。在他看来，每个人都是独立的存在，都有独立的价值，人的存在和差异应当受到尊重和关怀，有了这个前提才有人与人之间的平等对话。

思想的本质是对话。他指出，“思想就其本质来说是对话性的”，“陀思妥耶夫斯基恰恰把思想看作是不同意识不同声音间演出的生动条件，这样来进行观察和艺术描绘。思想、意识、一切受到意识光照的人的生活（因而是与思想多少有些关联的生活，本质上都是对话性——这一艺术发现使他成为伟大的思想艺术家）。”[4]为什么说思想的本质是对话？巴赫金认为思想不是主观的个人心理的产

[1] [俄]巴赫金（M. M. Бахтин）《巴赫金全集》（第五卷），白春仁、顾亚玲译，石家庄：河北教育出版社，1998，第387页。

[2] 同上，第58页。

[3] 同上，第340页。

[4] 同上，第115页。

物，不是生活在个人意识之中，思想的真正生存领域是在同别人思想发生重要的对话的关系之中，人的想法要成为真正的思想必须是在同他人另一种思想的积极交往之中。思想只有在对话中才能获得活力，才能不断生成和发展。思想如果只生活在个人的意识之中，如果拒绝同别人对话，如果把自己凝固起来，把自己树为绝对的权威，那么这种思想肯定会走向僵化，甚至走向死亡。

语言的本质是对话。巴赫金把对话思想运用到语言领域，对语言有自己独特的理解。他既批判以洪堡为代表的把语言局限于个人心理范畴的“个人主义的主观主义”的语言学，也批判以索绪尔为代表的把语言看成是稳定不变的体系的“抽象的客观主义”的语言学。他强调语言在社会交往活动中的社会性，认为语言属于社会活动，话语是双方的行为，它取决于两个方面，一是谁说的，二是对谁说的。他明确指出：“语言只能存在于使用者之间的对话交际之中。对话交际才是语言的生命真正所在之处。语言的整个生命，不论是在哪一个运用领域里（日常生活、公事交往、科学、艺术等等），无不渗透着对话关系……这种对话关系存在于话语领域之中，因为话语就其本质来说便具有对话的性质。”[1]

文学艺术的本质是对话。巴赫金在《审美活动中的作者和主人公》中，提出审美活动是一种审美事件，它由作者和主人公构成，两者在审美活动中相互联系，相互影响，它们之间是一种对话关系。实际上审美事件的构成除了作者和主人公，还应当包括读者，审美事件是作者、主人公和读者的对话关系。所谓审美事件所体现的对话，按巴赫金的意见，又可以有三种对话关系：作家同前辈作家的对话；作家与同时代接受者的对话；作家同后代的对话。一部优秀的作品是具有潜在的思想艺术价值的，它要“生活在长远的时间里”，真正比在自己的时代更活跃更充实。

当然，巴赫金也认为文化的本质是对话，他指出一个时代的文化是有区分的整体，文化是具有多样性的；文化的互动和开放是文化发展的动力；文化所经历的最紧张、最有成效的生活是在文化的交界处和边缘；文化对话的目的是文化的创新。

---

[1] [俄] 巴赫金（M. M. Бахтин）《巴赫金全集》（第五卷），白春仁、顾亚玲译，石家庄：河北教育出版社，1998，第 242 页。

不论是哪个领域，巴赫金的对话思想强调的是主体性（对话的双方都是独立的，都有自己的价值）、对话性（对话是主体展现的形式，对话的双方是互动的，是相互交锋、相互作用的）、未完成性（存在就意味着对话，对话是开放的、未完成的，对话结束之时也是一切终结之日）。

为了深刻理解巴赫金的对话思想，还需要深入了解其产生的历史语境，了解其历史针对性。19 世纪末 20 世纪初，由于实证主义在哲学中的蔓延和科技发展中机械论的影响，不少哲学家、思想家和作家都为哲学中失去人，美学中排除伦理、价值要求感到担忧。巴赫金正是在这时开始对人和人的存在方式的思考。同时，巴赫金的对话也是针对他所生存年代苏联现存制度对人的压制。从他的学术著作中，我们可以强烈感受到一种对人的价值的尊重和人与人平等关系的追求，一种对专制的无声抗议和深沉的人文关怀。

二、巴赫金的文化对话思想

巴赫金把他的对话理论运用于文化领域，对文化的特性和发展规律，对文化的整体性和多样性、文化的主体性、文化的互动性、文化的开放性和边缘性以及文化的创新性，都做了深刻的、独特的、富有创新性的阐释。巴赫金文化对话性的思想是独树一帜的，是20世纪文化理论的重大发展，对于文化研究和跨文化研究都有重要的启示。

（一）文化的整体性和多样性

巴赫金在谈到文学和文化的关系时，特别强调不能脱离开一个时代完整的文化语境来研究文学，不应该把文学同文化割裂开来，他明确指出，“不把文学同文化隔离开来，而是力求在一个时代整个文化的有区分的统一体中来理解文学现象”[1]。在这里，巴赫金提出一个重要的理论观点，他认为一个时代的文化是有区分的统一体，也就是说一个时代的文化既是一个统一的也是多元、多样的，既是完整的也是可以分割的，它是又合又分的。只讲多元、分割，不讲统一、整体，或只讲统一、整体，

[1] [俄] 巴赫金（M. M. Бахтин）《巴赫金全集》（第四卷），白春仁、晓河等译，石家庄：河北教育出版社，1998，第365页。

不讲多元、分割，都是片面的。如何辩证地认识和对待两者的辩证关系，是巴赫金关注的重要理论问题和实践问题。

巴赫金首先指出一个时代的文化是有区分的，是多元的，例如在中世纪有上层文化，有下层文化，有宣扬禁欲主义，宣扬世俗生活的罪恶，妄图使现有制度神圣化、合法化和固定化的教会和官方文化，也有反对禁欲主义、反对等级制度、主张自由平等的民间文化。而不同文化的存在归根到底又是由不同的社会制度，不同的生活条件决定的。他深刻指出，正是中世纪两种生活存在产生了中世纪两种思维体系和两种文化，官方和教会的生活，他们的生活和交际形式，他们的宗教仪式，决定了官方文化冰冷僵化的严肃性，而民众广场和狂欢节中的无拘无束的自由生活，决定了民间文化自由平等的精神和充满更新的创造精神，决定了民间文化自由、欢乐的音调。值得注意的是，巴赫金在谈到一个时代文化的多元性和多样性时，也指出一个时代的各种文化所占有地位及其价值也是不同的。在一个时代、一个民族的多元文化中，他特别看重民间文化的地位和影响，高度重视民间文化给文学带来的重大的和深刻的影响。他说不了解民间诙谐文化就无法理解拉伯雷的怪诞现实主义小说，不了解民间狂欢文化就无法理解陀思妥耶夫斯基的复调小说。到了晚年，巴赫金更是大声疾呼要人们重视强大而深刻的文化潮流，特别是底层的民间文化潮流对作家创作的影响。他认为不能把一个时代的文学过程仅仅归结为文学诸流派的表面斗争，仅仅归结为报刊的喧闹，而要去揭示那些真正决定作家创作的强大而深刻的文化潮流（特别是底层的民间潮流）。只有如此，才能“深入到伟大作品的底蕴”[1]。

一个时代的文化不仅是有区分的，多样多元的，而且是一个统一体。一个时代文化的整体性主要表现在各种文化的相互联系，各种文化都有统一的时代精神和特色，往往又体现出人类共有的价值观。以文艺复兴时期的文化为例，它虽然遍及意大利、德国、法国、西班牙和英国等国家，同时在多个国家中又分为上层文化和下层文化，但它们都体现了文艺复兴文化统一的精神风貌，统一的价值追求，这就是主张以人为本和反对神权的人

[1] [俄] 巴赫金（M. M. Бахтин）《巴赫金全集》（第四卷），白春仁、晓河等译，石家庄：河北教育出版社，1998，第 365 页。

文精神。在19世纪俄罗斯的众多作家、艺术家身上，我们都可以感受到反农奴制的人道精神，感受到一种“销魂而广漠的哀愁”。在唐代文化中，也体现一种统一的“盛唐气象”，一种开阔的胸怀和恢宏的气度，一种进取、昂扬的精神。

更难得的、更重要的是巴赫金还特别关注一个时代文化整体性、统一性和多样性、多元性的关系。一个时期以来，我们在文化研究中先是强调整体性、统一性，忽视多样性、多元性，后来又是只强调多样性、多元性，又忽视整体性、统一性。实际上，任何具体文化领域都需要从文化整体性的联系中确定自己的位置，显示自己的特色和价值。就文学研究而言，苏联过去的庸俗社会等只强调文学同社会政治、经济、社会文化的关系，忽视文学的特性，后来纠正这一弊端后又走到另一极端，是过分强调文学特性，而忽视文学同文化整体的关系，缺乏广阔的文化视野。对此，巴赫金提出尖锐的批评，他认为“文学是文化不可分割的一部分，脱离了那个时代整个文化的完整语境，是无法理解的”，他主张“力求在一个时代整个文化有区分的统一体中来理解文学现象”[1]。说到底，巴赫金文化诗学的精义就在于此。

（二）文化的互动性

巴赫金所说的文化对话性主要表现在文化的互动性和开放性，这里先讲文化的互动性。

巴赫金不仅把一个时代的文化看成是有区分的统一体，而且把一个时代的文化看成是多种文化相互联系和相互作用的统一体，看成是多元互动的统一体，巴赫金关于文化互动性的思想是独特的，它包括三个主要思想：文化互动不是单向的而是双向的；文化互动不仅是内容层面，也是形式层面的；文化互动是文化发展的动力。

在研究文化互动、文化对话时，巴赫金特别关注民间文化、下层文化和上层文化的互动关系。以往我们更多研究民间文化对上层文化的影响，巴赫金认为这种影响是双向的，而不是单向的。民间文化为文人文化提供养分，反过来文人文化对整个民族文化，其中包括民间

[1] [俄] 巴赫金（M. M. Бахтин）《巴赫金全集》（第四卷），白春仁、晓河等译，石家庄：河北教育出版社，1998，第 365 页。

文化也是一个大的提升。他以欧洲文艺复兴时期民间诙谐文化同正宗文化的关系深刻证明这个问题。在文艺复兴时期，整整一千年积淀起来的非官方的民间诙谐文化、狂欢文化闯入了正宗文学和主流意识形态领域之中，并使之充满创造力，这种作用表现在狂欢化文化对狂欢体裁形成的作用，更主要表现在民间狂欢文化所形成的狂欢式的世界感受（自由平等的精神、交替更新的创造精神）对文艺复兴世界观的影响。正如巴赫金所说的，“在狂欢式世界感受的基础上，还逐渐形成各种复杂形式的文艺复兴世界观，透过狂欢式的世界感受，在一定程度上反映出那一时代人道主义者所理解的古希腊罗马文化”[1]。这里所指的民间狂欢化式世界感受对文艺复兴世界观的影响，对文艺复兴文学艺术的影响，主要在于“使人回到人自身”，在于对人的尊重，在于弘扬一种人道主义精神和生气勃勃的创造精神。反过来讲，在巴赫金看来，千年积淀起来的民间文化、民间诙谐文化也受到文艺复兴时期人文精神的影响，本身也得到提升，也产生

[1] [俄]巴赫金（M. M. Бахтин）《巴赫金全集》（第五卷），白春仁、顾亚玲译，石家庄：河北教育出版社，1998，第171页。

重要变化。这种变化，巴赫金认为表现在“它的全民、激进性、自由不羁、清醒和物质性已从自身近乎自发的存在阶段，转向艺术自觉和坚定性的阶段，换言之，中世纪的诙谐在其发展的文艺复兴阶段已成为新的时代的自由的、批判的历史意识的表现”[1]，这里说的是中世纪的民间文化在文艺复兴先进人文思想光照下，逐渐由感性的自发状态上升为自觉的状态，并成为文艺复兴时代精神和历史意识的表现形式。

巴赫金关于上下层文化互动的思想，应当说是揭示了文化发展的重要现象和重要规律。多种文化的互动，在中国多个时期文化和文学发展中都可以看到。在中国古代，我们看到了民间故事、民间说书对文学经典《水浒传》《三国演义》《西游记》形成的作用，也可以看到这些文学经典走进民间，对整个民族文化、民间文化的提升作用。谈到“五四”时期，钟敬文先生认为，“五四”对中国传统文化并不是全盘否定的，它打击得更严厉的是上层文化。它对民族的通俗文化和下层文

[1] [俄]巴赫金（М. М. Бахтин）《巴赫金全集》（第六卷），李兆林、夏忠宪等译，石家庄：河北教育出版社，1998，第84—85页。

化，却是保护和提倡的。在他看来，“五四”时期对中层（市民文化）和下层文化（民间文化）的保护和提倡对“五四”新文化运动是起促进作用的，其中包括提倡白话文；赞扬口承文学，创办《歌谣》周刊；提高俗文学（通俗小说、戏曲）的地位；进行作为民族文化的民间风俗风尚的勘察等。他认为这些活动所提倡的反封建的民主精神同“五四”新文化活动的精神是完全一致的。从这个意义上讲，同民间文化对文艺复兴运动的支持一样，当年弘扬传统的中、下层文化也是对五四运动的重大支持。

从巴赫金到钟敬文，他们关于文化转型期下层文化和上层文化互动的思想在当下仍有现实意义。今天我们面临文化转型，当代文化出现了众声喧哗的局面，有主流文化有非主流文化，有精英文化有大众文化，有雅文化有俗文化，多种文化如何在互动中发展，上层文化如何从下层文化中吸收营养，下层文化如何在上层文化影响下得到提升、特别是新文化的形成如何得到下层文化的激活和支持，我们都可以从他们的论述中得到有益的启示。

巴赫金关于文化互动性的思想，还有两点值得注意。

一是巴赫金认为，不同文化的相互影响和相互作用不仅是内容层面，而且涉及形式和体裁。就民间狂欢文化对文学的影响而言，不仅是狂欢节所体现的狂欢式世界感受影响正宗文学的内容，而且“狂欢化有构筑体裁的作用，亦即不仅决定着作品的内容，还决定着作品的体裁基础”[1]。也就是说，在狂欢化的影响下，欧洲形成了狂欢体文学，并且成为一种文学传统。二是巴赫金认为不同文化的互动是文化发展的动力。如前所述，下层文化和下层文化的互动来带文化的发展，不同文化领域（哲学、历史、教育、文学）、不同艺术门类（电影、音乐、戏剧、绘画、文学）的互动，也是文化发展的动力。

（三）文化的开放性和边缘性

巴赫金在解释一个时代各种文化的互动关系之时，有特别指出要把文化看成是一个开放的统一体。从共时的角度看，要在同别人文化的对话和交流中，显示出自文化的深厚底蕴，并使双方的文化都得到丰富和发展。

---

[1] [俄]巴赫金（M. M. Бахтин）《巴赫金全集》（第五卷），白春仁、顾亚玲译，石家庄：河北教育出版社，1998，第173页。

从历时的角度看，要把文化放在历史发展的过程中，放在“长远时间”里，在同未来时代的对话中，揭示其蕴藏着的巨大潜能。巴赫金所说的文化开放性有宏大的视野，既有横向的开放，又有纵向的开放，既指向当代，也指向未来。

我们上面讲的文化的互动性，一个时代多种文化的相互影响和相互作用，就是文化的横向开放、文化的共时开放。在这个问题上，巴赫金富有独特性地提出了文化的边缘性问题。他认为不同文化领域之间不应当是封闭的、对立的，而应当是开放的、对话的。这种开放、对话往往是出现在不同文化的边缘、出现在不同文化的交界处，也就是文化的开放和对话往往是在各种文化的边缘和交界处进行的，而新的文化往往正是在不同文化的边缘和交界处。巴赫金早年在《文学作品的内容、材料与形成问题》中就指出，“不应把文化领域看成既有边界又有内域疆土的某些空间整体。文化领域没有内域的疆土，因为它整个儿都分布在边界上，边界从横交错，遍于各处，穿过文化的每一要素。文化具有系统的整体性，渗入到每个原子之中，就像阳光反映在每一滴文化的水珠上一样。每一起文化行为都在边界上显出充实的生命，因为这里才体现出文化行为的严肃性和重要性，离开了边界，它便丧失了生产的土壤，就要变得空洞傲慢，就要退化乃至灭亡”❶。到了 70 年代，他又进一步阐释了这个问题，他说，“由于迷恋于专业化的结果，人们忽略了各种不同文化领域间的相互联系和相互依赖问题，往往忘记了这些领域的界限不是绝对的，在不同的时代有着不同的划分；没有注意到文化所经历的最紧张、最富成效的生活，恰恰出现在这些文化领域的交界处，而不是在这些文化的封闭的特性中”❷。为什么文化对话常在文化边缘和交界处进行，为什么在文化的边缘和交界处最能产生新的生命？可能是在这种地带，在多种文化的交汇处，多种文化在对话、交锋中往往处于一种混沌的、活跃、奇异的状态，于是就容易打破旧的思想、旧的形式，产生新的思想、新的形式。巴赫金这种文化边缘性的思想是符合文化发展的实际的。就当代艺术而言，电影是文学、戏剧、音乐、绘画和现代技术的交汇处产生的。MTV 是音乐和影视的结合，小品是戏剧和相声的交

---

❶ [俄]巴赫金（M. M. Бахтин）《巴赫金全集》（第五卷），白春仁、顾亚玲译，石家庄：河北教育出版社，1998，第 323—324 页。

❷ 同上，第 365 页。

种。可以说当代一切最紧张、最富活力、最富成效的文化现象，都是出现在多种艺术文化的交界处，而不是在这些文化艺术封闭的特性中。

从历时的角度看，巴赫金提出把文化放在长远的时间里，向多个时代开放，在开放和对话中，不断揭示其蕴藏着的巨大潜能。巴赫金说："文学作品要打破自己时代的界限而生活在世世代代之中，既生活在长远的时间里（大时代里），而且往往是（伟大作品则永远是）比自己当代更活跃更充实。"[1] 这就是说，各种文学作品和文化仿佛超越自己的时代，在自己身后的生存过程中不断充实新的意义。我们经常所说"说不尽的莎士比亚"指的就是这种现象。关于文学作品和文化现象的生命力和潜能问题，巴赫金是把它作为一种文化开放和文化对话来加以理解的。在他看来，任何一部文学作品，任何一种文化现象都存在一种对话关系，都要同不同时代开放和对话，要同前代对话，同本世代对话，同时同后代对话。能够活在长久的时间里，除了它有现实的内容，还在于

[1] [俄]巴赫金（M. M. Бахтин）《巴赫金全集》（第五卷），白春仁、顾亚玲译，石家庄：河北教育出版社，1998，第565页。

它有潜在的内容。前者是已经被同时代人理解和关注的内容，后者是潜藏其中后来被同时代人揭示的内容，它要随着时代的推移，不断被激活，不断被揭示。

（四）文化的主体性和创新性

除了互动性、开放性、边缘性，在文化对话中，为了保证文化对话顺利进行，巴赫金特别关注主体性（文化对话的立场、前提）和创新性（文化对话的目的、旨归）这些大问题。

主体性是文化对话的前提问题和立场问题。所谓前提就是必须承认文化对话是两个主体而不是只有一个主体，对话双方的文化都是平等的，都是有其价值的，都应当受到尊重。所谓立场就是在文化对话中要保持自己文化的主体性，要坚持自己的主体立场。巴赫金认为，以往在文化交流和文化对话中，存在一种片面的也是错误的观念，就是为了理解别人的文化，似乎应当融于其中，他指出，“创造性的理解不排斥自身，不排斥自己在时间中占的位置，不摒弃自己的文化，也不忘记任何东西”[1]。

在相当一个时期，我们在同外国文化交流中就是缺乏对话精神、缺乏主体性。中华人民共和国成立后在政治上我们向苏联“一边倒”，文化上也是倡导以俄为师，以苏为师，在文化学术领域，在文学艺术领域，完全照搬苏联的一套，缺乏自己独立的看法，缺乏主体意识，根本谈不上文化对话，也就不可能有自己文化的发展。改革开放后，我们向西方文化开放，引进了西方有价值的文化，促进文化的发展，但也存在硬搬硬套，缺乏分析和辨别，缺乏与其展开对话的倾向。

在这个问题上老一辈学者是有清醒的认识的，在坚持文化主体性问题上，钟敬文先生同巴赫金完全一致。在中国民俗学的建设中，他多次反复强调要有强烈的主体性，要有民族意识。他一方面提出要学习外国先进的学术思想和先进的理论，认为“现代中国民俗学能够从中国传统学术中独立出来，一个不可否认的因素，是借助了当时先进的外国理论的推动”。另一方面，他又尖锐

[1] [俄]巴赫金（М. М. Бахтин）《巴赫金全集》（第四卷），白春仁、顾亚玲译，石家庄：河北教育出版社，1998，第370页。

指出，中国民俗学要自主，不要老跟着外国人描红格子，中国民俗学不能成为外国民俗学的派出所。我们经济虽然不发达，但“也有自己的历史，有自己文化独立性，尤其是有自己民俗文化的特点，这是我们应当牢记住的。在这个意义上说，中国民俗学是世界民俗学一个独立的组成部分，而不是别人学术的附庸”[1]。

除了立场，除了主体性，巴赫金在文化对话中关注的另一个重要问题是文化对话的目的问题，是文化的创新问题。在巴赫金看来，文化对话不是目的，我们不是为了交流而交流，为了对话而对话，而是要在对话和交锋中显示出双方深层的底蕴，使不同的文化在对话和交锋中互相得到丰富和充实。他指出，“文化的主要任务就是教会你尊重他人的思想，并且同时保留自己的思想。”这就是说，对话不仅仅是要相互尊重、相互学习，更重要的是要在这个基础上根据本国的文化特点，不断进行创新，建立具有本民族特色的文化。

要在对话中进行创新，建立具有本民族特色的文化，

---

[1] 钟敬文《建立中国民俗学派》，哈尔滨：黑龙江教育出版社，1999，第 13 页。

就要在资料的掌握和深入研究方面下大功夫。文化对话、文化交流不等于介绍对方的文化，而是要有自己独立见解。真正的中国声音应当是在研究的基础上有自己独特的发现，自己独特的见解。其中最重要的是要从中国的文化语境出发，联系中国的实际，对问题做出富有民族特色的独特阐释，对理论问题的发展做出自己的贡献。钟敬文先生在研究巴赫金的狂欢化理论，在同他进行对话时，就为我们树立了榜样。作为一个具有国际声誉的民俗学家，他在狂欢文化研究问题上，并没有简单搬用巴赫金的狂欢化理论，而是在巴赫金的启发下，结合中国狂欢文化的实际，做出自己独特的阐释和理论概括。在《略谈巴赫金文学狂欢化思想》一文中[1]，他在区分狂欢的不同概念的基础上，着重研究了狂欢文化现象的共性和个性，指出狂欢文化现象是人类的精神现象，是表现“心灵的缓和和激情”，是对僵化专制的制度、秩序、规范的讽刺和抨击，这是共性；同时又指出多民族的狂欢文化现象又有自己的民族特点。他认为中国民间

[1] 钟敬文《建立中国民俗学派》，哈尔滨：黑龙江教育出版社，1999，第152—158页。

狂欢文化现象，例如民间社火和迎神赛会，在表现人的心灵的欢乐和生命的激情、反抗抨击僵化的制度和规范的同时，更突出表现出一种抗争精神，一种对扼杀人性的两性束缚的抗争、一种对官方欺压百姓的抗争。例如在中国的元宵节，在日本的樱花节，在纵情欢乐中，男子一些不太规矩的举动一般会得到宽容；而在中国农村的“骂社火”“闹春官”中，百姓可以指责官方的贪赃枉法、欺压百姓，甚至可以对其进行审判。在这短暂的特殊的狂欢时光中，老百姓表现了颠覆原有秩序、制度和规范与渴望自由平等生活的理想，如同巴赫金所说，“体现了几千年来全体民众一种伟大的世界感受”。除此之外，钟敬文先生指出中国民间狂欢文化的特殊之处还表现在两个方面：一是中国民间狂欢“保存宗教法术性质，它们与现实的崇拜信仰，依然有比较密切的关系”；二是中国民间狂欢含有复杂的文化因素，“还带有民间娱乐、民间商业等种种其他因素，从而构成中国这类活动的复杂内容，有的学者把它概括为‘神、艺、货、祀’”。钟敬文在文化对话中有清醒和明确的独立意识和创新意识，他晚年明确提出建立中国民俗学派。他说：“所谓建立民俗学的中国学派，指的是中国民俗学研究要从本民族的具体情况出发，进行符合民族民俗文化特点的学科理论和方法论建设。”显然，中国学派的旗帜就是学术自觉的旗帜，学术独立的旗帜，学术创新的旗帜，这也是文化对话的真正旨归。

三、巴赫金的文化研究方法

一个学科的独立取决于它有独立的研究对象，一个学科的发展则取决于它有相应的学科研究方法和这种方法的不断改进和发展。在巴赫金看来，人文科学研究、文化研究不同于自然科学研究，它自然需要有自己独特的研究方法。他晚年在《人文科学方法论》等论文中，对人文学科的研究方法问题做了深刻的阐述，其中提到了“理解”和“外位性”这两种重要的方法论概念，对跨文化研究有直接和重要的意义。

先谈理解。巴赫金把理解视为人文科学方法论的基本问题，理解也可以说是文化研究方法论的基本问题。

理解的提出首先是同研究对象相关。自然科学和人文科学有不同的研究对象，由于自己研究对象的不同，自然也就相应有不同的研究方法。在巴赫金以前，这个问题就被许多思想家和哲学家注意到了。19世纪末狄尔泰（Wilhelm Dilthey，1833—1911）试图汇集各门人文科学，建立“精神科学”。在他看来，自然科学的研究对象是物的世界，因此对自然的认识可以通过感觉、观察，最后得出因果关系。而精神科学的研究对象是人，是人的精神世界，对它的研究只能通过人自身的领悟、体验和经验的归纳、概括，最后达到对其本质的认识。而这种研究方法就是解释和理解。如果说自然科学是通过计量认识事物的规律，那么精神领域与科学量化的方法不同，是通过体验和理解获得的。它必须从内在体验出发，以生命的体验、表达和理解作为基础。因此，理解是人文科学的有效认识方法和研究方法。狄尔泰的贡献就在于指出，人文科学和自然科学研究对象的不同以及研究方法的不同，确立了科学研究的方法论。

那么巴赫金所说的理解和狄尔泰所说的理解有何不同？巴赫金承认人文科学是精神学科，人文科学是研究人及其特性的科学，是需要使用理解的方法，这是他与狄尔泰看法的共同之处。他们两人的区别，或者说巴赫金对狄尔泰的发展，是在于巴赫金运用对话理论对阐释学中的理解和解释做出了新的论述。巴赫金在《文本问题》一文中摘录了法国学者瓦尔杰克尔的观点，这位学者说："人文科学对自然科学方法的责难，我可以概括如下：自然科学不知道'你'。这里指的是对精神现象需要的不是解释其因果，而是理解。"这就是说，自然科学不知道有"你"存在，总是把研究对象作为纯粹的实体"他"来对待，并不存在对话关系。巴赫金认为人文科学不同于自然科学，它不仅有"我"的存在，知道有"你"的存在，你我之间是存在对话关系的[1]。巴赫金从这个角度来区分解释和理解的差别。自然学科是解释，人文学科是理解。他说："在解释的时候，只存在一个意识、一个主体；在理解的时候，则有两个意识、两个主体。对客体不可能有对话关系，所以解释不会有对话的因素。而理解在某种程度上总是对话性。"[2]这就是巴赫金所强调的人文思维，人文学科研究方法的双主体性，交互主体性。巴赫金关于理解的思想是建立在对话思想的基础上，

---

[1] [俄]巴赫金（M. M. Бахтин）《巴赫金全集》（第四卷），白春仁、晓河等译，石家庄：河北教育出版社，1998，第311页。

[2] 同上，第314页。

在他看来"任何一种理解都是对话的"[1]。第一，他把理解看成是应答性。它不是追求一个意识，一个声音而消除他人的意识，最后形成统一的意识。理解并不是单纯的认同或单纯的否定，不是融为一体也不是决然割裂，而是相互尊重、相互理解，而是和而不同。第二，他又把理解看成是一个创新的过程，在双方对话过程中，不只是保留各自意见，并不只是双方互存的理解，而是要通过对话把双方各自的特点、优点更加突出显示出来，并且在对话交流中创造全新的思想。正如巴赫金所说，"说者和理解者又绝非只在各自的世界中，相反，它们相逢于第三世界，交际的世界里，相互交谈，进入积极的对话关系"[2]。

那么理解如何进行，如何推动呢？巴赫金提出了"外位性"的概念。他首先批评一种错误的观点，以为为了更好理解别人的文化，就必须融入其中。在审美活动中移情十分重要，你必须深入他人的内心，体验他人

---

❶ [俄]巴赫金（M. M. Бахтин）《巴赫金全集》（第二卷），李辉凡、张捷、张杰、华昶等译，石家庄：河北教育出版社，1998，第456页。

❷ [俄]巴赫金（M. M. Бахтин）《巴赫金全集》（第四卷），白春仁、晓河等译，石家庄：河北教育出版社，1998，第191页。

所体验过的立场，同他融为一体。他认为这种说法是有一定道理的，要理解别人的文化固然需要“在一定程度上融入到别人文化之中，可以用别人文化的眼睛观察世界”，但这里是不够的，是片面的，这做法只能是简单的重复，不会有其他的新意。他指出：“创造性的理解不排斥自身，不排斥自己在时间中所占的位置，不摒弃自己的文化，也不忘记任何东西。理解者对针对他想创造性加以理解的东西而保持外位性，时间上、空间上、文化上的外位性，对理解来说是件了不起的事。”[1] 外位性，是一种超视，我能在他人身上看到他人看不懂的东西，他人能在我身上看到我看不到的东西。外位性从根本上来说也是一种对话，也就是说，理解别人的文化，要保持自己文化的主体性，要创造性地加以理解，而不是丢掉自己。

巴赫金指出：“在文化领域中，外位性是理解的最强大的推动力。”[2] 也可以说，不同文化的交锋和对话，是文化发展最强大的推动力。这个观点可以从两个方面加以

[1] [俄]巴赫金（M. M. Бахтин）《巴赫金全集》（第四卷），白春仁、晓河等译，石家庄：河北教育出版社，1998，第370页。

[2] 同上。

理解：

第一，外位性和对话消除了文化的封闭性和文化交流的片面性，并能显现出不同文化的深层底蕴。巴赫金指出，“别人的文化只有在他人文化的眼中才能较为充分和深刻地揭示自己”[1]，同时，不同文化、不同含义只有在比较、交锋和对话中，才能显现出自己的特色和深层的底蕴。当局者迷，旁观者清，在西方人眼里，东方文化的特色和底蕴会显露得更加清楚，反之，在东方人眼里，西方文化的特色和底蕴也会显露得更加清楚。比如西方人的个体性在东方人看来显得扎眼，而东方人的群体性在西方人看来就显得很突出。

第二，外位性和对话使不同文化相互得到丰富和充实，并有可能创造出新的文化。一种文化如果没有自己的价值、自己的底蕴、自己的眼光、自己的问题，是无法创造性理解别人的文化，也无法在对话中丰富和充实自己。巴赫金说，“我们给别人文化提出它自己提不出的新问题，我们在别人文化中寻求对我们这些问题的答

---

[1] [俄] 巴赫金（M. M. Бахтин）《巴赫金全集》（第四卷），白春仁、晓河等译，石家庄：河北教育出版社，1998，第 370 页。

案；于是别人文化给我们以回答，在我们面前展现出自己的新层面，新的深层含义。倘若不提出自己的问题，便不可能创造性地理解任何他人和任何他人的东西（这当然应是严肃而认真的问题）。”[1] 这就是说，在文化对话中，要使自己的文化得到丰富和充实，就必须保持自己文化的立场，自己文化的主体性，保持自己的统一性和开放的完整性。[2] 在这里，文化的开放和完整是统一的，通过对别人文化的开放，同别人文化的对话，是为了充实和丰富自己，而不是融化掉自己的文化。

---

❶ [俄] 巴赫金（M. M. Бахтин）《巴赫金全集》（第四卷），白春仁、晓河等译，石家庄：河北教育出版社，1998，第 370-371 页。

❷ 同上。

中　编

跨文化诗学个案研究（一）

第五章

从一元到多元，从对立到对话
——20 世纪俄罗斯诗学的发展态势

一、20 世纪俄罗斯诗学的新形态和新特征

俄罗斯诗学，俄罗斯的文学理论批评，以其深厚的人道情怀和历史主义精神，在世界诗学的大格局中有着独特的价值和品格，独特的地位和影响。在中国，“五四”以来，别林斯基、普列汉诺夫、高尔基等一大批俄罗斯理论批评家的著作对中国文学和中国文论的发展产生了巨大的影响。1949 年之后，随着政治意识形态向苏联一边倒的态势的形成，在文学界，西方文论受到排斥，俄苏文论一统天下。俄苏文论给中国带来了马克思主义文论，也带来了庸俗社会学和教条主义。而自 80 年代之后，西方文论像洪水般向我们涌来，一时间成为文

坛上新的膜拜对象，俄罗斯文论却被冷落了，在人们心目中，似乎俄罗斯文论就等同于庸俗社会学和教条主义。这种矫枉过正的做法又使我们走向了另一个极端，直到巴赫金在中国的出现，又使我们形成了一个新的关注点。但总体而言，我们对20世纪的俄罗斯诗学缺少真正的了解。如今，改革开放已经40年，我们应当以冷静的研究者姿态来对待俄苏文论和西方文论，认真探讨其中的得与失。

俄苏文论和西方文论有各自生成的社会文化语境和历史传统，在本体论、方法论和价值论等层面有各自的特性，它们之间不应当是相互对立、相互排斥的关系，而应当是一种相互补充的关系，一种对话的关系，世界文论正是在各国文论的互补和对话中得到不断发展。更重要的是，应当看到20世纪以来，俄罗斯诗学、俄罗斯文学理论批评有了重大发展，对这一点，我们一直没有真正的了解。事实上，在苏联文艺学界，一方面是一大批文艺学家依然坚持马克思主义文艺社会学研究，依然坚持历史主义的传统，并创作出了不少具有很高学术价值的学术著作；另一方面是，马克思主义文艺社会学一统天下的局面开始被打破，出现了各种诗学流派多元发展的态势。在文艺学界，一些有理想有学识的文艺理论家，在巨大的压力下，甚至冒着被批判、被流放的危险，对文艺问题进行艰难的探索，把文学的社会历史研究同形式、结构、语言、体裁、叙事、心理、文化的研究结合起来，在社会学诗学之外，出现了历史诗学、形式诗学、结构诗学、语言诗学、体裁诗学、叙事诗学、心理诗学、文化诗学等各种诗学流派，出现了像巴赫金、普罗普、维戈茨基、什克洛夫斯基、洛特曼等一批具有世界声誉的文学理论家。他们的诗学研究受到普遍的高度评价，如俄国形式主义就被誉为“20 世纪文论的开端”（伊格尔顿）、“批评之革命”（杰姆逊）；普罗普作为“结构主义民间文艺学的奠基人”被西方结构主义理论家奉为精神源头；洛特曼将文本内部结构同外部社会文化语境相联系的研究被认为是文学研究中的“一场哥白尼革命”（佛克马、易布思）；而巴赫金更被认为是“20 世纪人文科学领域里最重要的苏联思想家，文学界最伟大的理论家”（托多罗夫）。

自 80 年代中后期开始，随着巴赫金理论译介到中国，我们对 20 世纪俄罗斯不同倾向的诗学思想也逐渐发生了兴趣，除了巴赫金之外，普罗普、维戈茨基、洛特曼和俄国形式主义论著的中文译本相继出版，但对这些不同倾向的诗学理论的研究还相对薄弱，已有的研究中往往缺少流派意识，也没有出现整体性的研究成果。我们的研究，包括了历史诗学、社会学诗学、形式诗学、结构诗学、叙事诗学、文化诗学和整体诗学等诗学流派的研究，我们试图从流派的角度来考察20世纪俄罗斯诗学的发展，展现其多元并存、开放对话的新形态和新特征，并从中探讨一些带规律性的重要理论问题，探讨20世纪俄罗斯诗学同俄罗斯民族文化精神的关系。这项研究将为我们国内的诗学研究开拓出一个新的空间，为推动这一学科的发展提供重要的启示。

二、由社会学诗学一统天下走向诗学的多元化

20世纪俄罗斯诗学理论和批评发展的一个重要特点，就是从一元走向多元，由社会学诗学一统天下走向诗学的多元发展。也就是说，经过艰难的发展过程，逐渐形成了诗学发展的流派意识。诗学流派的形成是与诗学研究对象的不同相关的，也同文论家的学术个性相关，而

诗学流派的出现则是诗学成熟和繁荣的重要标志。就诗学的研究对象而言，文学艺术是多面而复杂的现象，因此，必须从不同角度、运用不同方法进行研究。巴赫金曾指出："文学是一种极其复杂和多面的现象，而文艺学又过于年轻，所以还很难说，文艺学有什么类似'灵丹妙药'的方法。因此，采取各种不同的方法就是理所当然的，甚至是完全必要的。"❶ 利哈乔夫在指出文本研究可为文艺学研究提供一个坚实的基础时，也特别强调"可以从不同的观点并且以不同的学科（语言学的、诗歌学的、起源学的、历史学的、社会思想史观点的、哲学史的等等）方法研究文本"❷。

俄罗斯诗学从 19 世纪到 20 世纪初，还是存在不同流派的，后来由于历史条件的限制，思想的一元化限制了艺术流派和学术学派的存在。但不少俄罗斯的文艺学家在政治高压之下，在艺术社会学主流之外，依然坚持

❶ [俄] 巴赫金（М. М. Бахтин）《答〈新世界〉编辑部问》，晓河译，见《巴赫金全集》第 4 卷，石家庄：河北教育出版社，1998，第 365 — 366 页。

❷ [俄] 利哈乔夫（Д. С. Лихачёв）《关于文学研究的思考》，见 [俄] 利哈乔夫（Д. С. Лихачёв）《解读俄罗斯》，吴晓都等译，北京：北京大学出版社，2003，第 315 页。

自己的学术信念和学术个性，艰难地形成不同的诗学流派，从不同角度，运用不同方法去探求文学艺术的奥秘，促进文艺学学科的发展。

在20世纪俄罗斯诗学流派中，社会学诗学是主流，曾经一统天下。俄罗斯的社会学诗学是有深厚的历史传统的，它继承了以别林斯基、车尔尼雪夫斯基、杜勃罗留波夫为代表的革命民主主义美学和文学批评的传统，它的最高成就是十月革命前后形成的马克思主义艺术社会学。以普列汉诺夫为代表的俄国马克思主义文学理论家，运用马克思主义辩证唯物主义和历史唯物主义的观点阐释艺术现象，使俄罗斯诗学产生了根本性变化。尽管后来在社会学诗学的研究中出现了将文学艺术等同于生活、等同于政治经济的庸俗社会学和教条主义的倾向，但俄罗斯马克思主义社会学诗学所体现的深厚的历史主义传统一直对20世纪俄罗斯诗学产生着重大的、深刻的影响。

以什克洛夫斯基等人为代表的形式主义诗学，针对的正是社会学诗学存在的上述庸俗化倾向，针对忽视艺术形式、忽视审美的弊病。尽管形式主义者走向了另一个极端，忽视文学同生活的关系，忽视创作主体的作用，把文学研究封闭于文本之中，但历史地看，他们重视文学的形式，提出了“文学性”“陌生化”等一系列重要概念，尖锐提出文学自主性问题，试图确立文学科学的独立对象，建立以语言为基础、以文学文本为根据的本体论文学科学，是具有重要理论价值的，并对20世纪俄罗斯诗学的发展，乃至整个世界诗学的发展，都产生了重要影响。

伊格尔顿认为俄国形式主义是20世纪文论的开端，从俄罗斯诗学角度看，我们认为，俄罗斯的社会学诗学和形式主义诗学都是20世纪俄罗斯诗学的重要开端，此后的俄罗斯诗学的各个流派身上，我们都可以或显或隐地看到它们的影子，感受到它们的存在。

普罗普的故事研究和他的叙事诗学研究，明显受到形式诗学的影响。如果说形式诗学的文学研究是从外部研究转向内部研究，那么普罗普的理论也是故事研究从外部转向内部的分水岭。以往的故事研究是按内容分类，无法回答故事本身是什么。普罗普则在他的《故事形态学》（1928）中，着眼于故事文本，揭示故事构成的要素和各个要素之间的关系，归纳出神奇故事的31种功能和7种角色，第一次从故事内部生成规律的角度回答了故事是什么的问题。但他并不满足于故事的结构分析，又在《神奇故事的历史根源》（1938，1946）中，解答了故事是从何而来的问题，阐释故事所具有的历史文化价值。

维戈茨基（1886 – 1934）是心理诗学的早期的代表，他继承俄国文艺学心理学派的传统，在《艺术心理学》（1925）中，他既批判把艺术理解为手法的观点，也吸收了形式主义有益的成分。他特别强调了形式的重要性，认为“艺术开始于形式开始的地方”，“艺术作品只有在它既有的形式中才能发挥它的心理影响”[1]。他认为文艺学离不开心理学，因而试图通过对作品的分析把文艺学和心理学结合起来，他的核心观点就是：“从艺术作品的形式出发，通过对形式的要素和结构的功能分析，说明审美反应和确立它的一般规律。”[2] 也就是说，通过分析作品的内在矛盾来揭示审美反应的心理机制，将形式结构分析同审美反应分析有机结合起来。

历史诗学是20世纪俄罗斯诗学流派中独具特色的重要组成部分，它的传统是由19世纪下半期至20世纪

---

[1] [俄] 维戈茨基（Л. С. Выготский）《艺术心理学》，周新译，上海：上海文艺出版社，1985，第41、43页。

[2] 同上，第27页。

初俄国文艺学学院派代表人物维谢洛夫斯基（1838 — 1906）所开创的。维谢洛夫斯基在《历史诗学》（1870 — 1906）中，对文艺起源、文学样式和体裁的形式及演变、情节史、修饰语史等一系列诗学基本理论问题进行了追根溯源的历史研究。他提出历史诗学的中心课题就是要把文学从社会思想史中分立出来，要阐明“诗的意识及其形式的演变”，历史诗学的基本任务是“从诗歌的历史中阐明它的本质”[1]。巴赫金继承了维谢洛夫斯基诗学的传统，辩证阐明了共时研究和历时研究，理论研究和历史研究的关系，重视从艺术形式结构出发揭示艺术历史发展的内在规律，研究文化对艺术形式发展的影响，特别是通过小说语言、小说时空、小说类型的历史分析，深入阐明小说的本质和特征。

洛特曼是 20 世纪俄罗斯诗学流派中结构诗学的代表人物，其重要著作有《关于结构诗学的演讲》（1964）、《艺术文本的结构》（1970）等。他把文学艺术现象看成是一个语言体系、符号体系，认为文学艺术也像语言一

[1] [俄] 维谢洛夫斯基（A. H. Веселовский）《历史诗学导论》，见 [俄] 维谢洛夫斯基（A. H. Веселовский）《历史诗学》，刘宁译，天津：百花文艺出版社，2003，第 30 页。

样是一种交际工具，艺术文本就是艺术信息的载体，艺术文本的结构越复杂，所传达的艺术信息就越丰富；思想不表现在引文中，而表现在整个结构中，艺术文本结构的分析就是要分析结构的各个要素及其关系。比如诗歌的韵律、节奏、词语以及各个部分、各个要素之间的对比、对立、重复，都会传达丰富的信息和意义，产生感人的艺术效果。更重要的是，洛特曼还进一步提出艺术文本结构和外文本结构的概念，认为艺术作品除了文本还包括外文本的种种因素，如现实生活、文学传统、历史文化等等，要理解艺术作品的文本结构，还需要理解更为复杂的外文本结构。

宗教文化诗学，或称宗教文化批评，是 20 世纪俄罗斯诗学中别样的诗学流派，19 世纪末 20 世纪初在俄罗斯出现了“新宗教意识运动”，出现了一批宗教哲学家，他们关注的不是神学意义上的哲学问题，而是俄罗斯精神文化问题。他们在探讨宗教哲学问题时，自然也涉及俄罗斯的文化和文学问题。他们从宗教哲学的高度来评论极具宗教情怀的俄罗斯文学和俄罗斯作家，准确理解这类评论，可以使我们更深刻地理解俄罗斯作家的创作特色、俄罗斯文学的深层意蕴，以及俄罗斯文学同俄罗斯民族文化精神的血肉联系。

巴赫金是20世纪俄罗斯诗学流派中最重要的人物，也可以说是集大成的人物。他认为文学既然是复杂而多面的现象，就应当从不同角度，运用不同的方法进行研究。他的诗学研究包括了社会学诗学、语言诗学、体裁诗学、小说诗学、历史诗学、文化诗学等各个方面。在他看来，诗学研究的各个领域，各个流派不应当是毫不相干的，它们之间有深刻的内在联系，并形成一种诗学研究的整体，从这个角度出发，巴赫金的诗学研究可称之为整体诗学。就他的代表作《陀思妥耶夫斯基诗学问题》（1929）来说，他的研究既是体裁研究，体现了他的"诗学恰恰应从体裁出发"[1]的主张，抓住了作家的小说是复调小说体裁这一中心，同时，他的研究又是文化诗学和历史诗学，他竭力揭示复调小说产生的文化历史根源，它同民间狂欢文化的联系，它同狂欢体小说体裁的历史渊源。这种研究开辟了文学研究内容与形式相结合、历史和结构相融合、外部和内部相贯通的道路。

---

[1] [俄]巴赫金（M. M. Бахтин）《文艺学中的形式主义方法》，李辉凡、张捷译，见《巴赫金全集》（第二卷），石家庄：河北教育出版社，1998，第283页。

通过对几个诗学流派的简单介绍，可以看出，20世纪俄罗斯诗学呈现出多元发展的新局面。这种局面的出现的一个重要原因是流派意识、学派意识的增强。在学科发展中我们不能小看学派的存在和学派之间竞争的重要意义，从某种意义上讲，这是学科成熟的标志。俄罗斯诗学原先有着学派竞争的传统，今天闻名于世的19世纪末20世纪初的俄罗斯文艺学的学院派中就存在四大学派——神话学派、文化历史学派、比较历史学派和心理学派。20世纪十月革命后的20年代，也曾经出现过文学艺术流派林立和不同学派相互竞争的局面，可是后来出现的思想一元化扼杀了流派和学派的存在，把创作流派和学术学派当成小团体、小集团进行打击，把不同学术观点视为异端加以批判，其结果是窒息了文学创作和文学研究的生机。后来，巴赫金曾经对这种现象提出尖锐的批评。他认为俄罗斯文艺学是有巨大潜力的，既有过去的传统，又有新的传统，既有高水平的学术传统，又有一大批才华出众的文艺学家，然而这些巨大的潜力没能得到完全发挥，其中重要的原因在于缺乏学术勇气，“不敢大胆地提出基本的问题，在广阔的文学世界中没有开拓出新的领域或发现一些重大的现象，没有学派之间的真正的健康的斗争，”其结果“必然导致陈陈相因与千篇一律成为主流”[1]。事实证明，只有鼓励流派和学派自由发展并形成它们之间的健康竞争，才能有文学创作和文学研究的繁荣。

三、多种诗学流派由对立走向对话和融合

20 世纪俄罗斯诗学流派的发展，为我们展现了俄罗斯诗学如何从一元走向多元的新局面，也向我们展现了俄罗斯诗学的各个流派如何从对立走向对话和融合的新趋势，而这种新局面和新趋势的出现则大大拓展了文学理论发展的新空间，并使得一些重要理论问题的研究在多元对话中取得新的进展。

自从有文学理论以来，文学的内容研究和形式研究、历史研究和结构研究、外部研究和内部研究、历史批评和美学批评，以及它们之间的关系和矛盾，始终是让文学理论家感到头疼和纠结的问题。回顾俄罗斯文学理论

---

[1] [俄] 巴赫金（М. М. Бахтин）《答〈新世界〉编辑部问》，晓河译，见《巴赫金全集》（第四卷），石家庄：河北教育出版社，1998，第 363 页。

批评的历史，特别是20世纪俄罗斯诗学发展的历史，也可以发现这个令人纠结的问题始终贯穿其中。文学理论家们进行了艰难的探索，有时走到极端和对抗，有时又出现相互对话和融合，他们的努力思考和积极探索，为理论的发展做出了自己的贡献。

19世纪俄罗斯最伟大的文学理论批评家是别林斯基（1811－1848），他坚持了唯物主义的美学观，现实主义的美学观，强调文学批评中历史观点和美学观点的结合，历史批评和美学批评的结合，开辟了俄罗斯文学理论批评的新时代。尽管他有敏锐的艺术鉴赏力，有很高的审美眼光，对作品不乏精到的艺术分析，但总的来说，他往往通过文学批评来抨击现实，传播崇高的社会理想，因此被对立面称为“政论批评”。在他身上可以看到在理论上达到的高度和实践中碰到的矛盾和坚持。别林斯基之后，在文论领域革命民主派和“纯艺术论”派出现对立。前者在坚持别林斯基传统的同时，也有人（像皮萨列夫，1840－1868）将功利主义发展到极端，提出“美的毁灭”的命题。后者以德鲁日宁（1824－1864）为代表，主张“优美的艺术批评”，反对“教诲的批评”，认为艺术除了自身的优美之外没有别的目的，眼前的利益只是过眼烟云。

如前所述，19 世纪末 20 世纪初，俄罗斯诗学最引人注目的现象是出现了学院派不同倾向的文学理论批评，他们的成员大都是科学院院士和高校教授，故称学院派。他们注重民族文化传统，又吸收西欧的新成就，大胆革新文艺学的观念和方法。其中以佩平（1833 — 1904）为代表的历史文化学派随着俄国民族意识的高涨，强调文学是民族历史文化的反映，是社会自我意识增长的反映，渗透着公民精神和社会理想。但他们不关注文学的特性、模糊文学史研究对象，只是把文学作品看成是了解时代社会生活、社会思潮、社会心理和社会道德风尚的文献。维谢洛夫斯基（1838 — 1906）在继承历史文化学派传统的同时，纠正了它的偏差，强调重视艺术特性和艺术形式的研究，把研究艺术形式历史变化的规律当作首要的任务。维谢洛夫斯基反对把文学史变成“无主之场”的地带，好像谁都可以进去涉猎一番。他认为“文学史是体现于形象–诗意体验及其表现形式之中的社会思想史”，但要点在于它的独特“表现形式”，因此，诗学研究的目的不是社会文化，而是诗学本身，也就是从诗的历史中阐明诗的本质。

同一时期，俄国马克思主义者把马克思主义运用于文学艺术研究领域，于是产生了以普列汉诺夫、列宁、卢那察尔斯基等人为代表的俄国马克思主义文学理论批评，俄国马克思主义社会学诗学。他们运用历史唯物主义科学阐明文学与生活的关系和文学艺术发展的客观规律，他们的文学批评丰富了马克思、恩格斯关于文学历史的、美学的观点，具有深刻的历史主义精神。在20世纪俄罗斯诗学中，马克思主义社会学诗学成了主流，这种诗学虽然也重视美学分析，但社会历史分析是占主导地位的，它更关注文学艺术的社会作用，而艺术形式结构的分析往往被忽视。如何处理好文学批评中政治的、历史的、美学的关系，是马克思主义社会学诗学面对的重要问题，它很快就受到了庸俗社会学和形式主义的挑战。这两个流派各走一端，前者简单理解文艺与经济、政治的关系，后者强调形式而忽视社会历史文化语境。

庸俗社会学作为马克思主义艺术社会学的对立面，是文论界把马克思主义运用于文艺理论领域的不成熟的产物。一些文艺学家简单理解文艺与经济、文艺与政治、文艺与阶级的关系，试图去寻找所谓文艺现象的“社会等价物”“阶级等价物”，把文学艺术作品看成是社会学的“形象图解”。其中的代表人物弗里契（1870—1929）就认为艺术是“经济进化的一种标志”，艺术作品是“用艺术形象的语言来翻译社会经济生活”。他还认为以往的文学都是同统治阶级的私利相联系，对无产阶级只有相对的价值。[1]这种理论后来在“拉普”那里更是走到了极端，否定人类文化遗产，把文学和政治混为一谈，把文学和哲学混为一谈，提倡所谓“辩证唯物主义创作方法”。同庸俗社会学相对立的是俄国形式主义，它的出现与西方哲学美学思潮有关，但归根到底是“本土挑战的本土反应”（厄利希语）。他们既继承俄国文艺学学院派中以维谢洛夫斯基为代表的历史比较学派的传统，同象征主义、未来主义有血肉联系，同时又反对学院派中的历史文化学派将文学史混同于文化史、思想史的学说，反对庸俗社会学将文艺等同于政治、经济及现实生活的观点。他们尖锐地提出“文学性”的概念，试图建立独立自主的文学科学，但又忽视文学的创作主体和社会历史文化语境，从而构成了它的一个致命弱点。但他们强

[1] 吴元迈《二十年代苏联文学思潮及其论争》，见吴元迈《苏联文学思潮》，杭州：浙江文艺出版社，1985，第 34 — 35 页。

调文学特性，重视文学形式，是对忽视文学特性倾向的有力反拨，其理论贡献理应得到充分肯定。后来虽然遭到了批判，但仍然以“非主流”状态顽强存在于20世纪俄罗斯诗学之中，并对其他流派产生着或隐或显的影响。

通过以上历史回顾，我们发现，从19世纪俄罗斯诗学到20世纪俄罗斯诗学，有两种倾向、两种传统一直并存。一种是更多地强调文学同社会历史文化的关系，强调文学的社会功能，一种是更多地强调文学的形式结构，强调文学的审美功能。前者如别林斯基，如马克思主义艺术社会学，后者如“唯美派”，如俄国形式主义。这两种传统、两种倾向，在历史上更多时候是对立的，但实际上也存在着相互渗透、相互融合的一面。尤其值得注意的是，这种情况后来发生了很大的变化，在20世纪，一些受主流压抑的文艺学家开始对历史进行反思，他们顶住压力，努力继承传统，并从对方身上吸收有价值的成分，开始自觉地探索文学研究中内容和形式、历史和结构、外部和内部的融合。我们在20世纪俄罗斯诗学中既可以看到多元发展的图景，也可以看到各诗学流派积极对话的局面，他们既重视形式结构的研究，也继承了俄罗斯诗学深厚的历史主义精神，并力求达到两者的融会贯通，将文学理论推向一种综合空间。

普罗普的故事研究，显然是受到形式主义的影响，他不是从故事内容切入，而是从故事的结构形态，从故事的结构功能切入，来研究故事，把故事研究从外部转入内部。这种研究当年被正统的、主流的文艺学斥之为形式主义。实际上，普罗普有其独特的理论自觉，他吸收了形式主义有价值的成分，但却没有停留在形式主义的思路上。他在用十年写成的《故事形态学》的基础上，又用十年时间写成《神奇故事的历史根源》，力图通过故事与历史的对比，寻找神奇故事产生的历史根源，在解答故事是什么的基础上，进一步解答故事从何而来的问题，阐明故事所具有的历史文化价值。他认为故事的起源涉及远古神话、习俗、仪式、制度以及初民的思维形式。他的研究是结构研究和历史研究的结合，从中既能看到形式主义的影响，也能看到对形式主义的超越，同时也能从中感受到俄罗斯诗学深厚的历史主义传统的浸润。

洛特曼的结构诗学显然是受到以索绪尔为代表的结构主义语言学和俄国形式主义的影响，他强调艺术文本的分析要抓住艺术文本的结构，文本结构的复杂性是同文本的艺术能量成正比的。他这种研究当年曾被文论界的主流斥之为“去人文化”和“反历史主义”。实际上这是对洛特曼结构诗学的误解。洛特曼的诗歌结构研究并没有局限于文本结构内部，他把艺术文本看成社会历史文化的存在物，认为只有在社会历史文化环境中才能对艺术文本有真正的理解。为此，他提出了艺术文本结构和艺术外文本结构的概念。他回答“反历史主义”和“去人文化”的指责时说：“现在已经很清楚，当我们与复杂结构（艺术就是属于此类结构）打交道时，由于此类结构的多因素性，进行共时态描述一般说是很困难的，了解此结构的先前状态，是对结构成功进行模式化的一个必要条件。因此，结构主义不是历史主义的敌人，不但如此，懂得将单个艺术结构（作品）当作更为复杂的统一体的成分，是当前最迫切的任务，而这个更为复杂的统一体就是‘文化’，‘历史’。”[1]对此，俄罗斯老一辈著名文艺学家利哈乔夫给予坚决支持，他说，结构主义

---

[1] [俄] 洛特曼（Ю. М. Лотман）《文艺学应当成为一门科学》，李默耘译，《文化与诗学》2010 年第 1 辑，北京：北京大学出版社，2010，第 6 页。此译文据原译文做了适当修改。原文参见：Лотман Ю. М. Литературоведение должно быть наукой. «Вопросы литературы», № 1, 1967.

是文本研究的可行方法之一，“重要的是在俄罗斯的结构研究系统中越来越顽强地流露出历史主义的态度，它归根结底将结构主义变成非结构主义，因为历史主义摧毁着结构主义，同时又允许从中吸收最好的因素。结构主义在形式与内容相关联的形式研究过程中发现了许多新东西。”他认为洛特曼等学者的专著“对扩展文学研究提供了很多东西”[1]。利哈乔夫的看法预见了俄罗斯诗学中出现的结构研究和历史研究相结合的趋势。

巴赫金是俄罗斯20世纪诗学流派中一位总结性人物，各种诗学流派到他这里达到一种整合，得到一种健康的发展。他对文学现象有着深刻的理解，从20－30年代起走上文坛，他就清醒地认识到从单一的角度、用单一的方法来研究文学都是片面的。当年他在继承俄罗斯诗学传统和吸收西方诗学有益成分的基础上，冷静对待各种诗学流派和倾向，同它们展开积极对话。他反对将文学等同于政治、经济的庸俗社会学，称它为“非诗学的社会学”。他也不同意俄国形式主义离开社会历史文

---

[1] [俄]利哈乔夫（Д. С. Лихачёв）《关于文学研究的思考》，见[俄]利哈乔夫（Д. С. Лихачёв）《解读俄罗斯》，吴晓都等译，北京：北京大学出版社，2003，第315页。

化语境来谈文学的特性，称它为“彻底的非社会学的诗学”。同时他也提出，不能简单对待俄国形式主义，不能对其一概否定，他认为马克思主义不应当“从背后打击形式主义”，而要同它“正面交锋”，展开对话。他在批评形式主义坚持“艺术结构本身的非社会性”的同时，也肯定其重视形式，强调“文学性”的“积极意义”和“有益作用”。他的《陀思妥耶夫斯基诗学问题》就是同俄国形式主义的积极对话，其中肯定了形式主义对形式结构的重视，认为诗学研究就是要从形式结构切入，从体裁切入，因此，他紧紧抓住作家“复调小说”的特征进行研究；但另一方面，他又不停留在形式结构研究上止步不前，而是努力探索“复调小说”和狂欢体小说、狂欢文化的内在联系及历史联系，把体裁诗学的研究同文化诗学、历史诗学的研究紧密结合起来。直到晚年，他在《更大胆地利用各种潜力——答〈新世界〉编辑部问》（1970）中，还在思考诗学研究存在的问题和发展方向。他认为俄罗斯诗学有高水平的学术传统，有巨大潜力，问题在于缺乏学术勇气，缺乏“学派之间的真正健康的斗争”。他尖锐批评俄罗斯诗学容易从一个极端转向另一个极端，之前纠正不重视文学特性是正确的，可是后来又出现“狭隘专业化”倾向，不重视文学同文化的联系；因此，他主张文艺学要同文化史建立更紧密的联系，力求在一个时代整个文化有区分的统一体中来理解文学现象。

20 世纪俄罗斯诗学的发展确实走过了复杂曲折的道路，不过通过各种诗学流派的艰难探索和积极对话，俄罗斯诗学有了新的发展。他们在经历了克服非社会学的诗学（形式主义）和非诗学的社会学（庸俗社会学）之后，在融合 19 世纪俄罗斯诗学的优良传统和西方文艺学的精华的基础上，突破了以往把内容和形式、历史和结构、内部和外部看成两张皮的理论观念，而把两者看成一个整体，终于开始走上了形式研究和内容研究相融合、结构研究和历史研究相结合、内部研究和外部研究相贯通的道路。这是文学理论的重要突破。这种研究一方面继承俄罗斯社会学诗学关注社会历史文化语境的历史主义传统，克服其忽视艺术形式结构的不足，另一方面又借鉴西方文艺学对形式结构的关注，纠正其忽视社会历史文化语境的偏颇。这就为文学理论批评打下了真正科学的基础，为其创新发展找到了新的出路，开拓了新的理论空间。从历史到形式，又从形式回到历史，并逐渐走向形式和历史的融合，从某种意义上讲，这也是世界范围内文学理论批评发展的总体趋势。

四、诗学研究中的流派意识、问题意识和历史意识

从流派的角度研究20世纪俄罗斯文学理论批评，研究20世纪俄罗斯诗学，这是一次新的理论尝试和理论探索。据目前掌握的材料，不论是在俄罗斯本土，还是在中国，系统研究20世纪俄罗斯诗学流派的研究成果尚未看到。因此，我们的研究就面临巨大的挑战，也具有重要的意义。为了完成这个既有重要理论价值又有很大难度的课题，我们在力求掌握第一手材料、认真研读各诗学流派代表人物的原著的基础上，注重坚持以下几个方面的研究原则：

突出流派意识。诗学流派的形成是诗学成熟和发展的标志。克服以往以社会学诗学单一视角研究20世纪俄罗斯诗学的局限，突出流派意识，使得我们的研究视野开阔了，能够较为充分地展示20世纪俄罗斯诗学由一元走向多元的发展局面，展示20世纪俄罗斯诗学的本来面

貌，使人们对 20 世纪俄罗斯诗学有比之前更为全面和深刻的认识。而研究中流派意识增强则是对文学研究对象认识的深入，只有对文学有科学的认识，把文学看成是复杂和多面的现象，才有可能从多个角度和运用多种方法去研究文学。

突出问题意识。本课题研究的基础是对各个诗学流派的扎实研究，需要弄清各诗学流派产生的根源，诗学流派主要代表人物，诗学流派主要理论观点，诗学流派的历史命运和历史评价。在此基础上本课题研究还试图突出问题意识，探讨 20 世纪俄罗斯诗学流派发展中一些带规律性的问题，其中的一个核心问题就是探讨 20 世纪俄罗斯诗学如何通过各个流派的对话，逐步走上内容研究和形式研究相结合、历史研究和结构研究相结合、外部研究和内部研究相贯通的道路。另一个重要问题则是 20 世纪俄罗斯诗学同俄罗斯民族文化精神的关系。

突出历史意识。20 世纪俄罗斯诗学的发展走过了一条十分曲折复杂的道路，其中大多数诗学流派是处于被打压的非主流状态，项目研究的重要任务是努力恢复各个诗学流派的历史本来面貌，给予科学的评价。研究中我们首先重视阐明各个诗学流派产生的历史语境，它的历史继承性和历史针对性，揭示每个流派产生的历史必然性，同时进一步展示各个诗学流派发展的复杂和曲折的历史过程，它如何在克服本身的不足和在同其他流派的对话中不断得到发展。最后放在20世纪俄罗斯诗学和世界诗学发展的历史语境中，对每个流派的理论贡献、不足和影响做出历史的评价。[1]

[1] 本文是作者为六卷本《20世纪俄罗斯诗学流派研究》写的“总序”，2019年。

第六章

从对立到对话
——20 世纪俄罗斯马克思主义文艺学发展的轨迹

同马克思主义一样，马克思主义文艺学既是批判的、革命的，同时也是开放的、建设性的，它是在批判地继承人类文艺学遗产的基础上建立起来并得到发展的，是在同其他文艺学流派对话中不断开拓自己的理论空间的。然而，在相当长的时间内，在“左”的思潮的影响下，由于非此即彼的形而上学思维猖獗，文艺学界在“不是东风压倒西风，便是西风压倒东风”的思想指导下，常常只强调批判、革命，少谈或不谈继承和开放，常常只强调批判是发展的动力，强调破字当头立也就在其中了，忽视对话也是发展的动力。当下，如何处理好批判和继承、坚持和发展、固本和开放等一系列重要关系，是马克思主义文艺学发展的重大问题。这方面，20 世纪俄罗斯马克思主义文艺学发展历程，为我们提供了深刻的教训和有益的启示，很值得我们思考和记取。

一、俄罗斯马克思主义文艺学是同俄罗斯文艺学优良传统对话的产物

关于马克思主义和人类思想文化的关系，列宁写道："马克思主义这一革命无产阶级的思想体系赢得了世界历史性的意义，是因为它并没有抛弃资产阶级时代最宝贵的成就，相反却吸收和改造了两千多年来人类思想和文化发展中一切有价值的东西。"[1]他还指出马克思的全部天才在于回答人类先进思想已经提出的种种问题，他的学说的三大来源是德国古典哲学、英国古典政治经济学和法国空想社会主义。同样，列宁关于马克思主义三大来源的学说也适用于马克思主义美学文艺学。马克思主义美学文艺学是世界美学文艺学历史上的一次彻底的变革，它批判了唯心主义和形而上学的美学观点，运用历史唯物主义和辩证唯物主义解决美学文艺学的一系列根本问题，同时马克思主义美学文艺学也吸收了德国古典哲学、

---

[1] [俄] 列宁《列宁选集》第4卷，北京：人民出版社，1972，第362页。

英国古典政治经济和法国空想主义中为解决美学文艺学问题所提供的思想资源，也继承了从古希腊罗马开始的世界美学文艺学历史上所积累的一切珍贵的思想。从这个意义上说，马克思主义美学文艺学从它的产生开始，就不是同人类一切有价值的美学文艺学相隔绝的，而是对它的批判和继承，是同它展开对话的产物。

19 世纪末 20 世纪初俄国马克思主义文艺学的崛起，是同俄国革命进入无产阶级革命时期，同马克思主义在俄国的传播密切相连的。这个时期，以普列汉诺夫和列宁为代表的马克思主义者独立地将马克思主义理论运用于俄国文学理论批评，总结无产阶级文艺运动和文艺创作的经验，解决俄国文艺理论批评的实践问题。他们所创建的俄国马克思主义文艺学充满了革命的批判的精神，同时又继承了俄国文艺学和优良传统，继承了俄国革命民主主义美学文艺批评的优良传统。

普列汉诺夫是俄国第一个马克思主义者，是俄国最早的马克思主义文艺学家和文艺批评家。正如鲁迅所说，他是“用马克思主义的锄锹，掘通了文艺领域的第一个”。[1] 普列汉诺夫的美学观充满了革命的批判的精神，他是在批判民粹派主观社会学，批判地理环境决定论和种族因素决定论的基础上，运用马克思主义的学说，科学阐明艺术的起源和艺术发展的客观规律，树立历史唯物主义的科学的美学观和文艺观。普列汉诺夫历史唯物主义美学观和文艺观的树立，直接源于马克思主义的历史唯物主义，但同俄国文艺学遗产也有密切关系。他首先是俄国革命民主主义美学、文学批评和俄国马克思主义美学、文学批评的中介和桥梁。他在很多方面继承和发展了别林斯基、车尔尼雪夫斯基和杜勃罗留波夫的美学观和文学批评。他写过四篇互有联系、总标题为《俄国批评的命运》的论文，驳斥伏伦斯基对革命民主主义美学和文学批评的攻击，认为别、车、杜那种“以社会生活的历史来说明艺术历史”的批评是一种“真正的科学批评”，一种“客观的批评”。除此以外，俄国文艺学学院学派的文艺思想也是普列汉诺夫马克思主义美学观的重要理论源头。他的《俄国社会思想史》引用了几百条学院学派学者的著作。他虽然批判文化历史学派提出

[1] 鲁迅《鲁迅译文集》（第六卷），北京：人民文学出版社，1958，第610页。

的人类艺术的发展由人类文化发展的进程所决定的历史唯心主观点，但学院派关于文化史的研究，关于社会心理的研究，关于文学的历史比较研究，以及他们的研究所体现的科学的实证态度和历史主义的精神，都对普列汉诺夫马克思主义美学观的形成有深刻的影响。

列宁是俄国马克思主义文艺学的奠基人，他运用马克思主义观点解决俄国文学理论批评二百年来一系列悬而未决的问题，为俄国马克思主义文学理论批评奠定了坚实的理论基础，把马克思主义文艺学推向新的阶段。列宁的文艺思想首先也是具有鲜明的革命性和批判性，他是在批判民粹派的主观社会学中树立文学理论批评的历史唯物主义观点；在同马赫主义的斗争中发展了辩证唯物主义的认识论，在文学和现实关系问题上坚持和发展了辩证唯物主义的艺术反映论；在同否定人类文化遗产的无产阶级文化派作斗争中，提出继承遗产、面向生活和扎根人民的社会主义文化纲领。其次，列宁文艺思想除了同马克思恩格斯文艺思想有直接渊源关系，同俄国革命民主主义美学和文学批评也有血肉的联系。掌握革命民主主义的美学和文学批评遗产，对于列宁转向马克思主义曾经起过十分突出的作用。列宁从小便对俄国革命民主主义者有深厚的兴趣，后来他多次谈到俄国革命民主主义的思想遗产和文学遗产对他的影响。他在1904年在同瓦连廷诺夫（沃列斯基）的一次谈话中说："我喜爱的作者是车尔尼雪夫斯基。《现代人》上所载的一切我都一行不落地读完，并且一再去读。车尔尼雪夫斯基使我初次接触到哲学上的唯物主义，也是他第一个给我指出黑格尔在哲学思想发展上的作用，从他那里我懂得了辩证法的方法。以后我掌握马克思主义的辩证法就容易多了。我从头到尾谈过车尔尼雪夫斯基论述美学艺术和文学的气势磅礴的文章，对别林斯基的形象也看得清楚了。我读通了车尔尼雪夫斯基阐述农民的全部论文，以及他对米勒的政治经济学译文的注释。因为车尔尼雪夫斯基鞭挞了资产阶级的经济学，这为我后来转向马克思学说作了准备……"❶具体来说，俄国革命民主主义美学关于"美是生活"，关于"文学是生活的教科书"等一系列重要美学思想对于列宁文艺思想的形成都有直接的影响。

从俄国马克思主义文艺学的崛起来看，它既是革命

❶《文学问题》1957年第8期。

的、批判的，同时又是同本民族先进的思想文化有血肉的联系。在某种意义上讲，他们是通过俄国革命民主主义走向马克思主义，前者是他们走向后者的中介和桥梁。这说明了马克思主义虽然是革命的、批判的，但并不同本民族进步的思想文化遗产相对立，而是相结合的。

二、排斥国内外文艺学阻碍了马克思主义文艺学的发展

在俄国马克思主义文艺学崛起的年代，我们看到普列汉诺夫和列宁一方面对待唯心主义的和历史唯心主义的美学文艺学采取批判的态度，另一方面非常珍惜本民族的美学文艺学思想遗产，对它们采取批判继承的态度。十月革命后，列宁同否定人类文化遗产的无产阶级文化派作了坚决的斗争，指出“只有确切地了解到人类全部发展过程所创造的文化，只有对这种文化加以改造，才能建设无产阶级的文化，没有这种认识，我们就不能完成这项任务，无产阶级文化并不是从天上掉下来的，如果认为是这样，那它全是胡说。无产阶级文化应当是人

类在资本主义社会、地主社会和官僚压迫下创造出来的全部知识合乎规律的发展”[1]。尽管如此，苏联文艺学界的一些人在“左”的思潮影响下，依然以“纯正”的马克思主义自居，以偏狭的态度对待民族文艺以遗产，把国内其他文艺学派视为异端加以批判，同时拒绝国外美学文艺学，统统把它们斥之为资产阶级和修正主义的美学文艺学。这样做的结果是把自己封闭起来，孤立起来、完全堵塞了马克思主义文艺学发展的道路。

首先，对本民族美学文艺学遗产采取偏狭的态度，只承认俄国革命民主主义美学和文学批评，排斥俄国文艺学其他流派。1981年，苏联作协第一书记马尔科夫在苏联作家“七大”宣称：“必须强调别林斯基、车尔尼雪夫斯基、赫尔岑，所有革命民主主义者同我们血肉相连，我们共产党人是他们唯一的后代和继承者，忘记了这一事实就等于忘记了自己的家谱，就是抛弃自己的至亲。爱护和珍惜革命民主主义的传统，就意味着发展列宁文学党性和人民性原则，经常保持革命创作思想的纯

[1] [俄]列宁《列宁论文学与艺术》，北京：人民文学出版社，1983，第106页。

洁性。”[1] 爱护和珍惜革命民主主义美学传统是完全正确的，但是为了保持革命创作思想的“纯洁性”，保持马克思主义文艺学和文艺批评的“纯洁性”，而把它抬到至高无上的地位，并且排斥其他文艺学流派，那就太偏狭了。对俄国文艺学学院学派的忽视和否定，就是一个典型的例证。以往人们总误以为俄国文艺的从别、车、杜到普列汉诺夫，中间 20 多年是一段空白，其实不然，这中间有对俄国文艺学发展作出重大贡献，并对俄国马克思主义文艺学产生深刻影响的俄国文艺学学院学派。这个学派包括神话学派、历史文化学派、历史比较学派和文艺心理学派四大学派，因为其中的代表人物大都是教授、院士，故称学院学派。这个学派的代表人物学识渊博，视野开阔，以实证的科学精神，潜心于文艺学不同领域的研究，他们既在一定程度上继承俄国革命民主主义美学和文学批评的传统，同时也十分重视吸收欧洲社会科学和自然科学的成就，取得了不少具有国际影响的学术成果。十月革命后，这个学派有依然对文艺学的发生潜在的影响，一些学者，如日尔蒙斯基、巴赫金、普罗普，

[1]《苏联文学动态》，《苏联文学》1981 年第 4 期。

依然重视并继承以维谢洛夫斯基为代表的历史比较学派的传统，历史诗学的传统。同时，由于“左”的思潮的影响，学院学派也受到主流文艺学的排斥和批判，例如指责维谢洛夫斯基的历史诗学研究是“西方实证主义美学的翻版”，是“资产阶级形式主义”，他所开创的历史比较文艺学和历史诗学的研究，从此成了“禁区”。

其次是排斥国内其他文艺学流派，把它们视为异端并加以批判。20世纪俄罗斯文艺学发展过程中，出现了一种十分奇特的现象：一些具有国际影响的文艺学流派和代表人物，如俄国形式主义、巴赫金、普罗普、洛特曼等，在苏联国内无一不遭到批判。例如，20世纪初的俄国形式主义尖锐地提出了文学的自主性问题，被西方誉为20世纪文学理论的开端。它尽管存在把文学封闭于文本之中、不重视历史文化语境的弊病，仍不失为一种很有理论价值的文论。然而，主流文艺界几乎无一例外对它进行猛烈的批判，指责它是反马克思主义的。托洛茨基在《文学与革命》（1923）中，虽然指出“形式主义者的相当一部分探索工作是完全有益的”，但还是认为形式主义是肤浅的，反动的，是同马克思主义相对立的。[1] 卢那察尔斯基在《艺术科学的形式主义》（1924）一文中，虽然也指出不能否定形式和形式美，必须把形式主义和形式区别开来，但也是对俄国形式主义展开尖锐的批判。一场大批判最后迫使俄国形式主义的代表人物什克洛夫斯基公开发表文章《一个科学错误的纪念碑》[2]（1930），宣布放弃形式主义学说，承认自己想使艺术"中立化"，最终使其独立于社会，是一个不可容忍的错误。从此，形式主义在苏联文艺界成了一个骂人的名词。尽管展开轰轰烈烈的大批判，但多数批判并没有同形式主义进行认真的对话，真正做到扬弃其错误的成分，吸收其有益的成分。巴赫金在其专著《文艺学中的形式主义方法》（1927）中，就指出马克思主义同形式主义并没有展开正面交锋，认真地对话。他肯定形式的"有益作用"，也指出其不足，认为对形式主义的批判在主要问题上并没有批到点子上。马克思主义批判形式主义对内容的忽视是正确的，但不应该把它同诗学结构本身对立起

[1] [俄]托洛茨基（Л. Д. Троцкий）《文学与革命》，刘文飞等译，北京：人民文学出版社，1992，第 150 — 151 页。

[2]《文学报》1930 年第 4 期。

来。他正确指出：“对文学和文学外的现实（意识形态和其他现实）的‘外在的’和‘内在的’东西的辩证理解，是建立真正的马克思主义文学史的必要条件。”[1]

第三，拒绝国外的美学和文艺学，把它们斥之为资产阶级美学文艺学和修正主义美学文艺学。如果说20年代，苏联思想文化界较为宽松的话，各种国外美学文艺学思想被允许介绍到国内，那么从30年代中期开始，特别是二战之后的冷战年代，在批判“世界主义”的声浪中，国外的美学文艺学就完全被当成批判对象看待。在40年代来开展的所谓“反世界主义运动”中，被誉为“俄国比较文学之父”的维谢洛夫斯基，竟被视为“崇拜西方资本主义文化”的“反爱国主义的世界主义思潮”的思想渊源和鼻祖而遭到全盘否定。1963年，法国著名的文艺理论家罗杰·加洛蒂出版了他的专著《论无边的现实主义》，阿拉贡为它写了序。加洛蒂指出不要排斥传统现实主义以外的艺术，应当开放和扩大现实主义的边界。阿拉贡认为这本书的出版是“一件大事”，指出不能

---

[1] [俄]巴赫金（M. M. Бахтин）《文艺学中的形式主义方法》，李辉凡、张捷译，桂林：漓江出版社，1989，第208—209页。

用教条主义态度对待艺术，抛弃一切不是表现“现实”的艺术。这种观点在苏联遭到强烈的反对，他们没有看到这种观点的合理成分，而指责它是“对现实主义说来是有破坏性的理论”❶。在苏联的马克思主义美学史教科书里，我们常常可以看到，书中不是把国外的美学文艺流派（如存在主义、心理分析、结构主义）看成是论战的对象，对话的对象，而看成是“马克思主义的重要敌人”。❷既然是“敌人”，那就只能是批判它、消灭它，根本谈不上从吸收有益的成分来发展马克思主义文艺学。

三、正确对待国内外文艺学流派给马克思主义文艺学发展带来活力

20 世纪 50—60 年代以后，苏联社会生活和文化生活产生重大变化，马克思主义文艺学在固本的同时，也开始全面对待民族的文艺学遗产，开始正确评价国内其他

---

❶ [法] 罗杰 · 加洛蒂（Roger Garaudy）《论无边的现实主义》，吴岳添译，上海：上海文艺出版社，1986，第 5 页。

❷ [俄] 卡冈（M. C. Каган）《马克思主义美学史》，汤侠生译，北京：北京大学出版社，1987，第 235 页。

文艺学流派，正确评价国外的文艺学流派，由同它们的尖锐对立走向积极对话，其结果是给马克思主义文艺学带来新的生机和活力，使马克思主义文艺学面目焕然一新。

就对待民族文艺学遗产而言，开始改变独尊革命民主主义美学的偏狭态度，对斯拉夫派批评、唯美主义批评、根基派批评、民粹派批评和象征派给予正确评价。特别是对俄国文艺学学院派的正确评价，对于发展俄罗斯马克思主义文艺学，更具有重要的理论意义。以往对俄国学院派文艺学的忽视和否定，是俄罗斯马克思主义文艺学发展的重大失误。以别、车、杜为代表的俄国革命民主主义美学和文艺批评，对俄国文艺学的形成有重要贡献，但文艺学作为一门学科是从学院派开始才真正建立起来。俄国文艺学学院学派研究所体现的历史主义精神和实证的科学方法，对俄罗斯马克思主义文艺学的产生和发展，都有重要的理论和方法论的启示。苏联著名的马克思主义文艺学家尼古拉耶夫所著的《马克思列宁主义文艺学》(1983)，就用整整一章来论述俄国早期马克思主义文艺学和俄国文艺学学院学派的关系。他指出："经院学派和马克思主义文艺学的联系问题具有严肃的历史意义。只有理解这个问题，才能具体地认识我国文学科学史中，包括苏联文艺学产生年代的某些现象。”[1]普列汉诺夫、沃罗夫斯基、卢那察尔斯基等俄国早期马克思主义文艺学家，高度评价学院派文艺学，并在创建俄国马克思主义文艺学中加以批判吸收和改造。十月革命后，在20—30年代，学院学派文艺学的学术传统还受到尊重，萨库林就试图建立“社会学的美学和诗学”，作为维谢洛夫斯基《历史诗学》的续篇。卢那察尔斯基肯定了他“在使经学院派的文艺学接近马克思主义世界观方面”的“巨大功绩”。[2]日尔蒙斯基也一直继承维谢洛夫斯基的研究，他在1940年整理出版了维谢洛夫斯基的巨著《历史诗学》，在该书的序言中明确指出：“苏联文艺学的任务就在于举起从伟大学者手中掉下的旗帜，在对整个历史过程和艺术特点作马克思列宁主义理解的基础上，把他所开创的工作继续下去。”[3]日尔蒙斯基本人在

---

[1] [俄]尼古拉耶夫（П. А. Николаев）《马克思列宁主义文艺学》，李辉凡译，合肥：安徽文艺出版社，1986，第152页。

[2] [俄]尼古拉耶夫（П. А. Николаев）等《俄国文艺学史》，刘保端译，北京：生活·读书·新知三联书店，1987，第290页。

[3] [俄]日尔蒙斯基（В. М. Жирмунский）《比较文艺学·东方与西方》，列宁格勒科学出版社，1979，第136页。

20世纪50—60年代以后继续这方面的研究，为奠定苏联比较历史学派的方法论基础并让它登上国际舞台作出重要贡献。在普罗普故事学的结构研究和历史研究的结合中，在巴赫金的历史诗学研究中，在洛特曼的结构符号文艺学研究中，我们也都可以看到维谢洛夫斯基的深刻影响。20世纪70—80年代，苏联著名的文艺学家更是明确提出要在继承维谢洛夫斯基历史诗学的基础上，建立马克思主义的历史诗学。赫拉普钦科在1974年的论文《历史诗学及其对象》中首次提出建立马克思主义历史诗学是苏联文艺学面临的任务。1984年在《历史诗学是主要倾向》中，他指出马克思主义历史诗学应当在维谢洛夫斯基历史诗学思想的基础上，并有所发展。第一，他认为历史诗学应当研究“诗学意识及其形式的演变过程”，历史诗学不应当只局限于研究诗歌语言、情节、风格和艺术手段演变的历史，还应当考虑到诗学意识，创作思想和创作方法的发展。第二，他指出历史诗学的研究要在广阔的思想文化背景和美学背景中进行，在广阔的思想文化视野和美学视野中去研究“形象把握世界方法和手段的演变，研究这些方法和手段的社会、审美功能，研究一系列艺术发现的命运”[1]。

除全面对待民族文艺学遗产外，马克思主义文艺学对待国内文艺学其他流派的态度也有明显变化，并开始从中吸取有益的养分。俄国形式主义在20—30年代遭到批判后在国内虽已销声匿迹，但仍有潜在的影响。后来，传到捷克和法国，更是对西方结构主义产生重要影响。50—60年代国内开始正确评价形式主义，在指出它把文学研究封闭于文本之中、忽视历史文化语境的同时，也充分肯定它在艺术特性和形式研究方面的积极意义，指出马克思主义文艺学应当把艺术社会性的研究同艺术的形式研究更好地结合起来。巴赫金在50—60年代也开始得到重新评价，他的两本代表专著《陀思妥耶夫斯基诗学问题》与《拉伯雷的创作和中世纪与文艺复兴时期的民间文化》分别在1963年和1965重新出版和正式问世。前者在国内的出版被认为是“苏联和世界文学研究中的一个重大事件”，并说这本专著“为巴赫金作为20世纪罕见的伟大学者和思想家之一的世界声望奠定了基础”。在国外更是引起强烈的反响，认为他在许多学术领

[1]《历史诗学：研究总结与前景》，莫斯科科学出版社，1986，第13页。

域已获得举足轻重的地位。他的社会学诗学、体裁诗学、文化诗学和历史诗学的研究，特别是他的整体诗学研究，对于解决马克思主义文艺学存在的内容研究和形成研究相割裂、内部研究和外部研究相对立等问题，对于开拓新的理论空间，有重要的理论价值和深远的影响。普罗普作为著名的民间文艺学家，文艺学家，他的故事研究，他的两本专著《故事形态学》（1928）和《神奇故事的历史根源》（1938），有很高的理论价值，并对西方的叙事学理论产生很大的影响。然而在当年也毫无例外被批判，戴上“资产阶级形式主义者”的大帽子。对普罗普的评价在 50—60 年之交也发生转折，他的著作被全部出版，他本人被誉为苏联民间文艺学公认的大师，被誉为人文科学领域的“世纪之子”。应当看到，他的在故事研究中将结构形态研究同历史研究结合起来，对马克思主义文艺学也是有重要启示的。

苏联的马克思主义文艺学以往只承认东欧的马克思主义文艺学，对待西方的文艺学，包括西方马克思主义文艺学向来是非常严苛的，一直把它们视为“敌人”，坚决进行批判，即使在 50—60 年代也是如此。直到 20 世纪末，情况才有了一些变化。在 80 年代出版的一些“马克思主义文艺学”“马克思主义美学史”的著作和教科书中，一方面强调马克思主义美学和文艺学同资产阶级美学文艺学是“根本对立的”，是不可调和的，想克服它们之间的对立是“不切实际的幻想”；另一方面也开始提出必须在两者之间展开对话，指出“要使马克思主义美学得到卓有成效的发展，就曾要仔细研究并批判地了解世界美学思想、古典东西和现代东西的全部经验，而且也跟思想上的对手进行日益广泛的对话”❶。90 年代以后情况有了更大变化，在新近出版的一部《文艺术语百科全书》中，在“马克思主义文艺学”的条目下，既可以看到拉法格、格林、普列汉诺夫、列宁、卢那察尔斯基、托洛茨基、布哈林、弗里契、萨库林等传统的马克思主义美学文艺学代表人物的名字，也能看到卢卡契、本雅明、阿多诺、哈贝马斯等西方马克思主义美学文艺学代表人物的名字。❷

---

❶ [俄]卡冈（M. C. Каган）《马克思主义美学史》，汤侠生译，北京：北京大学出版社，1987，第 281 页。

❷ 转引自刘文飞《20 世纪的俄罗斯文艺学》，《文艺理论与批评》2006 年第 4 期。

四、俄罗斯文艺学中历史主义和结构主义的对话

马克思主义文艺学能否同其他文艺学流派展开积极的对话，能否在同其他文艺学流派的对话中吸收对方有益的营养，并使自身不断得到发展，不断开拓新的理论空间？下面可以看看俄罗斯文艺学中历史主义和结构主义的对话和结合是如何进行的。

俄罗斯文艺学有历史主义的深厚传统，俄国革命民主主义美学和文学批评的历史传统，俄国文艺学学院学派的历史主义传统，是举世闻名的，而以普列汉诺夫和列宁为代表的俄国马克思主义者，在批判主观社会学和历史唯心主义的基础上，把历史唯物主义运用于文艺领域，使俄国文艺学的历史主义传统产生根本性的变化，把它推到一个最高的阶段。

问题是俄国马克思主义文艺学的历史主义传统在20世纪初面临形式主义和结构主义的严峻挑战。面对挑战，出现了两种截然不同的态度，一种是彻底批判，坚决否定形式主义和结构主义，拒绝正面交锋，拒绝积极对话；一种是对形式主义和结构主义采取分析的态度，指出其缺陷，吸收其长处；同时，从事形式结构研究的人，

也十分重视接受历史研究的传统，努力把结构研究和历史结合起来。普罗普当年在自己的故事形态结构研究被指责为“资产阶级形式主义”时，并没有停止研究，而是将研究往前推进，进一步去探讨神奇故事的历史根源，达到结构研究和历史研究的结合。洛特曼的结构符号研究在 60 年代遭到批评时，他明确提出“结构主义并非历史主义的敌人”。老一辈著名的马克思主义文艺学家利哈乔夫，在面对形式主义和结构主义对历史主义的挑战时，并不是把两者对立起来，而是强调两者的相互影响和两者的结合。在谈到两者的关系时，他曾经指出，“文本学是文艺学的坚实基础”，但可以从不同观点，以不同方法研究文本，他说 :“可行的方法之一是结构主义的。但重要的是在俄罗斯结构主义研究系统中越来越顽强地流露出历史主义的态度，它归根结底将结构主义变成非结构主义，因为历史主义摧毁着结构主义，同时又允许从中吸收最好的因素。结构主义在形式与内容相关联的形式研究过程中发现了许多新的东西。”他认为洛特曼等学者的专著“对扩大文学研究提供很多东西。”[1]

下面我们通过几个个案来看看在俄罗斯文艺学中历史主义如何“将结构主义变成非结构主义”，如何“摧毁着结构主义”，两者又如何达到一种结合。

普罗普，是俄罗斯著名的文艺学家，民间文艺学家。他用十年工夫写成的《故事形态学》（1928），运用形态结构分析的方法对大量神奇故事的内部结构进行分析，揭示故事构成的要素和诸要素的关系。以往的故事研究侧重于外部研究，无法说明故事是什么。他提出必须从本质上描述故事，进入故事迷宫的内部。他的故事形态分析的核心概念是故事角色的功能，在他看来，故事研究重要的是故事中的人物做什么，而不是谁做的和怎么做的。在这种思想指导下，他从100个神奇故事的分析中，归纳出31种功能，7个角色，把故事的外部研究转为内部研究，从本质上说明故事是什么。在相当长时间，不少人认为普罗普的故事研究只是一种结构形态研究，只是一种内部研究，其实不然，因为他还有另一本著作

[1] [俄]利哈乔夫（Д. С. Лихачёв）《关于文学研究的思考》，见[俄]利哈乔夫（Д. С. Лихачёв）《解读俄罗斯》，吴晓都等译，北京：北京大学出版社，2003，第313—315页。

《神奇故事的历史根源》。他认为这两本专著是一个整体，是“一部大型著作的两卷”，他在从事故事研究开始就明确形态结构研究应当和历史研究联系。现在我们看到的《故事形态学》只有九章，当年的原稿还有第十章，内容是故事起源的历史研究。出版时，日尔蒙斯基建议将第十章抽出来单独成书，普罗普接受他的建议，又用十年写了《神奇故事的历史根源》。在这本书中，普罗普从文本转向历史，从形态结构研究转向历史研究，从而在故事是什么的基础上回答了故事从何而来的问题。他从历史现实中，从社会法规、宗教法规、仪式习俗、神话和原始的思维方式方面来追溯故事的起源。这种研究的理论意义在于说明故事不是一种完全独立自主的体系，而是一种精神文化现象，是在一定的社会历史文化土壤中产生的，是具有历史文化价值的。

洛特曼，是俄罗斯20世纪具有世界影响的文艺学家，是俄罗斯文艺学结构符号学派的代表人物，他的代表作有《结构诗学讲义》(1964),《艺术本文的结构》(1970)。洛特曼把诗歌本文结构的分析当作结构符号分析的中心，认为艺术作品的思想内容不是外在于作品的形式和结构，艺术作品的形式和结构是有意义的成分，具有独特结构的艺术本文所蕴含的信息含量要大大超过任何非艺术本文。当年有人指责他的结构符号研究是形式主义的，是忽视艺术本文的外在因素，其实这是一种误解。1967年，洛特曼在为结构符号研究辩护而写的重要论文《文艺学应当成为一门科学》一文中，说过这种一段很重要的话："有一点现在已经很清楚，即当我们同一些复杂的结构（艺术正属于此列）打交道时，对此类具有多重结构的因素进行共时描述，一般来说是很困难的。了解此结构的先前状况，是对结构成功进行模式化的必要条件。因此，结构主义非并历史主义的敌人；不仅如此，懂得将单个艺术结构（作品）当作更为复杂的统一体的成分，是当前最迫切的任务，而这个更为复杂的统一体就是'文化''历史'。"[1] 显然，洛特曼认为文学艺术研究不能局限于封闭的艺术本文结构，应当把它放在一定的历史文化语境中进行研究，结构主义不是历史主义的敌人，应当把结构研究同历史研究结合起来。为此，他提了艺术本文结构和艺术外本文结构的概念，艺

[1] [俄]洛特曼（Ю. М. Лотман）《文艺学应当成为一门科学》，《文学问题》1967年第1期，又见《洛特曼文集》，彼得堡艺术出版社，1997，第759页。

术本文是内容和形式统一的结构整体，但艺术本文本又属于更大的系统，更复杂的结构，这就是所谓艺术外本文结构，它包括现实生活、社会心理，历史文化背景，思想文化观念和文学观念等等。洛特曼认为“外本文结构作为一定层次的结构要素构成作品的有机组成部分。”❶因此，本文结构如果不与外本文结构联系就不可能产生和存在，理解艺术作品也必须了解外本文结构，艺术本文结构只有在外本文结构的广阔背景中才能被正确理解和评价。

巴赫金是俄罗斯具有世界声誉的思想家和文艺学家。在他的诗学研究中，巴赫金把形式结构，把体裁、体裁诗学提到重要地位，认为“体裁具有特别重要的意义”❷，“诗学研究恰应从体裁出发”❸。这种看法是同他对诗学的看法相联系的，他认为诗学研究应当深入到文学作品内部，离开内部形式结构研究，离开体裁研究，就算不上

❶ [俄]洛特曼（Ю. М. Лотман）《结构诗学讲义》，转引自彭克巽主编《苏联文艺学学派》，北京：北京大学出版社，1999，第262页。

❷ [俄]巴赫金（М. М. Бахтин）《巴赫金全集》（第四卷），白春仁、晓河等译，石家庄：河北教育出版社，1998，第365页。

❸ [俄]巴赫金（М. М. Бахтин）《文艺学中的形式主义方法》，李辉凡、张捷译，桂林：漓江出版社，1989，第174页。

诗学研究。他认为体裁不仅仅是形式，“每一种体裁都具有它所特有的观察和理解现实的方式和手段”，“艺术家应当学会用体裁的目光来看现实”❶。在《陀思妥耶夫斯基诗学问题》中，他高度评价作家在小说体裁方面的创新，创造了区别于独白小说的复调小说。作家正是通过复调小说的新形式来表现他对生活新的发现，因此，只有紧紧抓住作家的体裁创新，才能阐明作家创作的本质。巴赫金的诗学研究在从体裁诗学切入之后，又进一步引向深入，一头伸向文化诗学，研究复调小说体裁同民间狂欢文化的关系，深入揭示复调小说体裁所蕴含的历史文化内涵；另一头伸向历史诗学，从形式和体裁历史演变的角度，研究复调小说同欧洲小说史上狂欢体小说的历史渊源关系。他明确指出：“我们越是全面具体地了解艺术家的体裁渊源，就可以越发深入地把握他的体裁，越发正确地理解他在体裁方面传统与创新的相互关系。”❷从体裁诗学，文化诗学到历史诗学，巴赫金的诗学是一种

❶ [俄]巴赫金（М. М. Бахтин）《文艺学中的形式主义方法》，李辉凡、张捷译，桂林：漓江出版社，1989，第180—181页。

❷ [俄]巴赫金（М. М. Бахтин）《陀思妥耶夫斯基诗学问题》，白春仁、顾亚铃译，北京：生活·读书·新知三联书店，1988，第220页。

整体诗学，他把诗学研究看成是一个不断深入的研究过程，其中体现着内容研究和形式研究的融合，结构研究和历史研究的结合。

从上面几个个案的分析看来，20 世纪俄罗斯马克思主义文艺学在经过了曲折和反复之后，在经过了克服非社会学的诗学——形式主义和非诗学的社会学——庸俗社会学之后，在融合 19 世纪俄罗斯文艺学优良传统和西方文艺学精华的基础上，终于走上了形式研究和内容研究相融合，结构研究和历史研究相结合，内部研究和外部研究相贯通的道路。这种研究一方面既认同俄罗斯马克思主义认识论文艺学对社会历史文化语境的关注，克服其忽视艺术特征和形式结构的不足；另一方面又吸收西方文艺学对形式结构的重视，纠正其脱离社会历史文化语境的偏颇，这就为马克思主义文艺学的创新和发展找到新的出路，开拓了新的理论空间。

俄罗斯马克思主义文艺学一个世纪走过的历史道路，说明了马克思主义文艺学的发展必须正确处理好批判和继承，坚持和发展，破和立，固本和开放，独白和对话等一系列重要关系。马克思主义文艺学如果只讲批判和斗争、把自己封闭起来，同其他文艺学流派对立起来，其结果必然堵塞自己的发展道路，使自己变得越来越贫乏，越来越单调。马克思主义文艺学只有向其他文学流派开放，同他们展开对话，才能不断开拓新的理论空间，才能使自己变得越来越丰富，越来越充满生机和活力。

第七章

跨文化语境中的 20 世纪俄罗斯诗学

世界各国诗学有各自生成的社会文化语境和历史文化传统，在本体论和方法论层面上，也有各自的特性和价值。它们之间不应当是相互对立和相互排斥的，而应当是一种相互对话的关系，相互补充的关系。世界各国诗学，正是在跨文化的语境中，在对话和互补中得到不断发展的。

20 世纪俄罗斯诗学，在继承本民族诗学优良传统和向西方诗学开放的基础上，在跨文化的语境中有了重大的发展。它一方面继承俄罗斯诗学优良的历史主义传统，另一方面打破马克思主义文艺社会学一统天下的局面，出现了各种诗学流派多元对话的发展态势。传统的社会学诗学之外，出现了形式诗学、结构诗学、语言诗学、体裁诗学、叙事诗学、心理诗学、历史诗学、文化诗学等各种诗学流派，涌现了像巴赫金、普罗普、维戈茨基、什克洛夫斯基、洛特曼等一批具有世界声誉的文学理论家。他们的诗学研究所取得的成就受到世界文论界的高度评价。俄国形式主义被誉为“20世纪文论的开端”，洛特曼的诗学研究被认为是“一场哥白尼的革命”，而巴赫金则被视为20世纪最伟大的思想家和文论家。

20世纪俄罗斯诗学的发展同打破封闭、僵化，走向多元对话有密切关系。认真探讨20世纪俄罗斯诗学如何在跨文化语境中得到发展，也许会对中国诗学的发展提供有益的启示。

一、跨文化语境与20世纪俄罗斯诗学的两个开端

真正现代意义的俄罗斯诗学是在18世纪形成的，在彼得大帝改革的推动下，随着西欧各种文化思潮，主要是启蒙主义和古典主义在俄国的传播和影响，俄罗斯文学理论批评、俄罗斯诗学才开始形成。到了19世纪，由于俄国社会的发展，俄国文学的发展，俄罗斯诗学开始走向成熟。这时，既出现了我们以往熟知的以别林斯

基、车尔尼雪夫斯基、杜勃罗留波夫为代表的革命民主主义文学理论批评，也出现了我们以往所不太了解的以德鲁日宁等人为代表的“纯艺术论”的文学理论批评，以维谢洛夫斯基等人为代表的学院派的文学理论批评。19 世纪俄罗斯文学理论批评的发展，固然同俄国社会的发展，俄国文学的发展紧密联系，有其深厚的民族文化根基，同时也无法否认欧洲思想文化的影响。别林斯基就是在批判地吸收德国批评的历史的辩证的观点，吸收法国批评的实证观点的基础上，根据本民族文化的特点，提出了历史的美学的文艺批评观主张，在肯定文艺是现实的“创造性再现”的基础上，把社会的历史的批评同美学的批评结合起来。19 世纪末的俄国学院派文学理论批评也是一方面继承俄国革命民主主义文学理论批评的传统，另一方面又吸收欧洲实证主义哲学等人文科学和自然科学的新成就，在文学理论批评方面，提出了神话诗学、文化历史诗学、历史诗学、心理诗学等一系列新观点和新方法，体现了多角度、多层次研究文学特征和文学规律的现代意识，为俄罗斯诗学走向世界诗学前沿做出重要的贡献。可以说，俄罗斯诗学从 18 世纪的形成到 19 世纪走向成熟，都是与俄罗斯民族文化同欧洲文化的对话密切相关的，都是在跨文化对话中得到发展的。

20世纪的俄罗斯诗学依然是在俄罗斯文化同西方文化的对话中得到发展的。20世纪俄罗斯诗学出现了马克思主义文艺社会学和俄国形式主义两大流派。英国文艺理论家特里·伊格尔顿认为俄国形式主义是二十世纪文论的开端，他说："如果人们想为本世纪文学理论的重大变化确定一个开始的时间，最好是定在1917年，这一年，年轻的俄国形式主义者维克托·什克洛夫斯基发表了他的拓荒性论文《艺术即方法》。自那以后，特别是最近二十年来，文学理论取得了惊人的发展；'文学'、'阅读'和'批评'经历了深刻的变化。"[1]伊格尔顿的看法固然有它的道理，如果从俄罗斯诗学的角度看，我认为，俄罗斯的马克思主义社会学诗学和俄国形式主义都是20世纪俄罗斯诗学的重要开端，两者缺一不可，在此后俄罗斯诗学各个流派的身上，我们都可以或隐或显地看到它们的影子，感受到它们的存在。更重要的是，这两个开端都是在跨文化语境中

---

[1] [英]特里·伊格尔顿（Terry Eagleton）《当代西方文学理论》，王逢振译，北京：中国社会科学出版社，1988，第12页。

形成的，是在与欧洲文论对话中形成的。

先说说俄罗斯马克思主义社会学诗学，如何在跨文化语境中形成。

马克思主义社会学诗学在20世纪俄罗斯诗学中占有主流地位，曾经一统天下，它是世界社会学诗学发展的重要阶段，重要节点，是社会学诗学的重大发展。社会学诗学是在文艺学中一种既传统又现代的理论和方法。它萌芽于古希腊罗马，成熟于19世纪中期，其代表人物是法国的斯达尔夫人和泰纳。他们或者片面强调自然因素和生理因素对文艺发展的影响，或者更多地强调精神文化因素和上层建筑因素对文艺发展的影响，没能真正科学地阐明文艺和社会生活的关系以及文艺发展的动力。这一历史重担落在马克思和恩格斯身上，他们运用历史唯物主义的观点考察文艺现象，认为任何文艺现象都是由具体的社会历史条件决定的，文艺是整个社会结构中由经济基础决定的上层建筑，属于上层建筑的社会意识形态。物质生活方式决定和制约着精神生活方式，因此，必须从社会物质生活中去寻找文艺发展的动因。他们科学地阐明了文艺的性质和文艺发展的动力，是社会学诗学的一场革命。20世纪俄罗斯马克思主义社会学诗学直接源于马克思和恩格斯的文艺社会学思想，其代表人物是普列汉诺夫和列宁。在俄国，普列汉诺夫是将马克思主义运用于文艺领域的第一人，他坚持运用唯物史观来考察文艺，但又不把它简单化，他看到文艺和社会生活的复杂关系，在原始社会，文艺和物质生产直接发生关系，文艺起源于劳动；到了阶级社会，两者关系变得模糊了，显得不那么直接了，于是，他提出了著名的“中间环节说”“五个环节说”，指出，在阶级社会，文艺和社会经济生活之间的关系变得更加复杂、曲折和深入，经济生活往往是通过政治、哲学、心理、道德和宗教等中介因素来影响文艺的发展。他既批判唯心论，也批判机械唯物论，真正坚持和发展了马克思主义社会学诗学。列宁对马克思主义社会学诗学的最大贡献是，运用辩证唯物主义观点科学地阐明了文艺和社会生活的关系，提出了艺术反映论，他强调生活和实践的观点是艺术反映首要和基本的观点，强调作为反映主体的作家、艺术家的能动作用，强调反映过程的复杂和矛盾，强调文艺对现实巨大的反作用。同时，他也把艺术反映论运用于文学批评领域。在普列汉诺夫和列宁之后，俄国马克思主义社会学诗学也受到庸俗社会学和教条主义的严重挑战，受到很大的挫折。同时，在同它们作斗争中又得到很大的发展，其中巴赫金就提出“文学内在社会性”的思想，认为文学现象是既从外部也从内部被决定的，外部的社会历史文化因素要内化、结晶、折射为文学的形式、语言和结构，强调要从文学的内在形式和内在结构来研究社会历史、文化对文学的影响因素。

在20世纪世界社会学诗学的大格局中，俄罗斯社会学诗学具有鲜明的特点和独特的价值。除了运用辩证唯物主义和历史唯物主义阐明文艺现象的这个总特点外，它还具有两个鲜明的特点，一是对社会人生的关注和充满革命批判激情，这是西方社会学诗学难以企及的，二是深厚的历史主义精神，随后在坚持历史主义的同时，又走上历史研究和结构研究相结合的道路。

一个国家的先进人物在接受马克思主义时，总是以本民族的进步文化作为桥梁，总是从本民族先进文化相结合。20世纪俄罗斯社会学诗学所走过的道路，它的品格和特征，与马克思恩格斯文艺思想在俄罗斯的传播和影响有直接的关系，也同俄罗斯的精神文化传统、俄罗斯的传统文论分不开，是两者跨文化对话的结晶。

20世纪俄罗斯社会学诗学首先同以别林斯基、车尔尼雪夫斯基、杜勃罗留波夫为代表的俄国革命民主主义美学和文学批评有直接的内在的联系。这种联系和影响主要表现在以下几个方面，一是唯物主义的美学观和现实主义的文艺观，二是强调文艺的思想性、政治倾向性和社会教育功能，三是深厚的历史主义精神。

可以看出，20世纪俄罗斯社会学诗学和19世纪革命民主主义美学和文学批评有许多共同点，它们都强调文艺对现实的反映，对人类命运的关怀，都体现出一种道德激情和批判精神，而且两者血脉相连，一以贯之。如果将其与西方诗学作比较，这种诗学的品格和特点就显得更鲜明和突出，对此人们往往难于理解，不知道为什么俄罗斯诗学那么强调与生活的联系，那么强调社会功能。事实上，如果深入到俄罗斯文化的内在精神，俄罗斯诗学固有的品格和特点就可以迎难而解。这种俄罗斯传统文化精神包括以下几个方面：同农奴制专制压迫做长期斗争的、为人生的思想文化传统；俄国村社所体现的重集体、轻个性的民族精神特性；浓厚的宗教情怀所体现的强烈的人道精神和救世思想。

再说说作为20世纪俄罗斯诗学另一个开端的俄国形式主义是如何在国外文论和本土文论的跨文化对话中形成的。

俄国形式主义在20世纪初登上俄罗斯诗学的舞台时是很有争议的，因为他们的理论主张是同俄罗斯传统的社会学诗学相悖的。如果撇开他们那些夸张的言辞，撇开他们那些片面的不严谨的理论表述，什么艺术与社会生活无关，什么要摧毁语法，我们可以发现，他们绝不是为形式而形式，为艺术而艺术，他们是有宏大志向的，他们把文学的特性、文学研究的特殊对象放在首位，试图建立独立自主的文学科学，使文学科学成为真正的科学。雅各布森说："文学科学的对象不是文学，而是'文学性'（литературность），也就是说使一部作品成为文学作品的东西。"[1] 艾亨鲍姆（Борис Михайлович Эйхенбаум，1886—1959）也说，"表明我们的特点的，并不是作为美学理论的形式主义，也不是代表一种确定的科学体系的方法论，而是希望根据文学材料的内在性质，建立一种独立的文学科学。我们唯一的目标就是从理论和历史上认识属于文学艺术本身的各种现象"[2]。从这

---

[1] 参见：[俄]艾亨鲍姆（Б. М. Эйхенбаум）《"形式方法"的理论》，见[法]托多罗夫（Tzvetan Todorov）编选《俄苏形式主义文论选》，蔡鸿滨译，北京：中国社会科学出版社，1989，第24页。

[2] 同上，第21页。

个角度上看。伊格尔顿把俄国形式主义看作是 20 世纪文论的开端不无道理。

人们难于理解的是，为什么在马克思主义文艺社会学占主流地位的国度，会蹦出一个只讲形式，只讲语言，只讲手法，不讲社会历史文化语境，不讲创作主体的形式主义流派。对此，美国学者厄利希在《俄国形式主义：历史与学说》一书中有一种看法："作为一种有组织的运动，俄国形式主义基本上是对本土挑战的本土反应。但作为一个批评思维的主体，俄国形式主义是本世纪头 25 年期间，欧洲文艺学那场影响昭著的重新考量文艺学的目的和方法论思潮的一部分或重要部分。"[1] 厄利希这段话比较客观地谈到俄国形式主义形成的历史背景，指出它是本土诗学和欧洲诗学跨文化对话的结果。

总的来说，俄国形式主义的产生同西方 19 世纪末 20 世纪初现代主义文艺的发展，同 20 世纪西方哲学美学思潮的变化有着密切的关系。西方哲学美学思潮由自上而

---

[1] Erlich, Victor Russian formalism: history and doctrine. The Hague/Paris/New York: Mouton publishers, 1980, p. 274. 中文译文参见：[美] 厄利希（Victor Erlich）《俄国形式主义：历史与学说》，张冰译，北京：商务印书馆，2017，第 414 页。

下走向自下而上，走向实证主义和科学主义，给俄国形式主义重要的影响。索绪尔从外部语言学转向内部语言学，把语言看成是一种自足体，是一种独立的体系和结构的观点，对俄国形式主义的影响十分明显，本奈特就指出，在影响俄国形式主义的种种因素中，索绪尔的语言学无疑是最重要的。[1]此外，胡塞尔的现象学反对理论假设，强调对客观事实取实证的态度，也影响到俄国形式主义的研究策略。

西方哲学美学思潮，对俄国形式主义的影响是毋庸置疑的，但它归根到底是本土挑战的本土反应，它反对俄国文艺学文化历史学派忽视审美特征，将文学史等同于文化史、思想史，反对十月革命后将文学等同于政治、经济，等同于生活的庸俗社会学和教条主义，同时，它同俄罗斯的传统文化和文论，同俄罗斯本土的创作实践，又有着血肉联系。俄国文艺学学院派的思想对俄国形式主义就有很大影响，其中维谢洛夫斯基反对把文学史变成各个学科都去狩猎的“无主之地”，强调文学史要研究“诗的意

---

[1] Bennett Tony Formalism and Marxism. London and New York: Routledge, 1979, p. 44.

识及其形式的演变”，历史诗学要通过诗的历史研究诗的本质，他对文学史和文艺学疆界的维护，对艺术形式的高度重视，使年轻的俄国形式主义者备受鼓舞。文艺学学院派另一个代表人物，波捷勃尼亚关于思维和语言关系的思想，关于诗歌创作是词语的解放，是词语潜在复杂能量获得解放的观点，都可以说是俄国形式主义思考诗歌语言自主性的前兆。象征主义诗歌流派反对把语言只当成传达思想的工具，关心诗歌语言的词语、韵律、节奏和隐喻，关心诗歌通过“语言的魔力”传达信息的功能，这些思想也给俄国形式主义有意义的启示。更值得重视的是，俄国形式主义和未来主义的关系。未来主义认为，诗歌词语本身就是最高的实体，是一个价值自足的主体，他们在宣言中提出，诗人有任意造词的特权，要使语法摇摇欲坠，要取消标点符号，要摧毁韵律。这些主张听来似乎十分荒唐、可笑，但话糙理不糙，其中包含着一些道理。他们讲的实际上是诗歌语言和日常生活语言的区别，诗语中词语的顺序是可以颠倒的，这就是形式主义所说的“使语法摇摇欲坠”。未来主义诗人的“狂言”经形式主义理论家的概括和提升就成了很有理论色彩的名言：“诗歌语言是日常生活语言的有组织的违反”（雅各布森）。从这个角度看，形式主义是未来主义诗歌创作的理论概括，也是未来主义诗学思想的阐发者。

二、多元对话与 20 世纪俄罗斯诗学的发展

20 世纪俄罗斯诗学的两个开端都很精彩，都有很大理论震撼力，但后来的发展出现了曲折。俄罗斯诗学从 19 世纪到 20 世纪初，本来还是存在不同流派的，比如在 19 世纪，除了别、车、杜的社会学诗学，还有唯美派、根基派、斯拉夫派、民粹派、现代派，在 19 世纪末 20 世纪初的俄罗斯文艺学的学院派中，就存在四大学派：神话学派、文化历史学派、比较历史学派和心理学派。即使到了十月革命后的 20 世纪 20 年代，也曾经出现过文学艺术流派林立和不同学派相互竞争的局面。可是后来出现的思想一元化、舆论一律造成了社会学诗学一统天下的局面，这就扼杀了不同流派和学派的存在，把不同的创作流派和学术流派当作小团体小集团进行打击，把不同学术观点视为异端，加以批判，其结果是窒息了文学创作和文学研究的生机。如巴赫金所说，俄罗

斯文艺学本来有着巨大的潜力和高水平的学术传统，而它没有得到健康发展，主要是缺少真正的问题意识，缺少良性的学术论争。

所幸的是，不少有学识、有见地的文艺学家在政治高压之下，在社会学诗学的独霸天下的高压之下，依然坚持自己的学术信念和自己的学术个性，不怕打压，不怕批判，艰难地进行学术探索，形成了不同的诗学流派。20世纪俄罗斯诗学得以发展，得以出现一些世界级的大家，就在于20世纪俄罗斯诗学在跨文化语境中开始出现多元对话的新局面。

首先，由一元走向多元。社会学诗学一统天下的局面开始被打破，文学研究逐渐把社会历史研究同形式、语言、结构、体裁、叙事、心理、文化的研究结合起来，出现了形式诗学、语言诗学、结构诗学、体裁诗学、叙事诗学、心理诗学、历史诗学、文化诗学诸多诗学流派，出现了诗学研究健康发展的局面。

其次，由对立走向对话。十月革命以后一个相当长的时期，文艺界只承认马克思主义社会学诗学，对待19世纪别、车、杜之外的其他诗学遗产，对待国内其他诗学流派，对待国外其他诗学流派，采取偏狭的、对立的态度。

他们指责学院派的历史诗学研究是西方实证主义美学的翻版，斥责俄国形式主义是肤浅的，反动的，是同马克思主义相对立的。[1]把国外一些美学文艺学流派，如存在主义、心理分析、结构主义等，看成是马克思主义的重要敌人。[2] 20 世纪 50 – 60 年代以后，情况开始有了变化，开始改变马克思主义社会学诗学唯我独尊的态度，开始正确评价学院派等俄国诗学遗产，认为“经院派文艺学与马克思主义文艺学的联系问题具有严肃的历史意义”[3]，开始科学评价俄国形式主义，科学评价普罗普、巴赫金等人的著作，开始意识到，“要使马克思主义美学得到卓有成效的发展，就需要仔细研究并批判地了解世界美学思想、古典东西与现代东西的全部经验，就要求不仅跟思想的志同道合者、而且也跟思想上的对手进行日益广泛的对话”[4]。20 世纪俄罗斯诗学从一元走向多元，从对立走向对话之后，

---

[1] [俄] 托洛茨基（Л. Д. Троцкий）《文学与革命》，刘文飞等译，北京：人民文学出版社，1992，第 150—151 页。

[2] [俄] 卡冈（М. С. Каган）《马克思主义美学史》，汤侠生译，北京：北京大学出版社，1987，第 235 页。

[3] [俄] 尼古拉耶夫（П. А. Николаев）《马克思列宁主义文艺学》，李辉凡译，合肥：安徽文艺出版社，1986，第 152 页。

[4] [俄] 卡冈（М. С. Каган）《马克思主义美学史》，汤侠生译，北京：北京大学出版社，1987，第 281 页。

有了新的发展，出现了新的局面，在全面继承 19 世纪俄罗斯诗学优秀传统和吸收西方诗学有益成分的基础上，终于走上了形式主义研究和内容研究相融合、结构研究和历史研究相结合、内部研究和外部研究相贯通的道路。这种研究既肯定俄罗斯马克思主义社会学诗学对文学社会历史文化语境的关注，对历史主义的坚持，又克服其忽视艺术特征和形式结构的不足，另一方面，继续吸收西方诗学对艺术特征的重视、对形式结构的重视的一面，又纠正其脱离社会历史文化语境的偏颇，这就为诗学的发展找到了新的出路，开拓了新的理论空间。

下面通过几个个案，看看 20 世纪俄罗斯诗学是如何在多元对话中，在跨文化语境中得到发展的。

（一）普罗普的故事诗学研究

普罗普是俄罗斯著名的文艺学家、民间文艺学家，他的故事研究具有世界影响。他用十年工夫写成的《故事形态学》（1928）运用结构分析的方法，对大量俄罗斯神奇故事进行内部结构分析，揭示故事的构成要素和主要素的关系。以往的故事研究侧重于外部研究，按内容给故事分类，无法说明故事是什么。他的故事形态结构研究的核心概念是故事角色的功能，在他看来，故事研究重要的是故事中的人物做什么，而不是谁做的和怎么做的，也就是说，故事中变化的是人物的名称和行为方式，不变的是人物的行为或功能。在这种思想指导下，他从100个俄罗斯神奇故事分析中归纳出31种功能和7个角色，把故事研究从外部研究转为内部研究，从本质上说明故事是什么。必须看到，普罗普故事研究的创新不是凭空产生的，除了来自实证研究，也是多种思想对话的结果。在国外，他受到歌德运用精确方法进行形态学研究从而达到解释事物内在规律的思想的影响，在国内，他受到学界前辈、俄国文艺学学院代表人物维谢洛夫斯基的影响和同时代的俄国形式主义影响，这一影响相当直接和重要。维谢洛夫斯基十分重视艺术形式和艺术形式变化规律的研究，他的关于母题是原生、情节是派生的思想，关于划清母题和情节的界限的看法都给普罗普重要的启示。普罗普在故事形态学的“结语”中明确表明：“我们的看似新颖的理论，有人对其已有直觉的预见，这不是别人，正是维谢洛夫斯基。”[1]尽管普罗普不承认自己是形式主义者。但他同俄国形式主义的代表人物艾亨鲍姆、什克洛夫斯基、雅各布森都有思想联系，他们都共同致力于艺术形式的研究，都努力将文学的外部研究转向内部研究。虽然受形式主义的影响，但普罗普的研究又不同于形式主义，他更重视故事各个要素和各种功能之间的内在联系，努力揭示故事的深层本质。普罗普故事研究的更大贡献，还在于它受俄罗斯诗学历史主义传统和马克思主义社会学诗学的影响，从故事的形态结构研究又转向故事的历史研究，在用十年完成《故事形态学》之后，又用十年完成《神奇故事的历史根源》，从而在回答故事是什么之后，又回答故事从何而来的问题。他力图通过故事和历史的对比，进一步解答故事的来源。他认为，故事不是反映具体历史事件，而是反映“历史的往昔”，它包括生活、现实和观念现实两个层面，前者包括社会法规、宗教法规、仪式习俗和神话，后者包括原始初民的思维方式，比如故事主人公不在身

[1] [俄]普罗普（В. Я. Пропп）《故事形态学》，贾放译，北京：中华书局，2006，第113页。

边，而到远方去寻找未婚妻，就可能是当时存在的外婚制的反映，比如会飞的恶龙、长翅膀的马，就是初民思维形成的折射。故事的历史研究前已有之，普罗普的故事历史研究，受到俄罗斯诗学传统和马克思主义社会学诗学的影响，有了许多创新之处，使故事的历史研究达到新的水平，呈现出以下两个特点：第一，他考虑到故事与历史关系的全部复杂性，既不是将故事同历史事实做简单的比附，也不是直接从物质生产方式去寻找故事的历史根源，而是把故事当作一种精神文化现象，侧重从上层建筑的角度，从往昔制度和观念的角度去寻找故事的历史根源。而在这种分析中又反对简单比对、机械对应。他十分重视对问题进行具体的历史的分析，重视历史现实的转化关系，指出其中有直接对应的，有重解的，有转化的。第二，他的故事历史研究是植根于俄罗斯民族文化土壤，同弘扬民族传统文化精神密切联系。在他看来，故事是一种"精神文化现象"[1]，它蕴含着丰富的民族精神文化内涵，它折射古代社会制度、习俗和初

---

[1] [俄]普罗普（В. Я. Пропп）《神奇故事的历史根源》，贾放译，北京：中华书局，2006，第6页。

民的价值观和思维方式，他认为，“只有在研究了故事的形式系统并确定了它的历史根源之后，才有可能在其历史发展中客观揭示故事中包含的最有意思的、最意味深长的民间哲学和民间道德世界。”[1]同时，由于故事的产生和演变始终是在一定的社会历史文化土壤中完成的，它所蕴含的民族文化内涵也是不断变化的，通过故事的历史研究，也可以了解人类社会和人类本身的产生和发展的规律，从这个角度讲故事，历史研究的理论价值和意义大大超过研究对象本身。

（二）洛特曼的结构诗学研究

洛特曼是俄罗斯 20 世纪具有世界影响的学者，是俄罗斯结构诗学的奠基人，国际符号学会副主席。他的代表作有《结构诗学讲义》(1964)、《艺术文本的结构》(1970) 等，他的研究主要以诗歌为对象，不同于苏联传统文艺社会学的方法，他运用结构主义和符号学的理论，着重研究文学文本的内部结构，后来又进一步将内部的

[1] [俄] 普罗普（В. Я. Пропп）《神奇故事的历史根源》，贾放译，北京：中华书局，2006，第 195 页。

结构研究和外部的社会历史文化语境结合起来，开辟了文学研究的新路。从这个意义上讲，西方有的评论认为“洛特曼的书在文学研究中的确带来了一场哥白尼的革命”。[1] 洛特曼的结构诗学研究也是国外以索绪尔为代表的结构主义语言学、俄国形式主义和俄罗斯传统的历史主义文学思潮对话的结果。

洛特曼的结构诗学是与文艺学学科的思考相联系的。他认为文艺学要成为一门科学不能只靠艺术感受，而是特别需要科学思维，要“捕捉不可捕捉者”，“挖掘不可挖掘者”，文学形式分析和思想分析不能是两张皮，应当从文学的形式结构中去寻找文学的思想意义。[2] 他把文学艺术现象看成是一个语言系统、符号系统，认为文学艺术也像语言一样是一种交际工具，艺术文本就是艺术信息的载体，艺术信息同艺术文本结构有很大关系，艺术文本“结构的复杂性与信息传递的复杂性恰好成正比。

[1] [荷兰] 佛克马（D. W. Fokkema）、易布思（E. Kunne-Ibsch）《二十世纪文学理论》，林书武等译，北京：生活 · 读书 · 新知三联书店，1988，第 50 页。

[2] Лотман Ю. М. Литературоведение должно быть наукой. «Вопросы литературы», № 1, 1967. 中文译文参见：[俄] 洛特曼（Ю. М. Лотман）《文艺学应当成为一门科学》，李默耘译，《文化与诗学》2010 年第 1 辑，北京：北京大学出版社，2010，第 2 页。

信息的性质越复杂，用于传递信息的符号系统也就越复杂”[1]。同时他认为，艺术结构中各种成分、各种要素之间的矛盾和冲突、对立和统一，是艺术文本意义生成的重要机制。艺术文本的结构分析就是要分析结构的各个要素及其关系，诗歌的韵律、节奏、词语，以及各部分、各个要素之间的对比、对立、重复，都会传达出丰富的信息和意义，产生感人的艺术效果。他以两句诗为例说明对举与诗歌意义生成的关系。俄罗斯诗人阿赫玛托娃有这样两行诗：“别人对我赞扬——我却认为是中伤，你即使对我毁谤，我也觉得是褒奖。”这里“别人”和“你”构成对举，“赞扬”和“中伤”构成对举，“毁谤”和“褒奖”构成对举。这样的情况在普通语言中是不可能存在的，而在诗歌中却是可能，而且恰恰是对常规的违反产生了新意。通过词语的对举，对立、矛盾、冲突表现了关系的亲疏。

更重要的是，洛特曼的结构诗学研究没有局限在文本结构内部，他把艺术文本看成是社会历史文化的存在

[1] [俄]洛特曼（Ю. М. Лотман）《艺术文本的结构》，王坤译，广州：中山大学出版社，2003，第13—14页。

物，认为文学艺术是在一定的社会历史文化环境中产生的，只有把它放在社会历史文化环境中加以考察，才能对它有真正的理解。为此，他提出了艺术文本结构和艺术外文本结构的概念。他指出："文本的概念不是绝对的。它与许多伴随的历史、文化和心理结构相互联系。"❶当年的情况是，洛特曼的结构诗学一开始曾被文艺学界的一些权威（如季莫菲耶夫）斥之为"去人文化"和"反历史主义"。对此，他撰文加以反驳，他说："现在已经很清楚，当我们与复杂结构（艺术就是属于此类结构）打交道时，由于此类结构的多因素性，进行共时态描述一般说是很困难的，了解此结构的先前状态，是对结构进行模式化的一个必要条件。因此，结构主义不是历史主义的敌人，不但如此，懂得将单个艺术结构（作品）当作更复杂的统一体的成分，是当前最为迫切的任务，而这个更为复杂的统一体就是'文化''历史'。"❷

❶ [俄] 洛特曼（Ю. М. Лотман）《艺术文本的结构》，王坤译，广州：中山大学出版社，2003，第 397 页。

❷ Лотман Ю. М. Литературоведение должно быть наукой. «Вопросы литературы», № 1, 1967. 中文译文参见：[俄] 洛特曼（Ю. М. Лотман）《文艺学应当成为一门科学》，李默耘译，《文化与诗学》2010 年第 1 辑，北京：北京大学出版社，2010，第 6 页。

例如他在《〈叶甫盖尼·奥涅金〉的艺术结构》[1]中指出，这部长诗的句法旋律和词法旋律之间有一种不对应关系，结果造成“风格断裂”，破坏了传统的诗的结构，其结果是使单一固定的文本变成复杂开放的文本。而文本结构的对立、变化，归根结底又是对俄国现实、社会的深刻变化的反映。对于洛特曼的结构主义和历史主义相结合的观点，老一辈文艺学家利哈乔夫给予充分的肯定，他说：“重要的是在俄罗斯结构研究系统中越来越顽强地流露出历史主义的态度，它归根结底将结构主义变成非结构主义，因为历史主义摧毁着结构主义，同时又允许从中吸收最好的因素。结构主义在形式与内容相关联的形式研究过程中发现了许多新东西。”[2]利哈乔夫所说的“将结构主义变成历史主义”“历史主义摧毁着结构主义”，实际上指的是不同文化语境所产生的两种文学研究方法的对话，这种对话的结果是出现了结构研究和历史研究

❶ [俄]洛特曼（Ю. М. Лотман）《〈叶甫盖尼·奥涅金〉的艺术结构》，刘保静译，见赵毅衡编选《符号学论文集》，天津：百花文艺出版社，2004，第102页。

❷ [俄]利哈乔夫（Д. С. Лихачёв）《关于文学研究的思考》，见[俄]利哈乔夫（Д. С. Лихачёв）《解读俄罗斯》，吴晓都等译，北京：北京大学出版社，2003，第315页。

的结合，推动了文学研究方法的进一步发展和创新。20世纪80年代，我们文艺学界也曾出现“方法论”热，科学主义的方法、系统结构的方法风靡一时，但科学方法未能同历史人文相结合，结果很快就烟消云散，这方面的教训是深刻的，而洛特曼将结构与历史结合起来的探索，却会给我们深刻的启示。

（三）巴赫金的诗学研究

巴赫金是20世纪俄罗斯诗学中最具有世界影响的思想家和文艺学家，他的代表作是《陀思妥耶夫斯基诗学问题》（1929，1963）、《拉伯雷的创作与中世纪和文艺复兴时期的民间文化》（1940，1965）。在20世纪俄罗斯诗学研究中，巴赫金可以说是一位集大成的人物，一位总结性的人物。他的诗学研究囊括了语言诗学、体裁诗学、小说诗学、社会学诗学、历史诗学、文化诗学等各个领域。同时，他认为各种诗学流派之间又有深刻的内在联系，他强调应当把各个诗学流派作为一个整体加以综合研究，把诗学研究提高到一个新的阶段。从这个意义上讲，巴赫金的诗学是一种整体诗学。

巴赫金整体诗学研究的提出有其理论依据，考虑的是文学研究对象的复杂性和多面性。文学有社会层面、历史层面、文化层面、心理层面、语言层面、形式层面等等，因此诗学研究应当运用多种诗学（社会学诗学、历史诗学、文化诗学、心理诗学、语言诗学、形式诗学等等）进行整体研究，才能全面而深入地把握文学现象。他认为，文学现象极其复杂，因此，在文艺学中不存在什么“灵丹妙药”，采用多种方法就是十分必要的，“只要这些方法是严肃认真的，并且能揭示出新研究的文学现象的某种新东西，有助于对它更加深刻的理解。”❶

巴赫金整体诗学研究的思考除了有理论依据，还有历史针对性。20世纪20年代，当巴赫金在文论界出场时，面对的是庸俗社会学和形式主义两种思潮，正是在同它们的交锋和对话中，他开始了诗学研究方法的思考。庸俗社会学是学术界把马克思主义运用于学术领域的不成熟的阶段的，它忽视文学的特点和规律，直接用经济

❶ [俄]巴赫金（M. M. Бахтин）《巴赫金全集》（第四卷），白春仁、晓河译，石家庄：河北教育出版社，1998，第365—366页。

因素和阶级因素去解释文学现象，把文学变成社会学的形象图解，巴赫金称之为非诗学的社会学。形式主义力图从文学自身的形式来理解文学，提出文学的自主性问题，巴赫金肯定其富有积极意义的方面，又指出其封闭于文本之中，忽视社会历史文化语境，把它称之为非社会学的诗学。正是在同这两种思潮的对话中，巴赫金提出了“文学内在社会性”的思想，建立了自己的社会学诗学，试图阐明文学现象如何既从外部也从内部被决定，文学外部的社会历史文化语境如何内化到文学作品之中，如何结晶、如何折射为文学的语言和结构。他强调从文学的内在形式和内在结构出发来研究社会历史文化因素对文学的影响。

巴赫金正是在其社会学诗学思想的统领下，在同各种诗学的对话中，逐渐形成具有自己特色的整体诗学体系，在这个体系中，他首先强调诗学研究应从形式出发，从体裁出发，而形式主义不重视体裁，把它仅仅看成是各种手法的结合。他认为，体裁是作品存在的形式，是已完成的整体，更为重要的是，体裁不仅是外在的形式，也是作家观察和思考世界的形式，是富有潜在意义的，陀思妥耶夫斯基正式通过复调小说这种新体裁来表现现实生活的对话性。在以体裁研究作为诗学研究的出发点之后，巴赫金把文化诗学作为诗学研究的中心，他既反对过分强调文学特性，把文学同文化割裂开来，又反对越过文化，把文学直接同社会经济因素联系起来，把文化作为文学与社会政治经济的中介，是因为文化蕴含着和折射着种种社会因素，文化本身也同文学最为贴近。根据这种看法，巴赫金提出，“文艺学应与文化史建立更紧密的联系”，“力求在一个时代整个文化有区分的统一体中来理解文学现象”，深入揭示“那些真正决定作家创作的强大而深刻的文化潮流（特别是底层的民间的潮流）”。[1] 从这种文化诗学思想出发，巴赫金深刻揭示了陀思妥耶夫斯基的复调小说同民间狂欢文化的内在联系，拉伯雷的怪诞现实主义同民间诙谐文化的内在联系。巴赫金既把体裁诗学同文化诗学相联系，又把体裁诗学同历史诗学相联系，为了更深入把握复调小说的本质和特征，他还力求对这种小说体裁的形式做历史分析，指出复调小说是源于狂欢体小说。

---

[1] [俄]巴赫金（М. М. Бахтин）《巴赫金全集》（第四卷），白春仁、晓河译，石家庄：河北教育出版社，1998，第364—365页。

巴赫金在20世纪俄罗斯诗学研究中能够达到如此高度和成就，是同他广阔的文化视野、深厚的哲学及文学素养分不开的，是同他与国内外众多思想文化流派、文学艺术流派展开积极的跨文化对话分不开的。

巴赫金从小受到欧洲思想文化的熏陶，他的诗学思想深受西方哲学文化、文学、诗学的影响，他认为新康德主义、马堡学派的哲人柯亨对他影响巨大。例如，他的语言诗学就是同以索绪尔为代表的客观主义语言学和以洪堡为代表的主观主义语言学对话的产物，他认为，前者把语言看成抽象规则，后者把语言看成个人的心理行为，两者都是把语言从社会历史、现实生活割裂开来，为此他提出，语言是社会历史现象，语言的本质是对话。就国内而言，巴赫金非常重视以“才华出众”的维谢洛夫斯基为代表的俄国文艺学学院派的高水平的学术传统，他非常欣赏维谢洛夫斯基等人“那种广阔的文化视野”，提出文艺学研究要同文化史研究相结合。维谢洛夫斯基对艺术形式及其演变的重视，对文学研究、文化背景的关注以及他在文学研究中所体现的实证主义精神和历史主义精神，都对巴赫金的诗学研究产生了非常深刻的影响。巴赫金的诗学研究可以说是维谢洛夫斯基优秀学术传统的继承和超越，同时，巴赫金20年代走上文艺学舞台，也同马克思主义艺术社会学以及它的对立面——形式主义和庸俗社会学展开对话，吸收其中有益的成分，抛弃其中消极的成分。

三、俄罗斯诗学跨文化对话的启示

20世纪俄罗斯诗学走过了复杂曲折的道路，不过，通过各种诗学流派的艰难探索，通过国内外诗学流派在跨文化语境中的积极对话，俄罗斯诗学又有了新的发展，他们的经验为俄国诗学的发展提供了有益的启示。

（一）跨文化对话是文化发展的动力、诗学的多元对话为诗学的发展带来生机

20世纪俄罗斯诗学走过了从一元走向多元、从对立走向对话的曲折道路。在思想专制的年代，社会学诗学独霸天下，其他诗学流派统统受到排斥，拒绝了国内除别、车、杜之外的诗学遗产，把西方的诗学视为敌人。这种偏狭的、对立的态度，使俄罗斯诗学变得教条、僵

化，严重堵塞了诗学发展的道路。后来，由于社会政治和文化思想领域的“解冻”，俄罗斯诗学才逐渐走向多元对话的道路，才得到健康的发展。事实证明，诗学的发展不能只有一种声音，一种理论，一种流派，不能排斥所谓的“异类”和“异端”，而要提倡多种声音，多种理论，多种流派，要宽容所谓的“异类”和“异端”。扼杀多元，扼杀流派，扼杀“异端”，就是扼杀诗学发展的生机，多元局面的形成，流派意识的形成，对所谓“异类”和“异端”的宽容，是诗学发展和成熟的标志。

（二）民族主体性是跨文化对话的前提和立场、诗学对话要以民族本土为基础坚持民族主体性

跨文化对话是两个主体，而不是只有一个主体，对话的双方是平等的，都应当受到尊重。巴赫金认为，以往在文化对话中存在一种错误的观念，以为要为了理解别人的文化，似乎就应当融于其中，他指出，“创造性的理解不排斥自身，不排斥自己在时间中所占的位置，不摒弃自己的文化，也不忘记任何东西。理解者针对他想创造性地加以理解的东西而保持外位性，时间上、空间

上、文化上的外位性，对理解来说是件了不起的事”[1]。外位性是一种超视，从根本上讲也是一种对话，也就是说，理解别人的文化要保持自己文化的主体性，要创造性加以理解，而不是丢掉自己，通过这种保持主体性的对话，才能显现出不同文化的深层底蕴，才能使不同文化得到相互充实。

民族文化精神是文学和文论的根基、血脉和灵魂。20 世纪俄罗斯诗学得以发展，原因是对外来文化和文论改变了以往封闭的、僵化的立场，采取开放的、灵活的立场。但 20 世纪俄罗斯诗学在开放的同时，始终坚持本民族的文化传统立场和文论特色，而不是机械地照搬外国的文化和文论。马克思主义在俄国传播和发展，是以俄国民族进步文化作为基础和桥梁的，20 世纪俄罗斯诗学在吸收外国诗学时，也是以俄罗斯民族诗学传统作为基础和桥梁的，20 世纪俄罗斯社会学诗学在吸收马克思主义社会学诗学之后得到了很大发展，但始终保持俄罗斯诗学的批判激情、人道情怀和历史主义精神，20 世纪

[1] [俄] 巴赫金（M. M. Бахтин）《巴赫金全集》（第四卷），白春仁、晓河译，石家庄：河北教育出版社，1998，第 370 页。

俄罗斯的结构诗学明显是从西方的语言学和结构主义吸收养分，但又充分关注社会历史文化语境。

苏联解体之后，俄罗斯文化界、文学界、文论界在一个时期，在一些人身上，完全倒向西方，机械照搬西方文化、文学、文论，丢掉了俄罗斯传统精神文化的灵魂。韦勒克在《近代文学批评史》中评论别林斯基时说过，在讲究修辞和篇章结构方面，"别林斯基跟圣伯夫一类侪辈评家相形见绌，后者能够做到简要入微，精深而优美，"而别林斯基的文字拖沓，东拉西扯，"但他具有一种令人瞩目的博大格局，献身于本国文学和国家的社会进步事业的激情，这在西方是难以比肩的"[1]。当代俄罗斯文学和文论如果丢掉"博大的格局"，丢掉社会的激情，抛弃俄罗斯民族文化精神，完全钻到形式和技巧之中，那它的前景是令人担忧的，也会因为丧失其民族特色而难以同其他国家和民族的文学、文论相比肩。

[1] [俄] 尼古拉耶夫（П. А. Николаев）《马克思列宁主义文艺学》，李辉凡译，合肥：安徽文艺出版社，1986，第 152 页。

（三）跨文化对话的目的是文化的创新、诗学跨文化对话的目的也是诗学的创新

如果说主体性是跨文化对话的前提，那么创新便是跨文化对话的目的，跨文化对话不是为了对话而对话，也不是为了照搬别人的文化，把自己完全融于别人文化之中，跨文化研究是要通过文化对话，承认各自文化的差别，承认各自文化的价值，是要通过对话各自向对方文化学习，以本民族文论为根基，创造出新的文化。

从19世纪俄罗斯诗学到20世纪俄罗斯诗学有两种倾向、两种流派一直并存，一种是更多地强调文学同社会历史文化语境的关系和文学的社会功能，一种是更多地强调文学的形式结构和文学的审美功能，前者如别林斯基、车尔尼雪夫斯基、杜勃罗留波夫，马克思主义艺术社会学，后者如唯美派、俄国形式主义，这两种倾向、两种流派在历史上显得是对立的，而实际上也有相互渗透的一面。20世纪以后，情况有了变化，一些受主流压抑的文艺学家开始进行历史反思，他们顶住巨大压力，经过艰难的探索，既向民族传统文论，也向西方文论展开积极的对话，在这个过程中，既克服各自的不足，也

从对方吸收有价值的成分，这种跨文化对话的结果，使20世纪俄罗斯诗学达到一种综合，走上一条新的道路。他们突破了以往把内容和形式、历史和结构、外部和内部看成两张皮的理论范式和研究套路，而把两者看成一张皮，是一个整体，这就开始逐步走上形式研究和内容研究相融合、结构研究和历史研究相结合、内部研究和外部研究相贯通的道路，这是诗学跨文化对话带来的诗学理论的重要突破，是诗学理论的创新。

第八章

中国现代诗学与俄苏诗学

从“五四”开始，中国现代形态的诗学是在外国诗学影响下发展起来的，其中对中国现代诗学影响最大最深的莫过于俄苏诗学了。俄苏诗学在相当长时期是中国诗学主要的参照系。现代中国诗学所走过的曲折道路，它的成就和失误，它的无休止的争论，在很大程度上都是同俄苏诗学的影响息息相关，二者的关系可以说是“剪不断，理还乱”。俄苏诗学对现代中国诗学的影响是毋容置疑的，然而我们对这一历史事实在不同时期却采取不同态度，给予不同评价。以往我们多数人把俄苏诗学奉为经典，顶礼膜拜；今天又有不少人对俄苏诗学不屑一顾，全盘否定。在这个问题上也相当顽强地表现出一种好走极端的思维定式。这种做法对于中国诗学的健康发展显然无济于事。既然俄苏诗学和中国现代诗学有密切的联系，今天为了建设具有中国特色的马克思主义文艺理论，就有必要采取历史唯物主义的科学态度，对两者的关系做一番认真的梳理和反思，以期引出有益的经验和教训。这是一个大工程，本文只能勾画出一个极粗略的轮廓。至于这项工程的最后完成，那将有待于更多同志长期艰苦的努力。

一、俄苏诗学对中国现代诗学发展的影响

俄苏诗学对中国现代诗学的影响经历了个漫长的曲折的过程，它基本上是同中国社会和中国革命的发展，同中国现代文学的发展同步的。

五四运动是在俄国革命的感召下发生的，在“走俄国人的路”的思想指导下，“五四”革命文学运动的先驱者把俄国文学创作和俄国文学理论的介绍和研究始终放在最突出的地位。据目前看到的材料，最早介绍俄国文学理论批评的是以“为人生”为宗旨的文学研究会主办的《小说月报》。该刊的《俄国文学研究专号》（第12卷，1921年9月），在我国首次以较大的篇幅介绍了俄

国文学理论批评。其中最值得注意的是郭绍虞的《俄国美论与其文艺》，论文概述了俄国文艺理论批评的发展，介绍了别林斯基、车尔尼雪夫斯基、杜勃罗留波夫的文学理论批评观点，同时着重阐明美论同社会和创作的关系，认为俄国美论和创作都同社会有“密接的关系”，都有“人生的色彩”，指出“中国文学正在筚路蓝缕之时，创作方面固须注意，批评方面亦不可忽”。后来文学发展的实践完全证明了这种看法是很有见地的。之后，瞿秋白在 1921 至 1923 年写的《俄国文学史》中，郑振铎在 1923 年写的《俄国文学史略》中，都辟专章介绍“俄国文学评论”。他们基本上是用“为人生”的观点来阐发俄国的文学理论批评，郑振铎认为别林斯基的文学批评是“一切为人生的艺术派的批评的开始”[1]。显然，“五四”革命文学运动的先驱者通过介绍和研究俄国文学理论批评，进一步巩固了自己进步的文艺观点，促进了文学和中国革命的联系。

从 1928 年革命文学论争到 1930 年左联成立，我国革命文学运动进入无产阶级革命文学倡导、创立和发展

---

[1]《小说月报》第 14 卷第 9 期。

的新时期，出现了马克思主义文艺理论传播的新高潮。1930 年左联成立时专门设立马克思主义文艺理论研究会，把“外国马克思主义文艺理论的研究”当作主要的工作内容之一。同总的形势相适应，这时革命文艺工作者在继续介绍和研究俄国文学理论批评（如周扬 1935 年译别林斯基的《论自然派》，王凡西 1936 年编译《别林斯基文学批评集》等）的同时，已把主要注意力转到俄国马克思主义文学理论批评方面来。其中如鲁迅翻译卢那察尔斯基的《艺术论》《文艺与批评》，普列汉诺夫的《艺术论》《论文集〈二十年间〉第三版序》；瞿秋白翻译列宁论列夫·托尔斯泰的论文和普列汉诺夫的四篇论文；冯雪峰翻译列宁的《论党的组织和党的出版物》、卢那察尔斯基的《艺术之社会的基础》、普列汉诺夫的《艺术与社会生活》、沃罗夫斯基的《社会的作家论》等。这些翻译和研究目的明确、数量大、紧紧同当时文艺创作和文艺斗争的实际相结合，对于推动我国无产阶级文学运动的发展和我国马克思主义文艺理论的建设，做出了重大贡献。但是也应当看到，在一些文艺工作者中也存在生搬硬套俄苏文艺理论，未能很好同中国文艺的实际相结合的现象。

在战火纷飞的抗日战争时期，虽受客观条件限制，但不论在解放区延安，还是在国统区重庆、沦陷区上海，俄苏诗学的影响一直没有中断。1942 年毛泽东发表《在延安文艺座谈会上的讲话》，从理论和实践上解决了革命文艺和人民大众关系的问题。围绕座谈会的召开，延安革命文艺工作者做了不少俄苏诗学的介绍和宣传工作，对于延安文艺工作者讨论和解决革命文艺问题起了很好的作用。早在座谈会前，鲁艺就出版了《马克思恩格斯列宁论艺术》(1940)；座谈会期间，《解放日报》发表了博古译的《党的组织和党的文学》(5 月 14 日)，以及辑录的《列宁论文学》(5 月 20 日)；座谈会后，又发表了肖三译的蔡特金《关于列宁的回忆》(1943 年 1 月 20 日)。1943 年出版了周扬编的《马克思主义与文艺》，正如周扬在《序言》中所指出的，“从本书当中，我们可以看到毛泽东同志的这个讲话一方面很好地说明了马克思、恩格斯、列宁等人的文艺思想，另一方面，他们的文艺思想又恰好证实了毛泽东同志文艺理论的正确。”[1] 周扬的分析清楚地阐明了毛泽东文艺思想同马克思列宁主义文

[1]《周扬文集》第 1 卷，北京：人民文学出版社，1984，第 454 页。

艺思想的血缘关系。

中华人民共和国成立之后，俄苏诗学对中国诗学的影响进入新阶段，俄苏诗学几乎成了新中国文艺理论建设主要的参照系。较之中华人民共和国成立前，这个时期对俄苏诗学的翻译介绍更有计划，研究也逐步走向深入。国内重点系统翻译出版了俄国马克思主义文艺理论著作，包括列宁、普列汉诺夫、卢那察尔斯基、沃罗夫斯基和高尔基等人的文艺论著，系统出版了俄国革命民主主义者别林斯基、车尔尼雪夫斯基、杜勃罗留波夫的文艺论著；同时也出版了苏联的文艺学论著、美学论著和文艺理论教科书。应当承认，俄苏文艺理论的介绍对于新中国文艺理论批评的建设，特别是对于马克思列宁主义文艺思想指导地位的确立，曾经产生过重大影响。同时也应当看到，由于片面强调向苏联学习，对俄苏诗学有时生搬硬套，缺乏分析，再加上“左”的路线长期居支配地位，中华人民共和国成立后也从俄苏诗学中接受过许多消极的影响，有时竟把俄苏诗学中的教条主义和庸俗社会学当作正确的理论，于是出现了忽视文艺特点和创作规律，片面理解文艺和政治关系等一系列错误倾向。

在粉碎林彪、江青反革命集团之后，特别是党的十一届三中全会的召开和正确路线的实施，纠正了“左”的错误，这给中国诗学的发展带来了新的生机。在新的历史时期，俄苏诗学和中国诗学的关系也发生了重大变化。如果说中华人民共和国成立后俄苏诗学是中国诗学发展的主要参照系，那么今天俄苏诗学左右中国文坛的局面已经结束了。中国的文艺理论工作者在马克思列宁主义思想指导下，既向俄苏诗学开放，也向西方诗学开放，世界上一切有益的东西都加以吸收，我们的视野更为开阔，气度也更为恢宏了。当然我们也注意到，俄苏诗学自20世纪50年代中期以来，特别是近一二十年也发生了巨大变化。在清算教条主义和庸俗社会学之后，苏联当代诗学也出现了观念更新、理论更新和方法更新的新局面，如近年來向我国介绍的社会主义现实主义开放体系，美学研究的系统方法和价值说，以及结构符号美学等新理论和新方法，对我国新时期的文艺理论也有很大的冲击力。显然，新时期中国诗学在对待俄苏诗学面临着两项任务：一是清理几十年来俄苏诗学对我国的积极的和消极的影响；二是吸收和消化近期俄苏诗学的新观念、新理论和新方法。

二、两国诗学共同的理论命题和历史命运

历史告诉我们，俄苏诗学确实为中国现代诗学的发展产生过重大的和深刻的影响。那么这种影响是在哪些重要的诗学理论问题上体现出来的？两国在一系列重要的诗学问题上有何相似之处？这个问题目前很难做出全面的回答，下面只能列举几个问题进行简要的分析和比较。

（一）文艺与政治问题

这是两国诗学理论中带根本性的问题。由于两国文艺同革命的密切联系，两国诗学理论总是强调文艺是阶级斗争的工具，要求文艺为政治服务。从苏联来看，革命前的俄国文学是同俄国解放运动密切联系的，俄国文学创作和俄国文学理论批评在俄国解放运动中所起的作用是世界上任何国家所不及的。正如俄国伟大作家和思想家赫尔岑所说："没有政治自由的人民，文学便是他们唯一的论坛。只有从这个论坛上，他们才能使人们听到

自己愤怒的呐喊和良心的呼声。”❶在无产阶级登上俄国革命历史舞台之后，列宁便提出文学的党性原则，明确指出：“写作事业应当成为无产阶级总的事业的一部分，成为由全体工人阶级的整个觉悟的先锋队所开动的一部巨大的社会民主主义机器的‘齿轮和螺丝钉’。”❷从中国来看，中国现代文学也是同中国革命运动紧密相连的。早在“五四”时期，进步的作家就提出文学“为人生”的主张。20世纪30年代，革命作家在同“自由人”“第三种人”斗争中，以列宁的文学党性原则为武器，阐明了文学的阶级性和革命文艺应当自觉为革命事业服务的原理。20世纪40年代，毛泽东的《在延安文艺座谈会上的讲话》中，明确指出“在现在世界上，一切文化或文学艺术都是属于一定的阶级，属于一定的政治路线的”，特别强调文艺工作应当“服从党在一定革命时期内所规定的革命任务”❸。

强调文艺的阶级性和无产阶级文艺必须为无产阶级

---

❶ [俄] 赫尔岑《赫尔岑著作和书信全集》第6卷，彼得格勒，1919年版，第305页。

❷ [俄] 列宁《列宁论文学与艺术》，北京：人民文学出版社，1983，第68页。

❸ 毛泽东《毛泽东选集》第3卷，北京：人民出版社，1953，第887—888页。

革命事业服务，是两国诗学的特色，也是马克思列宁主义文艺学的重要特色，这是符合阶级社会文艺发展的客观规律的。问题是，在“左”的思潮的影响下常常把文艺和政治的关系庸俗化和简单化。苏联在20世纪20年代就出现过这种倾向，当时一些从事庸俗社会学的学者和“拉普”领导人完全忽视文艺特点和创作规律，把文艺和政治混为一谈，使文艺沦为政治宣传的工具。这里值得一提的20世纪20年代以沃隆斯基为代表的“山隘派”同以罗多夫、列列维奇和沃尔金为代表的“岗位派”（“拉普”前身）之间展开的一场文艺论争。这场论争涉及无产阶级文学建设的一系列重大问题，其中的核心问题是文艺和政治的关系。

“岗位派”强调文艺是“特定阶级意识形态的产物”，是“阶级斗争强有力的工具”，认为在文学领域也要划清敌我，展开不调和的斗争，“进行一场在政治领域那样的革命”。从这种观点出发，他们彻底否定过去的文学遗产，认为“以往时代的文学都渗透了剥削阶级的精神”；他们打击“同路人”作家，认为“‘同路人’的小资产阶级本性也使他们不总是可靠的”，“‘同路人’文学根本上是反对无产阶级革命的文学”。

与此相对立，“山隘派”则强调“文艺是对生活的认识”，突出文艺的客观性，注意文艺的特点。从这种观点出发，他们认为以往的文学遗产是认识现实的特殊形式，具有认识价值和高度的艺术技巧；“同路人”作家尽管思想动摇，但他们“表现和反映了真正的生活”，作品存在“艺术客观真实的因素”。苏俄这场文艺论争当时对中国的革命文学论争产生了直接的深刻的影响。鲁迅对这场论争是这样看待的：“对于阶级文艺，一派偏重文艺，如瓦浪斯基等，一派偏重阶级，是‘那巴斯图’（即“岗位派”）的人们。”[1] 当时在中国的革命文学论争中，创造社和太阳社的一方显然是接近“岗位派”的观点，他们认为“文学是宣传”，是“一个阶级的武器”，“与其说它是社会生活的表现，毋宁说它是反映阶级的实践”[2]。由于他们狭隘地理解文艺与政治的关系，就排斥小资产阶级的作家，把文艺变成阶级意识的图解。以鲁迅为代表的另一方，显然是接近“山隘派”的观点，他们也讲文艺的阶级性，但十分强调文艺自身的特性。针对文艺是宣传

[1] 鲁迅《〈文艺政策〉后记》，《鲁迅全集》第17卷，北京：人民文学出版社，1973，第670页。

[2] 李初梨《怎样地建设革命文学》，《文化批判》，1928年第二期。

的说法，鲁迅指出："一切文艺固是宣传，而一切宣传却并非全是文艺……革命之所以于口号，标语，布告，电报，教科书……之外，要用文艺者，就因为它是文艺。"他强调革命文艺"当先求内容的充实和技巧的上达"[1]。

中苏两国在20世纪20年代发生的两场文艺论争，在建设无产阶级文学的背景下，不约而同地触及文艺与政治这个根本问题。限于当时的客观条件，由于"左"的思潮的严重影响，这个问题并没有随着论争的过去而得到解决。在以后将近半个世纪的岁月里，把文艺与政治关系庸俗化和简单化的这条绳索始终紧紧捆绑着两国的诗学，给两国文艺的发展带来极坏的影响，造成文艺创作严重的公式化和概念化，使文艺成为政治和政策的图解。例如1931年斯大林对经济工作者做了《新的环境和新的经济建设任务》的报告，"拉普"领导随即做出《关于斯大林讲话和"拉普"任务》的决议，认为"斯大林讲话的每一部分都是艺术作品有价值的主题"。而中国20世纪50至60年代提出的"写中心、画中心、演中

[1] 鲁迅《文艺与革命》,《鲁迅全集》第4卷，北京：人民文学出版社，1957，第68页。

心、唱中心”的口号显然是“拉普”口号的中国版。

苏联从20世纪50年代中期起便开始清算片面理解文艺与政治关系的理论。中国这个问题则是在党的十一届三中全会之后才有了重大的突破。邓小平同志在第四次文代会的祝词中指出：“党对文艺工作的领导，不是发号施令，不是要求文学艺术从属于临时的、具体的、直接的政治任务。”[1]后来又在《目前的形势和任务》中谈到，“不继续提文艺从属于政治的这样的口号，因为这个口号容易成为对文艺横加干涉的理论根据，长期的实践证明它对文艺的发展利少害多。但是，这当然不是说文艺可以脱离政治。文艺是不可能脱离政治的”[2]。

（二）艺术反映论问题

反映论和党性问题是苏联文艺理论的两块基石。苏联一本最新的文学史开宗明义指出：“唯物主义的反映论，列宁关于艺术创作党性的学说是新型艺术的基础。”[3]

---

❶ 邓小平《邓小平论文艺》，北京：人民文学出版社，1989，第9页。

❷ 同上，第108页。

❸ [俄]叶尔绍夫（Л. Ф. Ершов）《苏联文学史》，北京：北京师范大学出版社，1987，第1页。

艺术反映论原理是列宁提出的。列宁所阐发的反映论是能动的反映论，他既指出艺术是生活的反映，艺术创作离不开人的社会实践，同时又指出人的认识不是简单的、直接的、照镜子般的死板动作，而是复杂的、曲折的、二重化的、有可能使幻想脱离生活的活动。列宁肯定了想象、幻想、情感等主观因素在艺术创作中的能动作用，指出“艺术并不要求把它的作品当作现实”❶，“没有‘人的感情’，就从来没有也不可能有人对真理的追求”❷。列宁分析托尔斯泰创作的论文则是具体运用反映论分析作家作品的典范。列宁从反映论出发，把这位显然不理解俄国革命的伟大作家的思想和创作看作是“俄国革命的镜子”，指出“如果我们看到的是一位真正伟大的艺术家，那么他就一定会在自己的作品中至少反映出革命的某些本质的方面。”❸同时，列宁深刻揭示托尔斯泰创作主客观因素的辩证关系。他认为托尔斯泰成为

❶ [俄]列宁《列宁全集》第38卷，北京：人民出版社，1959，第66页。
❷ [俄]列宁《列宁全集》第20卷，北京：人民出版社，1958，第255页。
❸ [俄]列宁《列宁论文学与艺术》，北京：人民文学出版社，1983，第201、210页。

“全人类艺术发展中向前跨进的一步”[1]是由两个因素造成的：客观因素是强烈要求得到表现的时代的革命内容，是具有全人类意义的重大艺术素材；主观因素是“托尔斯泰的天才描述”。正是由于托尔斯泰天才的艺术独特发现，形成了“撕毁下了一切假面具”的“最清醒的现实主义”的创作原则，才使巨大的时代内容获得了高度艺术性的表现形式。可见，列宁的艺术反映论是唯物主义的、能动的反映论，它既反对唯心主义，又反对机械唯物主义。

同列宁能动反映论相对立的是机械反映论。十月革命后的一个时期内，庸俗社会学十分盛行，庸俗社会学者把文艺看成是“经济的审美表现形式”，“阶级的等同物”和“阶级心理的投影”。针对庸俗社会学的观点，卢那察尔斯基站出来阐明列宁的艺术反映论。他针锋相对地指出，“反映论所注意的，与其说是作家隶属的家系，不如说是他对社会变动的反映，与其说是作家主观上的依附性和他同某个社会环境的联系，不如说是他对于这

---

[1] [俄]列宁《列宁论文学与艺术》，北京：人民文学出版社，1983，第201、210页。

种或那种历史局势的客观代表性。”❶ 在谈到如何把反映论运用于分析文艺创作时，卢那察尔斯基又阐明了一个深刻的思想，他说：“列宁的反映论从来不是意味着同历史脱节，它从来不是用一把钥匙去开启一切历史局势的抽象公式。相反地，它一向为阐明具体的阶级斗争形式服务，不管斗争中充满着多么复杂的内在的辩证矛盾。”❷

列宁和卢那察尔斯基所阐发的艺术反映论是有明显的时代针对性的，如果说列宁主要针对唯心主义哲学和美学，卢那察尔斯基则主要针对庸俗社会学。正因为如此，他们对于艺术反映中的主体因素未能重点加以阐发。在他们之后，由于受到教条主义影响，机械反映论在相当一个时期统治着苏联文艺理论，同时也深深影响着中国文艺理论。这种机械反映论的主要表现是：第一，认为文学是生活的直接反映，生活是什么样子就写成什么样子，完全忽视创作主体在创作过程中的重要作用；第二，用哲学反映论代替艺术反映论，完全忽视艺术反映所固有的审美特点。

---

❶ [俄]卢那察尔斯基《卢那察尔斯基论文学》，北京：人民文学出版社，1983，第6页。

❷ 同上，第7—8页。

两国文艺理论界此后开始从不同角度并且在不同程度上对艺术反映论进行重新思考。苏联文艺理论界在列宁艺术反映论研究中注意到了两个重要问题：一是艺术反映和科学反映的不同点，他们认为艺术创作和科学创作虽然都经过认识过程的三个阶段：从生动的直观到抽象的思维，并从抽象的思维到实践，但是艺术创作在认识过程的三个阶段都有自己的特点；二是反映和创造的关系，他们根据列宁所说“人的意识不仅反映客观世界，并且创造客观世界”[1]的观点，认为反映和创造应当是有机统一的，而不是对立的，不能只讲创造不讲反映，也不能只讲反映不讲创造，反映是基础，创造是目的。中国文艺理论界对艺术反映论的研究也有了新的进展，一是提出审美反映论，认为艺术反映是一种审美反映，具有“感情与思想的融合，感性与理性的相互渗透，认识和评价的感受形式与语言、形式统一的审美本质特征”[2]。二是主体论的张扬，这种理论的提出已经不仅是对主体在创作过程中重要作用的强调，实际上是另一种文学观

[1] [俄]列宁《列宁论文学与艺术》第1卷，北京：人民文学出版社，1960，第46页。

[2] 钱中文《现实主义和现代主义》，北京：人民文学出版社，1987，第78页。

念的张扬，而且有用主体论取代反映论的趋势。

（三）创作方法问题

现实主义和社会主义现实主义问题，在两国诗学理论中占有重要地位，并且给予两国创作深刻的影响。俄国革命民主主义者别林斯基、车尔尼雪夫斯基、杜勃罗留波夫，以唯物主义世界观做指导，在总结普希金、果戈理等俄国作家创作经验的基础上，提出和发展了俄国现实主义理论，对艺术和生活问题、艺术典型和典型化问题、艺术人民性问题，做了深刻的阐述。周扬分别在 1935 年所译别林斯基《论自然派》和 1942 年所译车尔尼雪夫斯基《生活和美学》中介绍和研究了俄国现实主义理论。俄国现实主义理论对我国现代诗学中现实主义理论的形成和发展给予重大影响。

十月革命后，“拉普”受“左”的思潮的影响，曾提出辩证唯物主义的创作方法。法捷耶夫在《打倒席勒！》一文中称现实主义是唯物主义的，浪漫主义是唯心主义的，认为无产阶级的创作方法既不是现实主义，也不是浪漫主义，而是“最彻底的辩证唯物主义方法”[1]。这种理论主张将哲学方法和艺术方法混为一谈，将艺术方法和世界观混为一谈，其结果只能引导作家脱离现实生活，沉湎于抽象的理论说教。为了总结苏联文学的创作经验，同时也是针对“拉普”的辩证唯物主义创作方法，苏联文艺理论界在20世纪20年代末30年代初就创作方法问题展开了一场讨论。讨论涉及写真实、浪漫主义、风格流派、世界观和创作方法等一系列重大理论问题。通过讨论，最后澄清了错误看法，辨明了理论是非，确立了社会主义现实主义创作方法。讨论中认为社会主义现实主义不同于以往现实主义之处在于把现实看成是发展变化的，主张从革命发展中历史真实地、具体地表现现实生活；认为社会主义现实主义应当包括革命浪漫主义，它的风格流派是多样化的；指出世界观对创作方法有指导作用，但世界观不等于创作方法，世界观也不只是政治立场。苏联这场创作方法大讨论对20世纪30年代中国文艺运动也有很大影响。当年周扬的论文《关于“社

[1] [俄]法捷耶夫（А. А. Фадеев）《三十年间》，莫斯科：苏联作家出版社，1957，第68—73页。

会主义的现实主义和革命的浪漫主义”——“唯物辩证法的创作方法”之否定》，比较系统地向中国文艺界介绍了这场大讨论。这篇论文连同瞿秋白的《马克思、恩格斯和文学上的现实主义》《恩格斯和文学上的机械论》，纠正了当时左翼理论界在创作理论中忽视艺术特征，将世界观和创作方法混为一谈的谬误。

两国关于创作方法讨论的另一次高潮，是在20世纪50年代中期以后出现的。在苏联，由于战后出现的“无冲突论”和粉饰生活的倾向严重障碍创作的发展，理论界开始提出“写真实”和“干预生活”的口号，并由西蒙诺夫发难，要求修改作协章程中的社会主义现实主义定义。当时讨论的一个焦点是“写真实”问题。社会主义现实主义的定义规定“艺术描写的真实性和历史具体性必须与用社会主义精神从思想上改造和教育劳动人民的任务结合起来”。西蒙诺夫认为“本想作明确规定的第二句是不确切的，甚至反而容许有歪曲原意的可能”，它正是造成粉饰生活和创作概念化的原因，一些人正是以后一项任务为借口，“力图‘改善’现实”[1]。讨论的另一个问题是对所谓“文学史是现实主义和反现实主义的斗争的历史”的公式提出挑战，因为它把创作方法复杂而又矛盾的关系简单化，排斥了浪漫主义等创作方法和创作流派。苏联这场讨论在中国文艺界引起了强烈的反响。何直（秦兆阳）的《现实主义——广阔的道路》一文在中国首次对社会主义现实主义提出质疑，引起了关于社会主义现实主义的一场讨论。问题的焦点乃是真实论，但由于政治因素的干扰，讨论未能正常展开。

到了20世纪70年代，苏联的社会主义现实主义研究才开始有了转机。除了主张统一方法的风格流派多样化和主张创作方法多样化外，德·马尔科夫所提出的社会主义现实主义“历史地开放的体系”最为引人注目。马尔科夫指出“方法上的三个最重要的特点的有机联系，即认识世界的实际无限可能性，艺术真实性的广阔观点和独特地、形象地体现生活现象的、实际同样是无限的

[1] 人民文学出版社编辑部编《苏联人民的文学》上册，北京：人民文学出版社，1955，第84页。

可能性”[1]。马尔科夫的观点在新时期很快介绍到中国来，它使我国文艺界得到启发和鼓舞。不过，中国文艺理论界在新时期关于创作方法的思考是按照自己的历史特点进行的，这主要表现在两个方面：一是批判了“四人帮”“瞒和骗”的文学，重新确认“真实是艺术的生命”，恢复和发展了革命的现实主义；二是肯定了革命现实主义的主导地位，又打破了现实主义一统天下的局面，承认了浪漫主义和现代主义的历史地位，并且指出未来创作方法发展的多样化倾向。

如果把两国文艺理论界对创作方法问题的思考做一番比较分析，可以发现力图打破创作方法研究的僵化局面是两国创作方法研究的共同趋势，其中对待现代主义的看法两国文艺理论界都比以往要实事求是一些。

（四）文学批评问题

俄国文学批评有深厚的传统，别林斯基、车尔尼雪夫斯基、杜勃罗留波夫的文学批评奠定了俄国现实主义

---

[1] 北京师范大学苏联文学研究所编译《苏联现实主义问题讨论集》，北京：外国文学出版社，1981，第 437 页。

文学批评的基础。别林斯基称文学批评是“运动中的美学”，他所阐明的美学批评和历史批评相结合的原则，文学批评的人民性原则和现实主义原则，对俄苏和中国文学批评的发展，都有重要的影响。如前所述，早在“五四”时期，郭绍虞、郑振铎和瞿秋白就开始介绍俄国文学批评，并且给予很高的评价，郑振铎强调“文学评论在俄国的地位的重要是无论何国都不能与之并肩的”，认为当时报刊的“真灵魂”“就是艺术批评家”[1]。瞿秋白称别林斯基是“俄国真正的文学评论的鼻祖”，认为他是“第一个确定文学评论的功能，解释文学、指导社会舆论，而使文学能客观地有所贡献于社会意识”[2]。

十月革命前后，俄国马克思主者普列汉诺夫、列宁、卢那察尔斯基、沃罗夫斯基和高尔基将辩证唯物主义和历史唯物主义运用于文学批评，建立了俄国马克思主义文学批评，开创了文学批评新局面。他们关于文学批评的理论和实践，例如普列汉诺夫关于文学批评两个阶段的观点（先把作品思想从艺术语言翻译成社会学语

[1]《小说月报》第14卷第9期。

[2] 瞿秋白《瞿秋白文集》第2卷，北京：人民文学出版社，1953，第536页。

言，再探求艺术家怎样把自己的思想具体表现在形象之中），列宁在论述托尔斯泰论文中所体现的批评原则和批评方法，对于后来两国文学批评的发展都有深刻的影响。鲁迅 1929 年在《〈论文集“二十年间”第三版序〉译者附记》中，特别强调普列汉诺夫运用马克思主义观点研究文艺的先导作用，指出“在治文艺的人尤当注意的，是他又是用马克思主义的锄锹，掘通了文艺领域的第一个”❶。冯雪峰在他所译的沃罗夫斯基《作家论》的《题引》中，针对当时文艺批评存在的问题，希望中国的批评家要向沃罗夫斯基学习运用马克思主义文学批评的方法。第一，他认为批评不能只是搬弄名词术语，而要“依据社会潮流阐明作者思想与其作品底构成，并批判这股社会潮流与作品倾向之真实否”；第二，“最要紧的是用‘马克思主义的 X 光线’——象本书著者所用的——去照澈现存文学的一切。”❷

同时也应当看到，两国文学批评也受到“左”的思

❶ 鲁迅《鲁迅译文集》（第六卷），北京：人民文学出版社，1958，第 610 页。

❷ 冯雪峰《雪峰文集》（第二卷），北京：人民文学出版社，1983，第 753—754 页。

潮的严重干扰，长期得不到健康发展。这主要表现在：把文艺批评只当作阶级斗争的工具和武器，把文艺批评混同于思想斗争和政治斗争，缺乏真正科学的文艺批评，把文艺批评只归之于政治思想评论，完全忽视作品的艺术特征，其结果往往导致创作的公式化和概念化；把社会历史批评当作文艺批评的唯一方法，排斥了文艺批评的其他方法，结果使文艺批评的视角越来越狭窄，失去了文艺批评的生机。

从20世纪70年代起，苏联的文学批评开始有了变化。1972年苏共中央发布《关于文艺批评》的决议，强调了文艺批评的作用，批评了文学批评中存在的种种错误倾向，采取了一系列加强文学批评的重要措施。决议引起了文艺界和社会的重视，在高等学校开设了文艺批评课程，出版了不少文学批评史和文学理论批评专著。更重要的是批评观念开始出现变化：改变过去只注意艺术社会历史根源分析的做法，开始注意艺术审美的批评；重新注意到欧美各国的文学批评观念和文学批评方法；重视根据当代本国和西方文学事实所提出的相应结论。同时，现代科学技术的发展和研究艺术审美特性的要求，也推动文学批评方法的更新和多样化。除了原有的社会历史批评，还出现了系统分析、综合分析，类型研究、历史比较研究、历史功能研究、结构符号研究等等文学批评方法。在新时期，中国文艺批评也出现了崭新局面，最重要的是文艺批评从“阶级斗争工具论”的束缚中解放出来，开始成为真正的审美活动。这是一个重大突破，一个根本前提，有了这个前提，才可能有文艺批评主体精神的弘扬，文艺批评方法的更新和多样化，才可能有新时期文艺批评空前活跃的局面。

三、两国诗学发展的历史经验

通过历史的回顾和几个理论问题的比较分析，可以清楚看出俄苏诗学对中国现代诗学的深刻影响，以及两国诗学的相似之处。这种情况的出现是有深刻的社会历史背景和意识形态背景的，这主要表现在：两国都有相同的革命斗争传统和文化传统；两国革命后都建立同一模式的社会主义制度；两国都有以马列主义为指导的意识形态；两国都面临着建设马克思主义文艺理论的任务；两国的政治生活中和诗学建设中都经历了“左”的和右的错误思潮的干扰，其中“左”的干扰尤甚。正因为有这种相同的社会历史背景和意识形态背景，才使得两国诗学的发展不仅有共同的历史命题，而且有共同的历史命运。由此可以总结出以下几点有益的历史经验。

（一）要处理好理论和政治的关系

中苏两国诗学都有浓厚的民族传统，加上有马克思列宁主义的指导，革命胜利后的诗学比起西方理应有更大的发展和建树。遗憾的是两国诗学发展都走过弯路。究其原因主要是没有处理好理论与政治的关系，以致长期存在政治强化理论弱化的倾向。这表现在：

一是往往把理论问题当作政治问题，这实际上就取消了理论问题的研究。在苏联，像艺术典型这样的理论问题竟然成为苏共中央在苏共十九大所做总结报告的内容，而且报告居然确定，典型是“与一定的社会历史现象的本质相一致的”，是“党性在现实主义艺术中表现的基本范围”，“典型问题在任何时候都是一个政治问题”。典型问题既然成了政治问题，有谁还敢对它说三道四呢？在中国，问题就更加严重。在建国后十七年中，从写真实、题材广阔论、中间人物论到人道主义人性论问题，一概斥之为修正主义观点，并同政治斗争相联系，现实的政治完全充溢于文艺理论问题之中。

二是把理论争论当作政治斗争，从而扼杀了理论发展的生机。上面提到的苏联20世纪20年代“山隘派”和“岗位派”的论争，原是革命队伍内部关于无产阶级文学建设的一场争论，可是由于沃隆斯基对无产阶级文学新生力量的轻视，再加上同托洛茨基有个人关系，于是理论讨论很快升格为政治斗争，20世纪20年代优秀的文学批评家顿时就被打成托洛茨基分子。在中国，胡风也遭到同样的厄运。胡风所提出的对文艺问题的种种看法，本来是可以在文艺界进行自由讨论的，然而很快把他的文艺思想夸大为政治问题，把他作为敌对分子处理，戴上反革命帽子，一场理论论争一下子变成一场可怕的政治斗争。

由于把理论问题当成政治问题，把理论论争当成政治斗争，其结果是一部文学理论批评史几乎变成一部批判斗争史，诗学几乎无建设可言。事实证明，只有正确处理好理论和政治关系，处理好学术问题和政治问题的关系，诗学才能有自身的生命，才能有勃勃的生机。

（二）要处理好理论和传统的关系

两国诗学建设都存在一个如何正确对待民族传统诗学问题。苏联文艺理论界向来强调坚持马克思列宁主义文艺学的基本原则，十分注意俄国革命民主主义美学的理论传统。苏联作协领导马尔科夫 1981 年在苏联作家第七次代表大会上针对否定传统的倾向宣称，“所有革命民主主义者同我们血肉相连，我们共产党人是他们唯一的后代和继承人”[1]。问题在于他们对于传统往往采取偏狭的态度，只要革命民主主义传统，排斥其他传统。例如他们长期以来对俄国文艺学的经院学派不够重视，其实这一学派中的神话学派、历史文化学派、历史比较学派和文艺心理学派对俄国文艺学的发展，乃至对俄国马克思主义文艺学的产生和发展，都有过深刻的影响。其中以维谢洛夫斯基为代表的历史比较学派今天仍有重大世界影响。中国的情况也大致相同，长期以来我们非常重视马克思列宁主义文艺理论的传统，左翼文艺理论的传统，这是十分正确的。然而我们对中国古代文艺理论重视和研究不够，特别对一些所谓“非马列主义”的文艺理论，

[1]《苏联文学》1981 年第 4 期。

如朱光潜的《诗论》、钱锺书的《谈艺录》，一直没有给予足够的重视和研究，而且往往把它当作资产阶级文艺理论来对待。马克思主义是人类文明和文化的结晶，要发展马克思主义文艺理论，就必须正确对待民族文艺理论传统，弘扬优秀的民族文艺理论传统。

（三）要处理好同外来诗学的关系

诗学的发展不仅要有良好的国内社会环境和文化环境，而且要有开放的环境。历史证明，封闭势必造成僵化，开放才能带来活力。苏联诗学长期对西方封闭，他们把近现代西方文艺理论统统斥为资产阶级的或修正主义的，单纯批判，不予借鉴。例如20世纪60年代在讨论现实主义和社会主义现实主义时，有人介绍法国文艺学家加洛蒂的《论无边的现实主义》，马上就被当作修正主义文艺理论展开批判，完全缺乏科学分析的态度。中华人民共和国成立后中国对西方近现代诗学更是严加禁锢。具体做法是对苏联当代诗学大开门户，紧紧跟随，甚至对二三流的货色也迅速加以介绍，而对西方近现代诗学则视若洪水猛兽，以致我们对西方近现代诗学的发展全然无知，一经介绍就觉得什么都是新鲜的。近年来对西方近现代诗学的开放确实给我们诗学的发展带来了活力，推动了中国文学观念和文学研究方法的更新，然而也存在生吞活剥、盲目照搬，缺乏科学分析研究的倾向。同时也大有从倒向苏联转而倒向西方的趋势，似乎苏联的理论都是教条主义和庸俗社会学的，而西方的理论都是先进的。这种左右摇摆的态度对中国文艺理论的发展是有害而无益的，其中的经验教训很值得我们认真汲取。

几十年来中苏两国诗学的发展历经磨难，既充满政治纷扰，也不乏理论探索。今天随着两国社会生活的变化，两国诗学的发展都开始出现了转机和生机，当然也存在种种问题。我们仍然需要继续介绍和研究苏联诗学，但它已经不是我们唯一的参照系，也不再是我们顶礼膜拜的对象。中苏诗学相互学习的时代将会到来。我们的道路仍然是不平坦的，但我们对中国诗学的复兴充满信心！

下　编
跨文化诗学个案研究（二）

第九章

文化诗学：钟敬文和巴赫金的对话

巴赫金是俄罗斯20世纪杰出的思想家和文艺学家，他的文化诗学研究在20世纪文化诗学研究中占有举足轻重的地位。钟敬文先生是在20世纪初的五四运动中走上民间文化研究的道路，在近一个世纪中，他把毕生精力都献给了民间文艺学和民俗学的事业，他是学术界公认的中国民间文艺学和民俗学学科的开拓者和奠基人之一，在国际享有崇高的声誉。

在文化诗学的题目下，让钟敬文和巴赫金展开对话，这是可能的，也是有意义的。

首先，钟敬文对巴赫金和他的思想十分关注。自从20世纪80年代巴赫金的《陀思妥耶夫斯基诗学问题》介绍到中国，当复调、狂欢、对话这些名词在学界广为流传之后，他就以一位民俗学家敏锐的学术眼光，高度关注巴赫金和他的狂欢化思想。1995 年，他亲自参加并主持了博士论文《巴赫金狂欢化诗学研究》的答辩。1998 年，当《巴赫金全集》中译六卷本出版后，他亲自参加在中国社会科学院举行的首发式，并以《略谈巴赫金的文学狂欢化思想》为题，发表了重要讲话，高度评价巴赫金的学术贡献，认为他是一位“杰出的思想巨匠”，指出巴赫金的狂欢化思想“确实有比较普通的学术意义”，而且“早已超越出了他的国界”。更有意义的是，他还在巴赫金狂欢化思想的基础上，对中国文化中的狂欢现象及其民族特色，作了十分精彩和深刻的分析。他的一番讲话让人真切感受到这位世纪学术老人的学术锐气和活力依然不减当年。

其次，钟敬文和巴赫金虽然有各自的文化语境，有各自的研究领域，有各自独到的思考，但在许多问题上他们的思想是相通的，见解是相同的。在研读过巴赫金和钟敬文的有关著作后，我惊讶地发现，他们对文学和文化关系的思考，对文化诗学的思考，竟然十分相似。比如说，他们都认为传统的文艺学只概括上层文学不概括民间文学是偏狭的；他们都认为一个时代和一个民族的文化是多元、互动的整体，在社会转型期下层文化对新文化的形成有激活作用；他们都认为狂欢是人类生活中具有一定世界性的文化现象等等。而在研究方法上，他们也都强调实证的态度，强调文化的主体性和研究者的民族意识等等。事实证明，中国学者是完全可以在同一学术层面上同外国学者展开平等对话的。

近年来文艺学界十分关注中西诗学对话的话题，问题讨论得很热闹，但总让人感到失之空疏，同时也有些底气不足，似乎我们只有接受西方各种新潮文论的份，而无法同西方文论展开真正的平等对话。钟敬文和巴赫金对话的研究，不仅可以加深我们对文化诗学的理论的理解，更重要的是这种对话将告诉我们中西诗学对话应当具备什么条件才能实现，它需要以一种什么方式进行，最后应当达到什么目的。这些目标在一篇文章中是很难完成的，但这一个个案研究将会给我们提供一些有益的启示。

下面让我们看看就文化诗学而言，钟敬文和巴赫金的对话是在哪些问题上展开的。

一、文化语境和民间文化语境中的文学研究

文化和文学的关系，文化和文艺学的关系，特别是民间文化和文艺学的关系，这是钟敬文和巴赫金共同关注的问题。

巴赫金对文学与文化、文艺学与文化史关系的思考不是从一种理论框架出发，而是来自他的作家研究的实践。在对陀思妥耶夫斯基和拉伯雷创作的研究中，他痛感欧洲传统的文艺理论无法阐明这两位作家创作的本质，他们的创作似乎同现有的文艺理论概念格格不入，现有源于古希腊罗马的文艺理论无法阐明拉伯雷的怪诞现实主义，也无法阐明陀思妥耶夫斯基的复调小说。当原有的文艺理论难于解读一些文艺现象时，巴赫金就对文艺学大胆提出质疑。如前所述，他认为欧洲传统的文艺理论，从亚里士多德开始，只概括史诗和悲剧的创作，对小说创作不予理睬。进一步说，欧洲传统的文艺理论只反映和概括社会稳定时期的官方化了的上层文艺现象，不反映和概括社会变动时期的渗透了民间文化的民间文学现象。正是从这个意义上讲，巴赫金批评欧洲传统的文艺理论、传统的诗学是偏狭的，是在很有限的文学现

象的材料上产生和发展起来的。那么，文学研究和文艺学的出路何在呢？从作为研究对象的文学是“一种极其复杂和多面的现象”出发，巴赫金认为文艺学研究没有什么灵丹妙药，只能采取不同的方法切入研究对象的不同侧面。从文学和文化的有机联系出发，他特别强调研究一个时代的文学不能脱离开一个时代完整的文化语境，特别不能脱离开一个时代强大而深刻的民间文化潮流。文艺学要克服自己的偏狭，要让自己充满生机和活力，就必须重视反映和概括源于民间文化的民间文学现象，要把文艺学同文化史的研究紧密结合起来。巴赫金在《陀思妥耶夫斯基诗学问题》中对陀思妥耶夫斯基复调小说同民间狂欢化文化内在联系的阐明，在《拉伯雷的创作与中世纪和文艺复兴时期的民间文化》中对拉伯雷的怪诞现实主义同民间诙谐文化内在联系的揭示，都是实践他的理论主张的范例。

钟敬文对巴赫金关于文学与文化，文艺学与文化史关系的见解，关于要在民间文化语境中进行文学研究的看法，关于传统文艺学固有偏狭性的批评，是深有同感，非常赞同的。1998 年，在《巴赫金全集》中译六卷本首发式上，钟敬文感叹道，巴赫金主要是一位文艺学家，文艺批评家，而不是完全意义上的民俗学家和人类学家，但他通过文学作品中狂欢描写的研究，揭示出隐藏在文学背后的人类狂欢热情。从这个意义上讲，钟敬文认为巴赫金的文艺学研究是具有独特性的，“他的研究，因此也不是一般文艺学的研究，而是特殊文艺学的研究。他由此开拓了以往的文艺学领域。”[1]为什么说巴赫金的文艺学研究是特殊的文艺学研究呢？在钟敬文看来，主要在于他并没有把文学研究封闭在文学的狭窄圈子里，而是从文化的角度，特别是从民间文化的角度，从民俗学和人类学的角度切入文学研究，是把文艺学和文化史的研究结合起来的，这样也就大大拓展了文学研究的领域，给文学研究提供了新的角度，给文艺学带来新的活力。

关于文艺学建设的思考，钟敬文可以说从巴赫金那里找到了知音，但钟敬文的这种思考并不是在见到巴赫金的论著之后才有的，他的思考早在20世纪30年代就

---

[1] 钟敬文《文学狂欢化思想与狂欢》，原载《光明日报》，1999年1月28日，“文萃副刊”版，见钟敬文《建立中国民俗学派》，哈尔滨：黑龙江教育出版社，1999，第154页。

开始了。1935年，在《民间文艺学的建设》[1]一文中，钟敬文针对民间文艺的特殊性（制作过程的集团性、表现媒介的口传性、形式和内容的素朴性和类同性），明确提出要建设民间文艺学，认为它是文化科学中一门独立、系统的学科。为什么要建设民间文艺学呢？关键就在于他认为一般的文艺学无法反映和概括民间文艺的特殊内容。几十年后，钟敬文在一系列文章中，特别是在《建立新民间文艺学的一些设想》[2]中，又重新强调建立独立民间文艺学科体系的重要性。在这篇文章中，钟敬文对一般文艺学的不足，一般文艺学和民间文艺学的关系，作了深刻的理论思考。这种思考可以说是同巴赫金的思考不谋而合、心心相印的。这种高水平的理论思考是一般文艺学家所忽视的和难以达到的。在钟敬文看来，民间文学是文学的一部分，但它是一种特殊的文学，民间文艺学也是文艺学的一种，但它也是特殊的文艺学。他认为文艺学的建设应当从文学的实际出发，要正确地反映和全面地概括文学的实际。什么是文学的实际呢？在

[1]《艺风》第4卷第1期，见《钟敬文学术文化随笔》，北京：中国青年出版社，1996，第3—15页。

[2]《民间文学论坛》1983年第3期。

他看来，文学“大概应分为三大干流，一是专业作家的文学（书本文学），其次是俗文学（唐宋以来的都市文学），再次是民间口头文学（主要是劳动人民的文学）。”如果说文艺学是关于文艺现象和内在规律的理论概括，就应当正确地反映和全面地概括这三种文学的实际，而我们现在流行的文艺学却不是这样的，它只反映和概括专业作家的创作。钟敬文尖锐地指出：“我们现在学界流行的文艺学，实际上只是第一种，古今专业作家创作的文艺学，而且是往往依照某些外国这方面的著作的框架（甚至有的连用的例证也袭用了）而编纂出来的，它很少从广大人民各种口头文学概括出来的东西，除了关于文学的起源等问题，偶尔采及人民集体创作（原始文学）的例证。”根据三种文学的实际，钟敬文认为应有正确反映这实际的三种不同的文艺学，即古今作家文学的文艺学、通俗创作的文艺学及人民口头创作的文艺学。在这三者之上，才能有一种概括的文艺学，所谓一般的文艺学。

通过以上分析，可以看出钟敬文和巴赫金在不同时代、不同国家，从各自不同的学科领域出发，不约而同地涉及文艺学建设的重大问题，涉及文学研究的重大问题。如果说巴赫金是从作家研究引发出文艺学建设的思考，钟敬文则是从民间文学的研究，从民间文艺学的建设，引发出文艺学建设的思考。他们深刻的理论思考为当代的文学研究和文艺学建设提供了重要的思路，这就是如何加强文学研究和文化研究的联系，如何在文化语境，特别是在民间文化语境中进行文学研究，如何建设更具有开放性的文艺学。具体来讲，他们的理论包括以下两个方面。

第一，文艺学既要反映和概括上层的专业作家的创作，也要反映和概括下层的民间的创作，否则它将是偏狭的，它无法阐明一切文学现象。如同巴赫金所指出的只反映和概括史诗和悲剧的欧洲传统诗学和文艺学无法阐明小说创作现象，也无法阐明源于民间文化的文艺复兴时期拉伯雷等作家的创作现象。正如钟敬文所指出的，只反映和概括专业作家创作的文艺学是无法阐明民间文学创作现象的。他说，“我们大家知道，民间口头创作，从作者身份、思想、感情、艺术特点、社会联系、社会功能到传播方法，艺术传统等，跟古今专业创作的性质、特点、功用、影响等，决不是只运用作家文学的文艺学所能办到的。”[1]

第二，文艺学要向其他学科开放，使其更具有开放性，更具有活力。我们的文学研究曾经走过十分曲折的道路。一个时期忽视文学的特征，把文学研究混同于社会史研究、文化史研究，忽视文艺学的学科特性，缺乏学科的自觉意识。后来这种情况有了改变，文学研究大讲文学特性，可是又忽视了文学和社会文化的关系，忽视了文艺学和其他学科的关系。巴赫金认为在坚持文学的特性、文艺学科的特性的同时，文艺学要向其他学科开放，他特别强调文艺学要同文化史的研究结合起来，于是他走上了文化诗学的道路。对此，钟敬文是很欣赏的，他认为巴赫金的文艺学研究是从人类学、民俗学文化学的角度切入的，因此开拓了文艺学的领域，也显示出他的学术思想的特殊魅力。钟敬文的民间文艺学研究也十分重视向其他学科开放，他强调要从民俗学、民族学、文化人类学、考古学、语言学、原始文化史以及民族心理等观点或视角去研究民间文学，他所倡导的也是多角度的综合研究，也是开放的民间文艺学。但是，在

---

[1]《民间文学论坛》1983 年第 3 期。

学界更多地运用其他学科研究民间文学的时候，钟敬文也及时地提出在探索民间文学的社会文化内涵时，决不能忽略民间文学的文学性。看来，文艺学的建设既要充分重视学科的特性，重视文学的特性，又要向其他学科开放，运用多种学科多种角度来研究文学。这显然是一对矛盾，同时也存在一种张力，文艺学本身正是在克服这种矛盾和保持这种必要的张力中得到不断发展。

二、多元、互动的整体文化观

由于受到各种思潮的影响，人们对文化的理解往往容易从一个极端走到另一个极端。一个时期，人们把一个时代一个民族的文化看成毫无区分的统一体，忽视不同文化成分的存在以及它们之间的差异和对抗。在列宁提出两种文化学说，强调对民族文化进行阶级分析之后，人们又往往只看到一个时代、一个民族的各种文化成分之间的差异和对抗，而忽视了它们之间的相互渗透和相互作用。以上两种文化观都是片面的，在实践上也不利于认识复杂的文化现象，不利于当代文化建设。正是在这个问题上，钟敬文和巴赫金都表现出理论上的成熟和清醒，他们都倡导一种多元互动的整体文化观，又都特别强调下层文化对上层文化的激活作用。他们的种种见解对于文化理论的建设和当代文化建设，都有重要的理论价值和实践意义，很值得我们认真加以梳理和研究。

巴赫金文化诗学的重要内容就是强调文学是文化不可分割的一部分，文学研究不能离开文化语境，特别是不能离开民间文化语境，提出“文艺学应当与文化史建立更紧密的联系”。他的两部专著《陀思妥耶夫斯基诗学问题》和《拉伯雷的创作与中世纪和文艺复兴时期的民间文化》的核心就是阐明陀思妥耶夫斯基的复调小说与民间狂欢化文化的内在联系，拉伯雷的怪诞现实主义与民间诙谐文化的内在联系，这是他的文化诗学的实证研究。到了晚年，在《答〈新世界〉编辑部问》[1]（1970）一文中，巴赫金又在上述实证研究的基础上，对文学和文化的关系，对文化本身的特点和发展规律，从理论上做了深刻的阐述，形成了比较完整和系统的文化观，而这

[1] [俄] 巴赫金（M. M. Бахтин）《巴赫金全集》（第四卷），白春仁、晓河等译，石家庄：河北教育出版社，1998，第 363 页。

种文化观又具有鲜明的特色。巴赫金的文化观的一个重要理论观点就是提出要“在一个时代的整个文化有区分的统一体中来理解文学现象”，其中又特别强调要重视“那些真正决定作家创作的强大而深刻的文化潮流（特别是底层的民间的潮流）”。巴赫金的文化观归纳起来有以下几个要点：一是倡导一种整体的文化观。他指出一个时代的文化是有区分的统一体是相当深刻和全面的观点，既强调区分又突出统一，也就是说一个时代的文化既是多元的又是一个整体。二是极力提高民间文化的地位。他认为在一个时代的文化中要特别重视民间文化潮流，重视来自底层的民间文化潮流对作家的创作和文学进程所产生的强大而深刻的影响，如果不这样做就“难于深入到伟大作品的底蕴”，文学就会让人觉得是一种委琐而不是严肃的事情。三是重视一个时代各种文化之间的互动作用。他认为一个时代不同文化领域之间，不同文化之间是“相互联系和相互制约的”，彼此是相互作用的，而且这种相互间的作用不是单向的而是双向的。在他看来，各种文化之间的关系不是对立的、封闭的，而是对话的、开放的，而各种文化的对话和交融正是文化本身发展的动力。正是这种多元互动的整体文化观，构成了巴赫金文化诗学的理论基础，同时也具有鲜明的个性特色。

如果说巴赫金是立足于上层文学，立足于陀思妥耶夫斯基的创作和拉伯雷的创作，进而探讨他们的创作同民间文化的关系，最后提出整体的文化观，提出要在一个时代文化有区分的统一体中来理解文学现象，那么钟敬文则是立足于下层文化的研究，立足于民间文学和民间文化的研究，进而在考察下层文化和上层文化的相互关系和相互作用中，提出整体的文化观，他针对贬低下层文化的传统观念，鲜明地提出下层文化是上层文化的根基，指出正是这两种文化的相互联系和相互作用构成了整体的民族文化，强调要在民族文化的大系统中研究民俗文化。

早在 1982 年，钟敬文在杭州大学中文系的讲演中，就提出中国文学三层论。他说："民间文学是中国文学的三大干流之一……哪三大干流呢？一是古典文学，在过去是占压倒地位的，是正统的文学。这中间出现了许多伟大的作家。二是俗文学，或叫通俗文学。因为中国唐宋以后，都市兴起了，都市的市民和农村不一样，主要由商人和都市居民等组成。由于适应这一部分人的需要，所以产生了小说、戏剧，产生了通俗文学。在它上面有古典文学，在它下面有农民、工匠等的文化，或叫做第二层的文学。第三就是民间文学，它是由我们国家占最大多数的劳动人民所创造和继承、发展的文学。……它具有古典文学和俗文学所没有的自己的特点和优点。”[1]

1986 年，钟敬文在《谈谈民族的下层文化》[2] 一文中又从文化的角度提出民族文化三层论。他说："所谓'下层文化'是指在文化比较发达的国家和民族的文化领域里，那种跟一般处于高位的上层文化相对立的处于下位的文化（严格地说，两者之间，还有'中层文化'，这里就不涉及了）。从社会阶级的角度看，前者（上层文化）主要是占有优越的经济和政治地位的统治阶级成员所创造、享有的文化，后者（下层文化）则主要是被统治阶级、被剥削民众所创造、所享有的文化。这两种文化汇合起来，就构成了整个国家或民族的文化，也就是我们今天常说的民族的传统文化。”在整个民族文化中，钟敬文特别强调下层文化是“民族文化的优秀部分”，是“形

---

[1]《杭州大学学报》1983 年第 3 期。
[2]《群言》1986 年第 11 期。

成过去整个民族文化的基础”，这就充分地肯定了下层文化在整个民族文化中的地位和作用。在传统的贬低下层文化的声音中，这种独到的见解是十分鲜明和大胆的，具有一种振聋发聩的作用。在肯定下层文化的地位和作用的基础上，钟敬文又进一步阐明上层文化和下层文化之间的相互作用，他认为这两种文化之间既有相互对抗的一面，又有相互渗透的一面，两者的关系是一种互动的关系。他说：“在同一民族里，这种分离着、差异着，乃至于对抗着的两种文化，却又互相联系着、纠结着、渗透着，形成一个整体的民族文化。”以文学为例，诗歌、小说和戏剧这样一些文学体裁都可以从民间文学中找到它们的源头，反过来说，传统文人作家对民间文学的改造对民间文学也有提升的作用。

1992 年，在《民俗文化学发凡》[1]一文中，钟敬文明确提出民俗文化学的概念，认为民俗文化就是中层文化和下层文化。他说：“中华民族的传统文化可以分为三条干流。第一条是上层文化，从阶级上说，它主要是封建地主阶级所创造和享用的文化。第二条是中层文化的干

[1]《北京师范大学学报》1992 年第 5 期。

流，它主要是市民文化。第三条干流是下层文化，即由广大农民及其他劳动人民所创造和传承的文化。中、下层文化就是民俗文化，它虽然属于民族文化的一部分，但却是重要的、不可忽视的部分。”他认为“中华民族的三层优秀文化的荟萃，构成了我们民族传统的灿烂文化”，提出要“在民族文化的大系统内，研究民俗文化”，以利于“更全面地了解民族文化的总体面貌及其历史和现状”。

从以上分析可以看出钟敬文和巴赫金对文化的思考，特别是对下层文化和上层文化关系的思考，有许多共同的理论蕴含，这些思考对于文化建设有重要的启示。

首先，他们都倡导一种多元互动的整体文化观，不论是文化三层论也好，文化两层论也好，它的根本点都在于认为民族文化是一个整体，不能只看重上层文化，贬低下层文化，没有上层文化和下层文化的荟萃，就无法构成一个民族灿烂的文化。同时，一个时代和一个民族的上层文化和下层文化是互动的，它们之间不仅有差异，有对抗，也有相互渗透和相互作用。推动一个时代和一个民族文化发展的动力不在于两种文化的相互对抗，不在于两种文化不是你吃掉我就是我吃掉你，不在于不是东风压倒西风就是西风压倒东风，而在于两种文化的相互联系和相互作用，不同文化的互动正是文化发展的动力。

其次，他们对于多层文化及其互动关系的思考不仅是在理论层面进行的，而且是在历史层面进行的。他们总是把文化问题放在一定的历史文化语境中加以考察，提出在文化转型期一个时代新的文化的形成必须得到下层民间文化的强大支持，必须十分重视下层民间文化对新文化形成的激活作用。

文艺复兴是伟大的思想文化运动，它的直接文化动因是古希腊罗马文化的重新被发现，新兴的资产阶级正是从古希腊罗马文化中发现了许多可以同中世纪封建神学相抗衡的东西，他们借助古代文化精神摧毁以神为中心的封建文化思想体系，建立以人为中心的资产阶级人文主义的文化思想体系。值得重视的是巴赫金从民间文化的角度对这个问题提出了一种令人感兴趣的新见解，他深刻指出，文艺复兴时期的文化思想家们接受古希腊罗马文化的过程是一个十分复杂和艰难的过程，因为即使在文艺复兴时代教会的意识和封建文化的影响仍然是强大的，古希腊罗马文化在许多情况下是“通过中世纪世界观的三棱镜”被接受的。因此，文艺复兴时期的文化思想家们如果仅仅是“通过个体思维探索或者对古代文献的书斋式的研究”，就没有足够的力量来克服中世纪的影响，就无法让古希腊罗马文化真正发扬光大，进而成为资产阶级反对封建的思想文化武器。因此，巴赫金特别强调，文艺复兴在接受古希腊罗马文化时，必须得到民间文化的支持，“真正的支持只能来自民间文化”。这是因为中世纪和文艺复兴时期的民间文化所体现的平等对话精神、更替和更新的精神是同中世纪的观念相对抗的，是同文艺复兴的观念相一致的。对此，巴赫金说：“狂欢节（再强调一次，在这个字眼的最广泛意义上）将意识从官方世界观的控制下解放出来，使得有可能按新的方式去看世界；没有恐惧，没有虔诚，彻底批判地，同时也没有虚无主义，而是积极的，因为它揭示了世界的丰富的物质开端、形成和交替，新事物的不可战胜及其永远的胜利，人民的不朽。要向哥特时代发起猛攻并形成新世界观的基础，这是强大的支持。”[1]

[1] [俄]巴赫金（M. M. Бахтин）《巴赫金全集》（第六卷），李兆林、夏忠宪等译，石家庄：河北教育出版社，1998，第318页。

同文艺复兴一样，“五四”新文化运动也是伟大的思想文化运动，它是在中国社会内部发生历史性变化的条件下，广泛接受外来文化而形成新的文化，它的矛头直指中国古代的封建文化，张扬的是人文精神，是科学精神和民主精神。同样，“五四”新文化的形成也是一个十分复杂和艰难的过程，它对旧文化的决裂和对西方文化的接受，都是历史的必然，但也出现了全盘否定传统文化的偏颇。事实上只有外来文化影响的民族化和民族传统文化的现代化，才能创造民族的新文化。在这个问题上，钟敬文和巴赫金一样，从自己的研究领域，从民间文化的角度，提出了十分独到和深刻的见解，显示出大家的理智和清醒。1989年，为了纪念五四运动七十周年，钟敬文写了《“五四”时期民俗文化学的兴起》[1]一文，他称五四运动为伟大的“历史母亲”，是自己的“启蒙老师”。同时，论文根据文化分层论，对五四运动对待传统文化的态度，提出一个十分独到和十分重要的观点，他认为不能笼统地说五四运动否定传统文化，而要弄清楚究竟否定的是哪个层面的文化，肯定的是哪个层面的文化。他说：“人们在

---

❶《北京师范大学学报》1989年第3期。

对待传统文化问题上，就存在着怎样对待传统文化中的不同层次的问题（不管对待者本人是否意识到）。具体一点说，他肯定或否定的是社会中哪一个层次的文化？是肯定或否定上层社会的文化呢？还是肯定或否定中、下层社会的文化呢？这结果和意义是有区别的。”[1]1999 年，他在《建立中国民俗学派》一书中又一次指出，“我在以前的一篇文章中说过，就传统文化而言，‘五四’对中国的传统文化，并不是全盘否定的，它打击得最严厉的，是上层文化。它对民族的通俗文化和下层文化，却是保护的和提倡的，这个区别我们要搞清楚”[2]。这里所说的通俗文化和下层文化就是钟敬文通常所说的中层文化（市民文化）和下层文化（民间文化），统称为民俗文化。具体来说，钟敬文认为“五四”在弘扬民俗文化方面做了四件重要的工作：一是热情扶植民众的口头活语言，白话升格和进行方言调查；二是赞扬口承文学，以顾颉刚、董作宾、钟敬文为代表的学者开展歌谣征集活动，创办《歌谣》周刊；三是使优秀的俗文学，优秀的通俗小说、戏曲登上文坛。首

---

[1] 钟敬文《民俗文化学：梗概与兴起》，北京：中华书局，1996，第 89 页。
[2] 钟敬文《建立中国民俗学派》，哈尔滨：黑龙江教育出版社，1999，第 16—17 页。

创新文化新文学的胡适一方面反对文言文，称之为死文学，另一方面又极力抬高通俗白话小说的地位。四是对作为民族文化的风俗习尚的勘测和探索，如当年著名的北京妙峰山庙会调查。所有这些弘扬民族中、下层文化，弘扬民俗文化的活动，钟敬文认为不是同五四运动的主流思想（民主主义）没有关系的，而恰好是"从另一方面对旧制度、旧伦理和旧文艺（正统文艺）的批判，是更基本的、积极的批判。因为这些新得宠的传统文化，是民族中、下层的文化，是正统的文化所排斥或认为不足挂齿的'低贱文化'"。[1]对中、下层文化的弘扬，从根本上讲是"五四"新文化运动的有机组成部分，它们所体现的反封建的民主主义精神，是同"五四"新文化运动的精神完全一致的，从这个意义上讲，同民间文化对文艺复兴运动的支持一样，弘扬传统的中、下层文化也是对五四运动强大的支持。

从巴赫金到钟敬文，他们关于文化转型期下层文化对新文化形成作用的精彩论述，在今天仍然具有现实意义。今天我们同样面临文化的转型，在当代文化中出现

---

[1] 钟敬文《民俗文化学：梗概与兴起》，北京：中华书局，1996，第135页。

了众声喧哗的局面，有精英文化和大众文化，有雅文化和俗文化，有上层文化和下层文化。在当代新文化的形成过程中，各种文化如何在互动中得到共同的提高，上层文化如何从下层文化中吸收营养，下层文化如何在上层文化影响下得到提升，特别是新文化的形成如何得到下层文化的激活和支持，在解决这些当代文化发展的重要课题时，巴赫金和钟敬文理论的和历史的论述都会给我们有益的启示。

三、东西方民间狂欢化文化

民间狂欢化文化的研究是巴赫金文化诗学研究的中心，也是他文化诗学研究独树一帜之处。巴赫金的狂欢化文化研究源于作家研究，他发现陀思妥耶夫斯基的小说是有别于一般独白小说的复调小说，拉伯雷的现实主义是有别于一般现实主义的怪诞现实主义。由此，他要寻找这类小说的文化根源，经过一番研究，他发现复调小说也好，怪诞的现实主义也好，都是源于古希腊罗马的狂欢体文学，而这种狂欢体文学又是源于民间狂欢节所体现的狂欢化文化。在狂欢节的研究中，巴赫金不仅注意到了狂欢节的外在形式，它的全民性和仪式性等，同时更关注狂欢节的内在精神，探究狂欢节所体现出来的千百年来民众伟大的世界感受——平等对话精神和更替更新精神。他认为这种精神具有生成的文本——狂欢体文学的力量，而且特别指出如果不了解欧洲的狂欢化文化，就很难全面了解欧洲文化史和欧洲文学史。

如果说就前面两个问题——文化语境和民间文化语境中的文学研究和多元、互动的整体文化观而言，钟敬文和巴赫金只是展开"不见面"的对话，因为当年钟敬文还没见过巴赫金关于那两个问题的论述，他们两人只能说是英雄所见略同。在民间狂欢化文化问题上，情况就不相同了，他们两人可以说是展开"面对面"的对话了。如前所述，钟敬文先生曾经主持过有关狂欢化诗学博士论文的答辩，也曾经在巴赫金中译六卷本的首发式上发表过《略谈巴赫金文学狂欢化思想》[1]的讲话。这样，我们就有可能就钟敬文和巴赫金有关狂欢化的思想进行比较研究。

[1] 钟敬文《建立中国民俗学派》，哈尔滨：黑龙江教育出版社，1999，第152—158页，本章以下引文皆出于此。

钟敬文作为一个具有国际声誉的民俗学家，在狂欢化文化研究问题上，最可贵之处就是他不简单地搬用和阐发巴赫金的思想，而是在巴赫金思想的启发下，对狂欢化提出自己独到的见解，并且结合中国狂欢化文化的特点，把问题的研究引向深入。

首先，钟敬文认为应当“全面了解狂欢的概念”，弄清楚这个概念的不同层面的含义。他认为狂欢化的概念的确可以用来解释人类一般精神生活和叙事文学中的某些特殊的现象。但他特别指出：“这个概念应该包含两个层次，即狂欢现象和狂欢化文学现象。当然，从人类精神现象看，它们是一个问题的两个侧面，在本质上是互有联系的。但就两者在社会生活中的地位和表现形式来讲，它们又属于两个不同的方面，彼此又是有所区别的。”

钟敬文提出的狂欢概念分层说是有理论意义的。他指出一切狂欢现象都是人类精神现象，它们之间互有联系，这是共性，普遍性，同时又指出不同的狂欢现象又有不同的内含和表现形式，这是个性，是特殊性。这个问题应当说巴赫金也注意到了，在他的专著中就出现了狂欢、狂欢式、狂欢化文学和意识形态狂欢等概念。

综合钟敬文和巴赫金有关狂欢概念分层说的观点，

狂欢可以细分为以下三个层面：

一是节日狂欢。这是就日常生活现象和人类精神现象而言，指的就是狂欢节，就是巴赫金所说的“第二种生活”。节日狂欢有一系列仪式、范畴和形式，它通过外在形式体现出一种内在精神——民众狂欢式的世界感受。

二是文学狂欢化。这是把狂欢式转为文学语言，也就是把狂欢节所体现的狂欢式的世界感受用艺术形象的语言表现出来。文学狂欢化更准确地说是指狂欢化的文学，或称狂欢体文学，它是就文体而言的，像古希腊罗马的梅尼普体文学，文艺复兴时期拉伯雷的小说，以及陀思妥耶夫斯基的复调小说等等。后来的一些作品严格说只是有狂欢化的因素，或者有狂欢化的描写，不能说是具有文体意义的狂欢体文学。

三是意识形态狂欢化。这就是巴赫金所说的要把狂欢节所体现的狂欢式的世界感受转移到高级的思想精神领域，在思想领域，在意识形态领域展开思想对话，反对思想独白。这种意识形态狂欢往往出现在社会转型时期和文化转型时期，这时原有的主流意识形态已经僵化，成为教条，失去活力，于是逐渐孕育的新的意识形态出现了，并且与旧的意识形态展开对话和交锋，出现众声喧哗的局面，出现多语现象和杂语现象，这个过程就是意识形态狂欢化。欧洲的文艺复兴时期就是意识形态狂欢化的时期，在这个时期新的世界观向中世纪旧的世界观发起猛烈的攻击，并最后形成新文艺复兴的世界观。在这个时期的意识形态领域，让人深深感受到一种狂欢化的氛围，一种民间节日广场自由的旋风。正如巴赫金所说的，“文艺复兴，可以说，这是对意识、世界观和文学的直接狂欢”❶。

其次，钟敬文认为中国的狂欢化文化现象同欧洲的狂欢化文化现象有共同之处，也有自己的民族特点。

虽然中国学术界在过去还不曾把“狂欢”一词作为学术术语加以使用，但钟敬文认为在中国文化史上，在中国民间文化中，狂欢现象的确存在，“像中国保留至今的民间社火和迎神赛会，其中一些比较主要的活动和民俗表演，就同世界性的狂欢活动，在一定程度上，具有一致性。在华北，这种民俗事象，近年还普遍存在，有的甚至比过去还红火”。

---

❶ [俄] 巴赫金（M. M. Бахтин）《巴赫金全集》（第六卷），李兆林、夏忠宪等译，石家庄：河北教育出版社，1998，第 317 页。

同时，钟敬文指出中国民间狂欢化文化“还有它一定的特殊之处”。这种“特殊之处”，他认为表现在两个方面：一是中国的民间狂欢“保存着宗教法术性质，它们与现实的崇拜信仰，依然有比较密切的关系”，二是中国民间狂欢含有复杂的文化因素，“还带有民间娱乐、民间商业等种种其他因素，从而构成中国这类活动的复杂内容，有学者把它概括为‘神、艺、货、祀’。”

尽管中国的民间狂欢化文化有自己的特色，钟敬文还是特别看重其中“那种与世界性狂欢活动相似的精神内涵”。这种狂欢的精神内涵一方面指的是通过狂欢表现出来的“心灵的欢乐和生命的激情”，一方面指的是把社会的一些事象颠倒过来看，对僵化的制度、秩序和规范进行嘲讽、抨击和反抗。钟敬文认为在中国狂欢文化中，在民间狂欢节日活动中，更突出地表现出一种抗争的精神，这种抗争精神既表现为反对扼杀人性的两性束缚，也表现为反对官方对百姓的欺压。

第一是对扼杀人性的两性束缚的抗争。中国封建统治有很长的历史，两性禁锢是比较厉害的，钟敬文说：“每逢狂欢的节令，这种禁锢就松弛了，甚至有时还可以冲破。拿我家乡广东来说，过去，在乡下，女子平时是不出门的，但到了元宵节，男女老少都出去了。这时有些浮荡子弟混杂在人群里面，做出一些不太规矩的举动，但总的说，平常很严厉的社会舆论这时就要宽松得多。”在日本，樱花节也是一种形式的狂欢，这时不少男子纵情欢乐，对于所遇见的女子偶有不太礼貌的言行或举止，一般也会被谅解。

第二是对官方欺压百姓的抗争。钟敬文举了两个生动的例子。一个例子叫“骂社火”。河南两个村子在社火期间，东西两个村子的村民隔河相骂，骂的内容是指责贪赃枉法、欺压百姓和奸淫偷盗等等。挨骂的一方除了讲事实，不能随便反驳。他认为“这就是群众对于平时压抑的意见的一种异常形态的宣泄，一种公开的社会批评”。另一个例子叫“闹春官”，华北某些地方社火期间要“闹春官”，这时老百姓要选举一个人做官，穿上官服，正像西方狂欢节百姓扮演国王，戴上皇冠一样。这个人在社火的几天内，要施展官方的权威，对百姓向他报告的各种冤情，当众进行审判。这种狂欢活动虽然时间极为短暂，但老百姓在特殊的时间和空间中，在狂欢化的时间和空间中，颠覆原有的制度、秩序和规范，表现了自己渴望自由平等的生活愿望和社会理想。正如巴赫金所说的，这体现了“几千年来全体民众的一种伟大的世界感受”。

狂欢化既是一种人类精神现象，也是一种文学现象，东西方的狂欢化现象有共同的精神内涵，同时又有各自的特色。如果能够通过文学文本的深入研究，来把握这些共性和特性，这对于我们了解东西方文化的共性和特性，了解东西方文学的共性和特性，是很有意义的。

四、对话的启示

通过钟敬文和巴赫就文化诗学问题的对话，给了我们许多启示，也大大增强了我们展开中外诗学对话的信心和勇气。以往在中外诗学对话中，人们往往感到底气不足，感到失语，现在可以自豪地说，中国一流的学者比起国外的一流学者来是毫不逊色的，他们完全可以同国外顶尖的学者平等地展开对话，在哲学社会科学领域也完全可以屹立于世界学术之林。

在对话之余，值得我们深思的是为什么许多人在哲学社会科学领域只能充当介绍外国理论的角色，无法同外国学者平等地展开真正的对话，而像钟敬文这样的老一代学者却有可能同外国学者平等地展开真正的对话。我认为关键在于对话的主体，在于对话主体的“才、胆、识、力”，在于对话主体的条件、立场和旨归。

首先是条件。

学术对话同生活对话一样，它的前提是承认差异，是对对方的尊重。你怎么让人尊重呢？怎么让人觉得值得同你对话呢？关键在于你得有实力，得有学识、视野和能力，得提得出问题来同人家对话。就文化诗学的研究而言，我们惊异地发现钟敬文和巴赫金在许多问题上都是有创见的，而且常常是“英雄所见略同”。究其原因就在于他们虽然研究的重点不同，切入点不同，研究方向不同，但都是几十年如一日孜孜不倦地进行研究，而且他们的研究是十分扎实的，是掌握了大量的第一手材料。唯其如此，他们所得出的结论才是有分量的，有原创性的，有价值的，也才有可能展开真正的对话。巴赫金如果不对中世纪和文艺复兴的民间文化以及它们同上层文化的关系进行十分系统和精细的研究，就不可能提出上层文化和下层文化互动的观点。钟敬文如果没有近一个世纪对中国民间文化的深入研究，对中国文化的整体了解和全面把握，就很难得出传统文化三层论（上层文化、中层文化和下层文化），很难深入地阐明社会历史转型期下层文化对上层文化的激活作用。通过钟敬文和巴赫金的对话，我们深切地感到中外诗学的对话绝不是靠几篇空洞的文章，空发一通议论所能奏效的。关键还是要在你所研究的领域潜下心来，像钟敬文先生那样几十年如一日，毫不懈怠，毫不动摇，毫不旁骛地钻到民俗学研究中去，这样才能拿出你的真正创见，才能拿出你的有理论震撼力的成果来同人家展开平等的对话，也才能得到人家的尊重。

其次是立场。

所谓的立场就是在文化对话中，在学术对话中，要保持自己文化的主体性，要坚持自己的主体立场。在文化交流和对话中，以往更多的是强调为了更好理解别人必须融于其中。巴赫金认为这种看法是片面的，他说："创造性的理解不排斥自身，不排斥自身在时间中所占的位置，不摒弃自己的文化，也不忘记任何东西。理解者针对他想创造性加以理解的东西而保持外位性，时间上、空间上、文化上的外位性，对理解来说是件了不起的事。”“在文化领域中，外位性是理解的最强大的推动力。”所谓的“外位性”就是文化的主体性，他认为“别人的文化只有在他人文化的眼中才能较为充分和深刻地揭示自己”[1]。事实上也是这样，只有文化对话的双方各自坚持自己的主体性，这样双方在对话和交锋中才能显现出自己深层的底蕴，也才能使不同的文化在对话和交锋中互相得到丰富和充实。

在这个问题上，钟敬文的观点同巴赫金完全一致。在中国民俗学的建设中，钟敬文多次反复强调要有强烈的主体性，要有民族意识。他一方面提出要学习外国先进的理论，认为“现代中国民俗学能够从中国传统学术中独立出来，一个不可否认的因素，是借助了当时的先进的外国理论的推动”。另一方面他又尖锐地指出，中国民俗学要自立，不能老是跟着外国人描红格子，中国民

---

[1] [俄] 巴赫金（M. M. Бахтин）《巴赫金全集》（第四卷），白春仁、晓河等译，石家庄：河北教育出版社，1998，第 370 页。

俗学不能成为外国民俗学的派出所。他指出，我们经济虽然不发达，但“也有自己的历史，有自己的文化独立性，尤其是有自己民俗文化的特点，这是我们应该牢牢记住的。在这个意义上说，中国民俗学是世界民俗学一个独立的组成部分，而不是别人学术的附庸”[1]。

第三是旨归。

所谓旨归就是对话的目的。对话本身不是目的，文化也好，诗学也好，我们不是为了交流而交流，为了对话而对话。巴赫金指出：“文化的主要任务就是教会你尊重他人的思想，并且同时保留自己的思想。”这就是说，对话不仅仅是要相互尊重，相互学习，更重要的是要在这个基础上根据本国文化的特点，本国诗学的特点，不断进行创新，建立具有本民族特色的文化，具有本民族特色的诗学。钟敬文在中国民俗学的建设中正是这样做的。基于近百年的中国民俗学学术积累，近年来他明确提出要建立中国民俗学派，要高高地举起中国民俗学派

[1] 钟敬文《建立中国民俗学派》，哈尔滨：黑龙江教育出版社，1999，第 13 页。

的旗帜。他说："所谓建立民俗学的中国学派，指的是中国的民俗学研究要从本民族的具体情况出发，进行符合民族民俗文化特点的学科理论和方法论的建设。"[1] 在这个问题上，我们深切感到钟敬文在学术对话中具有十分强烈的学术自觉意识和学术创新意识。所谓中国学派的旗帜就是学术自觉的旗帜，学术独立的旗帜，学术创新的旗帜。这是学术对话、诗学对话的真正旨归。

---

[1] 钟敬文《建立中国民俗学派》，哈尔滨：黑龙江教育出版社，1999，第4页。

第十章

巴赫金的诗学和俄罗斯民族文化精神

一、应当重视巴赫金诗学的本土渊源

文学、诗学都是文化的组成部分，一个民族的诗学也好，一个文论家的诗学也好，都是深深植根于本民族的文化传统，都要体现本民族的文化精神。巴赫金的诗学固然受到欧洲文化、欧洲哲学和欧洲诗学的深刻影响，但归根到底是同俄罗斯民族文化传统、同俄罗斯民族文化精神紧密联系的。国内外研究巴赫金的论著可谓汗牛充栋，但谈论这个问题的论著却有如凤毛麟角。其中我看到的只是王志耕的《宗教文化语境下的陀思妥耶夫斯基诗学》[1]中涉及这一问题，他的国家社科基金项目成果《俄罗斯民族文化语境下的巴赫金对话理论》[2]则有更为全面的论述。可见这个问题的研究是有难度的，是难于涉足的。

如前所述，巴赫金作为世界著名的思想家和文艺学家，具有宽阔的国际文化视野和深厚的欧洲文化素养，他的思想同欧洲哲学文化以及文学和诗学都有密切关系。如他的语言诗学是同欧洲语言哲学的大背景相联系的，他在梳理和批判以洪堡为代表的个人主义的、主观主义的语言学和以索绪尔为代表的抽象的、客观主义语言学的基础上，提出语言是一种社会历史现象、语言的本质是对话的看法，并试图建立以研究语言的对话关系为主要对象的“超语言学”，建立其独特的语言诗学。巴赫金的文化诗学研究，他对狂欢文化和笑文化的研究，也是同他对欧洲民间文化的研究密切相关的。他指出陀思妥耶夫斯基的复调小说是源于欧洲狂欢体的小说，而且梳

---

[1] 王志耕《宗教文化语境下的陀思妥耶夫斯基诗学》，北京：北京师范大学出版社，2003。

[2] 王志耕《俄罗斯民族文化语境下的巴赫金对话理论》，北京：商务印书馆，2021。

理了欧洲狂欢体小说从古希腊罗马的庄谐体到现代狂欢体小说的历史过程。显然，他如果没有对欧洲文化，特别是对欧洲民间狂欢文化的了解和研究，就很难对陀思妥耶夫斯基的小说，对拉伯雷的小说做出超越前人的深刻阐释，也就很难形成独具特色的巴赫金文化诗学。

巴赫金作为俄罗斯思想文化界的精英，虽然一生历经磨难，但始终热爱俄罗斯大地，始终同俄罗斯人民同甘苦共患难，他的诗学在深受欧洲哲学文化、欧洲文学、诗学影响的同时，更是深深植根于俄罗斯民族文化传统，植根于俄罗斯诗学传统。但要深入了解巴赫金同俄罗斯传统文化的关系却不是一件容易的事情。一方面既要深入了解巴赫金诗学的表现形式及其内在的精神，另一方面也要深入了解俄罗斯民族文化传统的表现形式及其内在精神。

巴赫金的诗学是一个整体，全面表现出巴赫金对文学艺术诸问题的看法，但这些看法又具体体现在语言诗学、体裁诗学、小说诗学、社会学诗学、历史诗学、文化诗学等诗学门类之中。要深入把握巴赫金诗学的意蕴，既要从具体的诗学门类入手，从诗学的种种表现形式入手，又要透过这些具体的诗学门类的研究，深入了解巴赫金诗学的内在精神。什么是巴赫金诗学的内在精神呢？它既包括巴赫金在复调小说研究和狂欢文化研究中所体现的对话精神，对人的价值和人在世界上存在方式的深入思考，也包括巴赫金在各种诗学门类研究中所体现的实证精神和历史主义精神。而巴赫金诗学研究中所体现的这种深厚的人文主义精神和科学主义精神，又是同俄罗斯民族传统文化精神紧紧相连的。

俄罗斯民族文化精神是一个整体，集中体现了俄罗斯民族的性格和文化素养，但这种民族文化精神又具体体现于俄罗斯文化的各个层面之中。一个时代的文化是一个整体，但它又是由各个层面的文化构成的。巴赫金把一个时代的文化分为上层文化和下层文化，并指出它们之间是互动的。中国著名民俗学家钟敬文也指出传统文化应分为上层（贵族）、中层（市民）和下层（民间），也指出三者是互动的。他们这些见解对我们理解巴赫金诗学和俄罗斯传统文化的关系有很高的理论价值。俄罗斯传统文化是一个复杂的综合体，既包括这些年大家津津乐道的东正教文化，也应当包括俄罗斯民间文化，包括俄罗斯知识界的民主主义文化。这些文化互有区别，甚至有对立的方面，但它们又是相互联系和相互作用的，共同体现了俄罗斯固有的民族文化精神。研究巴赫金诗学同俄罗斯传统文化关系时，既要从整体上加以把握，又要从各个层面加以展开。具体来说，可以分为巴赫金诗学和俄罗斯宗教文化传统，巴赫金诗学和俄罗斯民间文化传统，巴赫金诗学和俄罗斯文艺学传统三个主要的方面。

二、巴赫金诗学和俄罗斯宗教文化的关系[1]

俄罗斯民族是一个具有强烈宗教意识的民族，浓烈的宗教情怀是俄罗斯文化的一个重要特征。俄罗斯文化的各个领域都深深打上宗教的烙印，别尔嘉耶夫说“俄国人民的灵魂是由东正教教会培育的，它具有纯粹的宗教形式。这种宗教形式一直保存到现代，保存到俄国虚无主义者和共产主义者的身上”[2]。几百年来，俄国的文化，从文学到艺术，从哲学到伦理学，无不受到宗教文化的深刻影响。巴赫金作为俄国知识界的精英，他的哲

❶ 这部分的论述参考了王志耕《俄罗斯民族文化语境中的巴赫金对话理论》中的观点。

❷ Бердяев Н. А. Истоки и смысл русского коммунизма. М.: Наука, 1990, с . 8.

学思想，他的对话理论，以及在此基础上产生的诗学思想，也都带有俄罗斯宗教文化精神的影响，俄罗斯东正教精神的影响。要深入理解巴赫金的诗学，这两者之间的关系是无法回避的。

巴赫金诗学和俄罗斯宗教文化的关系是一个相当复杂的问题，要理解这种关系，需要弄清两个问题，一个是巴赫金与东正教的关系，一个是东正教的教义和东正教文化精神的关系。

在有些西方学者看来，巴赫金就是一个基督徒，或者东正教的思想家和理论家，这些说法自有其一定的道理。巴赫金虽然从未表明他是一个东正教徒，但他同东正教思想有过密切的接触。1907 年，他曾参加彼得堡宗教哲学协会，参加这个协会的有罗扎诺夫、梅列日科夫斯基、别尔嘉耶夫等人，他们是俄罗斯 19 世纪末 20 世纪初宗教复兴运动的中坚力量。这个协会旨在探讨宗教对于俄国社会的出路的意义。十月革命后，巴赫金继续参加各种带有宗教色彩的小组，如“圣索菲亚兄弟会”、“萨罗夫的圣谢拉菲兄弟会”、“基督与自由”小组、“复活”小组等。而且巴赫金最后被逮捕、流放也与参加这些组织有关联。

另一方面，在探讨巴赫金诗学与俄罗斯宗教文化的关系时，必须把宗教迷信和宗教文化区分开来。宗教作为一种迷信是不可取的，神灵崇拜是一种迷信，但宗教，尤其是基督教，不是一个单纯的拜神行为或拜神文化，在长期的历史发展过程中，它形成了一种丰富的精神文化，它所体现的文化精神具有多方面的思想价值。当年，别林斯基在《给果戈理的信》（1847）中，一方面谴责作为专制制度帮凶的教会机构，另一方面并没有否定宗教本身，他指出："基督第一个向人们传播自由、平等、博爱的教义，并且通过殉教精神印证了和巩固了他的教义的真实性。这种教义只有在教会还没有举办起来，并且还没有当作正统精神原则的基础的时候，它才是人类的救星。"他还深刻指出："迷信会跟着文明的成就而消失，可是笃信宗教则是要和他们长久相伴。"[1] 这种宗教精神的指向就是"凡是看到别人的痛苦，他也感到痛苦，看到和他不同的人受到压迫而感同身受"[2]，从这里看出，别林斯基要否定的是维护专制制度的教会，而对宗教教义中

---

[1] [俄] 别林斯基（В. Г. Белинский）《给果戈理的信》，见《别林斯基选集》（第六卷），辛未艾译，上海：上海译文出版社，2006，第 467—468 页。

[2] 同上，第 473 页。

所体现的宗教文化精神并没有一概加以否定。

从以上的分析来看，巴赫金并不是一个真正意义上的东正教教徒，他所感兴趣的并不是东正教的教义，而是东正教所体现的宗教文化精神。正如美国学者克拉克和霍奎斯特所说的，“巴赫金的东正教神学不是一般神学校里的神学，而是有高度教养的知识分子的神学。事实上，他更感兴趣的不是宗教，而是宗教哲学。”[1] 我们需要进一步探讨的是巴赫金的哲学思想，巴赫金的诗学思想，以及这些思想与俄罗斯宗教文化精神存在什么关系。

巴赫金的哲学是一种对话哲学，而巴赫金的诗学思想，他的复调理论、狂欢化理论也是建立在对话哲学的基础上的。巴赫金通过对陀思妥耶夫斯基创作和其他俄罗斯作家创作的研究，建构了他的对话哲学的“我—他”关系，以及审美活动中的“作者—人物”关系，打破了传统的认识论哲学和美学所确立的主体论模式，在哲学领域和美学、文艺学领域开启了一场革命。这一切都是众所周知的，问题是巴赫金这种哲学思想和文艺学美学

---

[1] [美]克拉克（Katerina Clark）、[美]霍奎斯特（Michael Holquist）《米哈伊尔·巴赫金》，语冰译，北京：中国人民大学出版社，1992，第163页。

思想同俄罗斯东正教文化之间存在什么关系。克拉克和霍奎斯特在这个问题上曾做过一番探讨："在神学，这永远是一个本体论的整合化问题。谁应对行动负责，是上帝的律法，还是人的意志，这个问题在那些高扬个体自力意志的基督教派别那里尤其严峻。如俄国东正教。我正在做的行为是我自由意志的实行，还是仅仅在表现一个巨大运动的某个环节，这个运动的整体体现了一个更高的、超出个人的计划？……所有这些问题的核心是一种周而复始的二极对立，一极是个人性，另一极是无人称的力量。这二极在这些彼此相异的话语中，获得了不同的称谓。但在所有场合，实际上都指一种冲突，一方是对自己行动负责的纯粹的自我，一方是总被看作因果性根源的无人称的他者。这些自我 / 他者的关系或创作者 / 人物的关系是一切宗教体系的首要问题，这暗示了宗教在巴赫金思想中的位置。他受到基督教的强烈影响。但像通常一样，在巴赫金那里，这种影响是间接的，因而难以精确地测定。他在这个领域的思想主要是一种宗教哲学，而不是一种设定先天信仰的神学。”[1]这两位学者虽然认为难以确定巴赫金思想和俄罗斯东正教文化之间的关系，但明确指出两者之间是有关系的，并且从“自我–他人”关系和“创作者–人物”的关系的角度指明思考问题的方向。

如果从“自我–他人”“创作者–人物”的角度来探究巴赫金哲学思想和诗学思想同东正教思想的关系，人们自然会想到东正教的人学思想。基督教的人学思想的一个核心内容是“人的上帝形象和上帝类似，以及上帝的人化”。[2]在西部教会思想家，即天主教思想创立者们的神学阐述中，人更多地是以身负原罪的形象被理解，而在东方教父的思想中，人则更多地是以“神性”（Божество）携带者形象被理解。在东正教思想中，虽然也承认人的原罪，但却淡化了原罪的内容而强化了人的神性的内容。他们认为上帝在其造物中特别垂顾于人，

---

[1] [美] 克拉克（Katerina Clark）、[美] 霍奎斯特（Michael Holquist）《米哈伊尔·巴赫金》，语冰译，北京：中国人民大学出版社，1992，第 109 — 110 页。

[2] Бердяев Н.А. Русская Идея. // О России и русской философской культуре, М.: Наука, 1990, с .127.

因为他是按照自己的形象来造人，因而人具有造物主本性的形象。在世间所有造物中，只有人是照着神的形象、按照神的样式造成的，人类在某种意义上说成为神的种类。其结果是通过人对神性的获得，通过“道成肉身”使人与基督形成同在关系，基督通过人而显现，而人通过基督而实现其神性。原来上帝与人的“主－客”型的“我－他”关系就这样变成了“主－主”型的“我－他”关系。从叙事结构上说，就形成了人与基督的平等模式，即互为实现的模式。在巴赫金的对话理论、复调理论中，我们就可以看到这种结构模式。巴赫金指出，在陀思妥耶夫斯基那里，人物和作者是平等的，作者失去了绝对的创造主体的地位，人物获得了充分表达个人立场的自由。“作者像普罗米修斯一样，创造着（确切说是‘再造’）独立于自身之外的有生命的东西，他与这些再造的东西处于平等的地位。作者无力完成它们，因为他揭示了是什么使个人区别于一切非个人的东西。对于这一个人，存在是无能为力的。”[1] 也就是说，作品中的人物像借

[1] [俄] 巴赫金（M. M. Бахтин）《巴赫金全集》（第五卷），白春仁、顾亚铃译，石家庄：河北教育出版社，1998，第 374 页。

由基督下降而自身得以提升的人，具有了神的属性。此时的主人公，“是具有充分价值的言论的载体，而不是默不作声的哑巴，不只是作者语言讲述的对象。作者构思主人公，就是构思主人公的议论。所以，作者关于主人公的议论，也便是关于议论的议论。作者的议论是针对主人公的，亦即是针对主人公的议论的，因此，对主人公便采取一种对话的态度。”❶

三、巴赫金诗学和俄罗斯民间文化传统

巴赫金诗学的一大特点是从文化的角度，特别是从民间文化的角度来研究文学，他深刻揭示民间文化同上层文学深刻的内在联系，民间文化对上层作家创作的深刻影响。从这个角度出发，他尖锐批评欧洲传统文艺学（诗学）、现代文艺学（诗学）的一大不足，那就是只概括上层作家的创作，没有能够反映民间的文化现象，没有能够深入揭示真正决定作家创作的强大而深刻的民间

❶ [俄]巴赫金（M. M. Бахтин）《巴赫金全集》（第五卷），白春仁、顾亚铃译，石家庄：河北教育出版社，1998，第84页。

文化潮流，因此，巴赫金主张诗学应当植根于民间文化。

在《弗朗索瓦·拉伯雷的创作与中世纪和文艺复兴时期的民间文化》（1940）的导言中，巴赫金指出，民间笑文化“始终没有成为稍许认真和深刻的文化史研究、民间创作研究和文艺学研究的对象”。尤其糟糕的是，“民间诙谐的独特本性完全被曲解”，人们仅仅运用与其完全格格不入的近代美学概念套用于它。❶

在《拉伯雷与果戈理——论语言艺术与民间的笑文化》（1940）一文中，巴赫金明确指出：“现代文艺学的一个主要不足，在于它企图把包括文艺复兴时期在内的整个文学全纳入到官方文化的框架内。其实，拉伯雷的作品只有放到民间文化的巨流中才能真正地理解。民间文化在其发展的所有阶段上，都是同官方文化相对立的，并形成了自己看待世界的独特观点和形象反映世界的独特形式。”❷

在《〈拉伯雷〉的补充与修改》（1944）一文中，巴赫金更是尖锐批评“欧洲的文学理论（诗学），是在很狭

❶ [俄]巴赫金（M. M. Бахтин）《巴赫金全集》（第六卷），李兆林、夏忠宪等译，石家庄：河北教育出版社，1998，第4页。

❷ [俄]巴赫金（M. M. Бахтин）《巴赫金全集》（第五卷），白春仁、晓河等译，石家庄：河北教育出版社，1998，第6页。

窄、很有限的文学现象的材料上产生和发展起来的”[1]，因为它只反映社会稳定时期的官方化了的上层文学现象，没有能够反映社会变革时期和社会转折时期的渗透了民间文化的文学现象。

巴赫金到了晚年，对文学和文化的关系、文艺学和文化史的关系，特别是文艺学和民间文化潮流的关系作了系统和更深刻的思考。他提出要“在一个时代整个文化的有区分的统一体中来理解文学现象”，提出“文艺学应与文化史建立更紧密的联系”，指出文学研究不能归结为文学流派的表面斗争和报刊上的喧闹，而要深入揭示“那些真正决定作家创作的强大而深刻的文化潮流（特别是底层的民间的潮流）”。[2]

巴赫金的诗学研究正因为具备了关注民间文化的独特的学术立场和学术视角，当众多文艺学家为陀思妥耶夫斯基创作的复杂思想而争论不休时，他才能独辟蹊径，从民间狂欢文化的角度揭示出作家复调小说的艺术特征

❶ [俄]巴赫金（M. M. Бахтин）《巴赫金全集》（第六卷），李兆林、夏忠宪等译，石家庄：河北教育出版社，1998，第578页。

❷ [俄]巴赫金（M. M. Бахтин）《巴赫金全集》（第四卷），白春仁、晓河等译，石家庄：河北教育出版社，1998，第363—366页。

和艺术创新。也正是因为具备了关注民间文化的独特的学术立场和学术视角，当无数文学批评家对拉伯雷的创作感到困惑不解时，他才能独具匠心地从中世纪和文艺复兴时期的民间笑文化的角度，揭示拉伯雷怪诞现实主义的美学特征及其同民间笑文化的内在联系，揭示出拉伯雷创作的奥秘。可以说，民间文化的立场和视角是巴赫金打开两位作家创作宝库的一把金钥匙。

我们可以看到作为巴赫金诗学的重要理论——狂欢化理论，主要就是从民间狂欢节仪式上得到启发的，他的理论是对民间文化的概括和提升。从他的论述来看，他主要是从欧洲狂欢节传统上寻找源头，主要是阐述欧洲民间的狂欢文化传统，但这种情况并不等于巴赫金对俄罗斯民间文化不了解，不等于巴赫金的狂欢化诗学同俄罗斯民间文化没有关系。相反，他十分熟悉俄罗斯民间节庆活动，十分了解俄罗斯民间文化，也非常关注俄罗斯作家同俄罗斯民间文化的关系。

巴赫金在为《弗朗索瓦·拉伯雷的创作与中世纪和文艺复兴时期的民间文化》一书所写的《〈拉伯雷〉的补充与修改》中就谈到，“在伟大转折的时代，在对真理重新评价和更替的时代，整个生活在一定意义上都具有了狂欢性：官方世界的边界在缩小，它自己失去了严厉和信心，而广场的边界却得以扩展，广场的气氛开始四处弥漫”。其中他谈到伊凡雷帝在与封建主义等现象作斗争，摧毁旧的国家政治、社会、道德基础时，“不可能不受到民间节庆广场形式的重要影响。这些形式嘲笑旧道理、旧权势，运用一整套方法，如滑稽改编、等级的重组（翻了个）、脱冕和降格。伊凡雷帝没有停止教堂的钟声，但他也不能不利用小丑的铃铛声”。他指出这种现象在彼得大帝的时代表现得更鲜明，“小丑的铃铛声在这里完全淹没了钟声（与伊凡雷帝不同，彼得大帝对教堂钟声不仅冷淡，而且敌视）。问题还不仅在于彼得大帝广泛培植了愚人节形式，愚人节的脱冕和诙谐地加冕直接闯入了国家生活（滑稽的和严肃的知识与权势几乎完全融为一体），而且又产生了新的事物并渗透到生活之中……在其后的改革进程中，一系列上述的因素与笑谑滑稽及脱冕因素交织在一起……”[1]

巴赫金在《拉伯雷与果戈理——论语言艺术与民间

[1] ［俄］巴赫金（M. M. Бахтин）《巴赫金全集》（第六卷），李兆林、夏忠宪等译，石家庄：河北教育出版社，1998，第 588—589 页。

的笑文化》中，更是具体论述了果戈理的创作和俄罗斯本土民间笑文化的关系，他明确指出："果戈理的笑谑问题，只有在研究民间笑文化的基础上才能正确地提出和解决。"❶在他看来，果戈理的作品中的笑"同拉伯雷无关，而是来源于同家乡土壤上民间节庆形式的关系"❷。在《狄康卡近乡夜话》中，多数故事都是用果戈理十分熟悉的乌克兰民间节庆生活和集市生活组织起来的，而这些节庆活动本身的题材、悠闲快乐的节庆气氛，决定了这些故事的情节、形象和语调。巴赫金认为这些故事里的生活具有节庆狂欢的性质，人们好像在过着第二种生活，其中种种换装、脱冕起着巨大作用。"这些作品中的果戈理之笑，是纯粹的民间节庆之笑。这笑带有两重性，而且是自发的物质性的笑。果戈理之笑的这一民间基础，尽管后来发生了重要的演变，却一直保持到最后。"❸不仅仅是《狄康卡近乡夜话》，巴赫金指出，在果戈理的创作中，我们几乎可以找到民间节庆文化的所有因素，

❶ [俄]巴赫金（M. M. Бахтин）《巴赫金全集》（第四卷），白春仁、晓河等译，石家庄：河北教育出版社，1998，第18页。

❷ 同上，第7页。

❸ 同上，第7页。

都可以找到狂欢节的世界感受，找到狂欢节所体现的平等精神、变更精神和理想精神。此外，在《塔拉斯·布尔巴》中，作家通过欢乐勇士、流血殴斗和饮宴的夸张描写，对自由谢奇的独特制度和生活的描写，可以看到“民间节庆上那种乌托邦主义的深刻影响”。在《鼻子》中，那个夸张的鼻子，极力想独立生活的鼻子，以及这个鼻子的主题，是“果戈理从我们俄国的普里奇涅拉戏台上，从彼特卢什卡戏台上找到的”，都是“同民间滑稽的直接影响结合到了一起”。而《死魂灵》所依赖的基础，“是欢快地（狂欢般地）游历地狱、漫游死亡国度的形式”，“《死魂灵》的世界，是欢快的地狱世界。……细心的分析可以在这里揭示出许多狂欢地狱的传统因素，世上底层和躯体下部的传统因素。”[1] 总之，巴赫金认为果戈理的笑是积极的、美好的、崇高的，果戈理的怪诞是要否定永恒的、僵化的规范，而这一切又都是俄罗斯民间节庆形式所体现的俄罗斯民间文化土壤所培育的。

---

[1] [俄] 巴赫金（M. M. Бахтин）《巴赫金全集》（第四卷），白春仁、晓河等译，石家庄：河北教育出版社，1998，第9—10页。

四、巴赫金诗学和俄罗斯文艺学传统

俄罗斯的文艺学在很大程度上体现了俄罗斯民族文化精神，巴赫金的诗学也深受俄罗斯文艺学传统的影响。

俄罗斯文艺学从17—18世纪形成，到19世纪和20世纪的发展，有着悠久的历史和深厚的传统，它既包含我们以往熟知的以别林斯基、车尔尼雪夫斯基、杜勃罗留波夫为代表的革命民主主义美学和文学批评，也包括普希金、屠格涅夫、陀思妥耶夫斯基、托尔斯泰等一系列作家来自创作实践的文学理论和文学批评，包括以往人们不太了解的19世纪末20世纪初的俄国学院派的文艺学，当然还有马克思主义的文艺学。俄罗斯文艺学这些流派虽然有各自的历史内容、各自的理论主张和理论特色，但都有一些共同的特点，它们都在相当程度上体现了俄罗斯民族文化精神。其中，俄罗斯文艺学所固有的对社会的关怀和社会批判激情，就是同俄罗斯民族长期受农奴制压迫和俄罗斯民族具有浓厚的宗教情怀相联系的。而俄罗斯文艺学所固有的历史主义传统，也是同俄罗斯民族意识的高涨相联系。随着俄罗斯民族意识的高涨，要求文学摆脱本体论的束缚，要求把文学现象和文学问题放到一定的社会历史环境中加以考察，把文学理解为民族历史生活的反映，要求文艺学着重研究文学所体现的民族社会生活和民族自我意识。

应当说，巴赫金的诗学显然受到了体现俄罗斯民族文化传统的各种俄罗斯诗学流派的影响。他对各种流派的观点十分熟悉，比如，他晚年在谈到伟大的作品总是活在世世代代之中，总要在其身后的生存中不断充实新的意义、新的含义时，就特别提到，“别林斯基在世时就曾谈到，每一时代总能在过去的伟大作品中发现某种新东西。”[1] 但从目前所了解的和所掌握的情况来看，巴赫金的诗学更多的是受以维谢洛夫斯基为代表的俄罗斯学院派文艺学的影响。

俄国文艺学学院派形成于19世纪中期，到20世纪依然十分活跃。它包括神话学派、文化历史学派、比较历史学派和心理学派等四大学派。各学派的代表人物都是教授或院士，故称学院派。他们在文艺学研究中重视吸收欧洲社会科学和自然科学的新成就，大胆革新文学

[1] [俄] 巴赫金（M. M. Бахтин）《巴赫金全集》（第四卷），白春仁、晓河等译，石家庄：河北教育出版社，1998，第367页。

观念和文学研究方法。其中以维谢洛夫斯基为代表的比较历史学派是最有国际影响的学派。维谢洛夫斯基运用比较历史方法研究文学的发展规律，创建了历史诗学；他继承了学院派中的历史文化学派的合理因素，把文学看成是民族社会历史生活的反映，认为必须到社会文化史中去寻找理解文学史的钥匙。同时，又指出历史文化学派的局限是忽视文学的特殊性，把文学融于社会思想文化之中。针对历史文化学派的不足，维谢洛夫斯基提出研究文学发展要关注艺术形式和艺术形式的变化，把研究艺术形式变化的规律视为首要任务。他认为艺术形式的变化取决于内容，即人类的观念和情感，而观念和情感是通过艺术形式表现出来的，当新的内容出现时，就会引起形式的变化，文学发展就是在内容和形式这种不断交替变化中进行的。在这种思想指导下，他展开历史诗学的研究，认为历史诗学研究的对象和中心是“诗学意识及其形式的演变”。他运用比较历史的方法研究各种文学样式、文学形式和文学表现手段的历史形成过程，其中包括文学体裁的演变、情节史和修饰语史等。他的这种历史诗学研究，归根到底是力图“从诗歌的历史中阐明它的本质”，[1]是从文学的发展中阐明文学理论问题，将诗学理论研究同文学史研究有机地结合起来。

巴赫金对俄罗斯文艺学学院派的学术传统，特别是对维谢洛夫斯基的学术传统，给予高度的评价，并且从中吸收养分。他在1970年《答〈新世界〉编辑部问》中谈到文学理论的现状和不足时，特别强调要继承以“才华出众”的维谢洛夫斯基等人为代表的“高水平的学术传统”。在指出文艺学应当与文化史建立更紧密的联系时，他特别称赞维谢洛夫斯基等人“那种广阔的文化视野”，认为当代文艺学所存在的狭隘的专业化倾向是同他们所代表的优秀的学术传统格格不入的。[2]如果认真阅读巴赫金的著作，我们会发现他不止一次提到维谢洛夫斯基的学术见解，并且给予高度评价。在研究社会学诗学时，巴赫金指出，社会学诗学应当有明确的历史方向，而维谢洛夫斯基的《修饰语简史》“为社会学诗学的概括

---

[1] [俄]维谢洛夫斯基（А. Н. Веселовский）《历史诗学》，刘宁译，天津：百花文艺出版社，2003，第30页。

[2] [俄]巴赫金（М. М. Бахтин）《巴赫金全集》（第四卷），白春仁、晓河等译，石家庄：河北教育出版社，1998，第363—365页。

性和综合性的定义准备了历史远景”。[1] 在评论俄国形式主义学派时，巴赫金指出形式主义从维谢洛夫斯基那里吸收了“有价值的东西”，但他们把文学发展仅仅归结为形式的组合，“把思想内容的因素排除在外”。[2] 他认为维谢洛夫斯基是一个“重要的独树一帜的人物”，“他的许多方面尚未完成的著作至今还没有得到人们的足够的理解，总的说来，还没有起到我们认为应起的作用。形式主义者几乎没有与他进行论战。他们更多地是向他学习。但他们并没有成为他的事业的继承人。”[3] 在研究文化诗学以及拉伯雷的创作时，巴赫金高度评价维谢洛夫斯基研究拉伯雷的论文《拉伯雷及其长篇小说》，认为论文“对于他那个时代（1878）而言，具有绝对的学术意义”[4]。他认为维谢洛夫斯基“关于小丑是另一种，非封建主的、非官方的真理的体现者的论点是正确的”[5]，对维谢洛夫斯

---

❶ [俄]巴赫金（M. M. Бахтин）《巴赫金全集》（第二卷），李辉凡、张捷等译，石家庄：河北教育出版社，1998，第148页。

❷ 同上，第66页。

❸ 同上，第179页。

❹ [俄]巴赫金（M. M. Бахтин）《巴赫金全集》（第六卷），李兆林、夏忠宪等译，石家庄：河北教育出版社，1998，第156页。

❺ 同上，第108页。

基在民间诙谐文化背景中研究拉伯雷创作的立场给予充分肯定。当然，他也适时地指出了维谢洛夫斯基研究中的不足。总的来说，维谢洛夫斯基对巴赫金诗学的影响是深刻的，其中包括对艺术形式研究的重视，对文学研究中文化背景的重视，以及对文学研究的实证精神和历史主义精神的肯定，这一切在巴赫金各种诗学的研究中都可以清晰看到，巴赫金可以说是维谢洛夫斯基优秀学术传统的创造性的继承人，是俄罗斯文艺学优秀学术传统的创造性的继承人。

第十一章

跨文化语境中蝶变的俄罗斯形式结构诗学
——从什克洛夫斯基、雅各布森到洛特曼

20世纪初，以什克洛夫斯基（Виктор Борисович Шкловский，1893—1984）为代表的俄国形式主义诗学是在跨文化语境中产生的，它既受到西方哲学和语言学的影响，又植根于俄罗斯本土的诗学，是“本土挑战的本土反应”。

俄国形式主义的另一个代表人物雅各布森（Roman Osipovich Jakobson，1896—1982）在20世纪20年代离开了俄国，先后到了捷克和美国，在西方文化思想的影响下发展了形式主义诗学，形成了独特的结构诗学。1956年起他又开始往返苏联参加国际学术讨论会，他不仅影响了西方的结构诗学，也影响了俄罗斯结构诗学，他是俄罗斯诗学和西方诗学对话的桥梁。

20世纪60—70年代，俄罗斯结构诗学的代表人物洛特曼继承了俄国形式主义诗学又克服其不足，同时从西方结构主义、从雅各布森那里吸收营养，最后在俄罗斯诗学历史主义传统的基础上，形成了结构与历史相结合的独特的俄罗斯结构诗学。

从什克洛夫斯基的形式主义诗学，到雅各布森的结构诗学，再回到具有俄罗斯特色的洛特曼结构诗学，一种诗学思潮几十年间在不同的文化语境中兜兜转转，得到不断创新和发展。这种美妙的跨文化诗学对话景象，为我们的跨文化诗学研究提供了难得的研究对象和理论阐释空间。

一、以什克洛夫斯基为代表的俄国形式主义诗学既受欧洲哲学、语言学影响，又是俄罗斯诗学“本土挑战的本土反应”

俄国形式主义是20世纪初在俄罗斯出现的一种批评流派，它的代表人物什克洛夫斯基和雅各布森等人强调文学的特性，致力于建立独立自主的文学科学。他们强调文学自身特性，强调文学的自主性，忽视文学同社会生活、同意识的关系；他们把艺术形式、艺术手法提高到本体地位，忽视形式和内容的辩证关系；他们突出从语言诗学角度研究诗学，把诗学研究和语言学研究紧紧结合起来；他们在艺术发展问题上，认为文学史是形式辩证自然的历史，用自律文学史代替他律文学史。形式主义诗学尽管在理论上存在明显的弱点，但他们对艺术特性、艺术形式的重视，他们试图建立自主的文学科学的努力，却对20世纪俄罗斯诗学的发展，乃至对20世纪世界诗学的发展都产生重大影响，西方认为俄国形式主义是“20世纪文论的开端”（伊格尔顿 Terry Eagleton，1943—　）、“批评之革命”（詹明信 Fredric Jameson，1934—　）。

关于俄国形式主义组织情况、代表人物，俄国形式主义主要文学观点，他们关于“文学性”“陌生化”的论述，他们的诗歌理论和小说理论，以及形式主义对20世纪俄罗斯诗学和世界诗学的影响，我已有专文介绍[1]，这

[1] 程正民《历史地看待俄国形式主义》，《俄罗斯文艺》2013年第1期，第26—34页。

里主要从跨文化诗学的角度，谈谈它同西方哲学、语言学的关系，同俄罗斯民族文化传统和诗学传统的关系，看看它如何对本土挑战作出本土反应。

从19世纪到20世纪初，以普列汉诺夫为代表的俄国马克思主义社会学开始崛起，十月革命后在俄国文艺学中占有称霸天下的统治地位。在这样一个历史时期，这样一个国度，为什么同时还会出现一个只讲形式、语言、手法，不讲社会历史文化语境的形式主义流派，并且在国内外产生重大影响，人们往往百思不得其解。应当看到，俄国形式主义的产生是一种历史文化现象，必须从跨文化的角度，从国内外的历史文化背景和诗学背景中加以理解。

关于俄国形式主义产生的历史背景和理论背景有很多说法，其中普遍认为俄国形式主义是源于西方哲学美学思潮，源于索绪尔的语言学和胡塞尔（Edmund Gustav Albrecht Husserl，1859—1938）的现象学。这种看法自有其道理，但不够全面，也不完全符合历史实际。因为一种理论流派的产生固然有外部因素，但外部因素通过内部因素起作用，本土因素是起决定作用的。它往往是有着本土的针对性，往往是本土理论的继承和反拨，是本土创作经验的理论概括。

俄国形式主义的产生总的来说是同西方 19 世纪末 20 世纪初现代主义文艺的发展，同 20 世纪西方哲学美学思潮的变化有密切的联系。西方哲学美学思潮此时由自上而下走向自下而上，走向实证主义和科学主义，给俄国形式主义深刻的影响。具体来说，索绪尔从外部语言学转向内部语言学，把语言看成是一种独立的体系和结构，看成是一种自足体的观点，对俄国形式主义的影响是很明显的。有许多学者也都指出了这一点。此外，胡塞尔的现象学反对理论假定，强调对客观事实采取实证主义的态度，主张对事实承诺不对理论承诺，也影响了俄国形式主义的研究志向。

西方哲学美学思潮对俄国形式主义的影响是毋庸置疑的，但诚如美国学者厄利希（Victor Erlich，1914—2007）所言，俄国形式主义归根结底是“本土挑战的本土反应”[1]。它对俄国本土的文艺思潮有继承，有反拨，同俄国本土的创作实践有血肉的联系。在 19 世纪末和 20

[1] [美] 厄利希（Victor Erlich）《俄国形式主义：历史与学说》，张冰译，北京：商务印书馆，2017，第 414 页。

世纪初，对俄国形式主义的产生有重大影响的文学流派有俄国文艺学的学院派、象征主义和未来主义，它们是俄国形式主义产生的本土理论创作背景和渊源。

俄国文艺学的学院派是俄国19世纪后半期产生的重要的文艺学流派，它包括神话学派、历史文化学派、心理学派和历史比较学派四大学派，因为各学派的代表人物都是教授，故称学院派，其中对俄国形式主义产生有重要影响的是波捷勃尼亚（Александр Афанасьевич Потебня，1835—1891）和维谢洛夫斯基这两个人物。什克洛夫斯基的论文《艺术作为手法》中，否定了波捷勃尼亚关于艺术是通过形象认识生活的观点。其实这只是问题的一个方面。事实上，波捷勃尼亚在《思想和语言》一书中关于思想和语言关系的论述，关于诗歌语言的论述都非常精彩。他认为“诗歌和散文都是一种语言现象”[1]，语言和思维存在不适应的状况，思维本身有一种想要征服语言的倾向，想要把语言贬低为侍女的地位，如限制语言的功能，使它只起指称的作用。而另一方面，

[1] Потебня А. А. Мысль и язык. // Эстетика и поэтика. М.: «Искусство», 1976, с. 193.

语言竭力想夺取语言符号最高的自主地位，以便实现自身复杂的语义结构所包含的全部潜能和丰富内涵。诗歌正是由此才引起人们的注意，在诗歌中，语言想要摆脱思想的专制而获得解放的“理想”才获得彻底实现。从这个角度看，诗歌语言是最富于创造性的语言。波捷勃尼亚关于诗歌创作是词语的解放，是词语潜在的复杂能量获得解放的观点，可以说是俄国形式主义思考诗歌语言自主性的前兆。学院派对俄国形式主义有更重要影响的人物当推维谢洛夫斯基。他不满意文化历史学派把文学史写成文化史、教育史、社会思想史，把文学作品只当成说明文化史、教育史、社会思想史的文献资料，反对把文学史变成各种学科都去“猎奇”的无主之地，模糊了它们之间的界限，在历史诗学的研究中，强调文学史要研究“诗的意识及其形式的演变”，历史诗学要“从诗歌的历史中阐明它的本质”[1]。俄国形式主义从维谢洛夫斯基历史诗学的研究中获得许多宝贵的启示。例如把“母题”视为“最简单的叙事单位”，把“情节”视为

[1] [俄]维谢洛夫斯基（А. Н. Веселовский）《历史诗学》，刘宁译，天津：百花文艺出版社，2003，第30页。

"母题之连接"的综合，把情节当作一种布局而非纯主题范畴，等等。维谢洛夫斯基对文艺学和文学史疆界的维护，对艺术形式的高度重视，使年轻的俄国形式主义者受到启发和鼓舞。

对形式主义产生有重要影响的另一个流派是象征主义。俄国象征主义是创作和理论相结合的诗歌流派。老一代象征主义以巴尔蒙特（Константин Дмитриевич Бальмонт，1867—1942）、勃留索夫（Валерий Яковлевич Брюсов，1873—1924）为代表，新一代象征主义以勃洛克（Александр Александрович Блок，1880—1921）、别雷（Андрей Белый，1880—1934）为代表。前者追求叔本华（Arthur Schopenhauer，1788—1860）、尼采（Friedrich Wilhelm Nietzsche，1844—1900）形而上学的哲学思想，后者更重视俄国斯拉夫主义历史传统和宗教神秘主义。尽管如此，他们的共同特点是对诗歌技巧和诗歌语言的高度重视和不懈追求。在他们之前的现实主义文学中，语言只被当成是传达思想的工具，自身并无价值可言。象征主义则把语言提高到至高无上的地位，他们十分关心诗歌的词语、韵律、节奏和隐喻。他们认为词语的声音和意义是一个有机的整体，词语的声音和意义是不能加以割裂的。词语是在暗示而非指称，词语通过“语言的魔力”传达潜在的信息，因此必须高度关注诗人的词语，关注韵律模式、和谐悦耳的手法和隐喻的机制。俄国形式主义摈弃了象征主义的形而上学和宗教神秘主义，继承了他们对诗歌语言和技巧的高度重视。诗学离不开语言学，诗学同语言学必须结合，这是俄国象征主义留给俄国形式主义最为宝贵的遗产和启示。从这个意义上讲，俄国象征主义成了俄国形式主义的先驱。

比起文艺学学院派和象征主义，未来主义同俄国形式主义的关系就更为密切，它是导致俄国形式主义产生的主要因素。未来主义是十分激进的先锋的文学思潮，它以自我为中心，反对一切文学传统，不仅摈弃现实主义，也反对象征主义。未来主义同俄国形式主义在俄国文坛上是齐头并进、相互支持的。形式主义的一些成员原来就是未来主义者，未来主义的诗人和理论家也常同形式主义成员讨论诗歌语言的问题。在诗歌语言的本质和功能的问题上，未来主义不同意象征主义关注词语背后潜在的内涵，他们认为词语本身就是最高实体，是一个价值自足的主体。从这种观点出发，他们关注“无意义语”，在他们的宣言中提出诗人有任意造词的特权，要使语法摇摇欲坠，要取消标点符号，要摧毁韵律。这些主张听来似乎十分荒诞，不可理喻，但透过这些十分夸张的、缺乏严谨理论著述的说法，可发现其中还是包含着一些重要的道理。俗话说，话糙理不糙，仔细想想，未来主义在这里讲的实际上是诗歌语言同日常生活语言的区别，比如在诗歌语言中主语和谓语是可以颠倒的，形容词和主语的顺序也是可以变化的，这就是未来主义所谓的“使语法摇摇欲坠”。这些话听起来很糙，但一经形式主义理论家的理论概括和提升，就大不一样。同样的内容，形式主义理论家雅各布森就表述为诗歌“是对日常言语有组织的违反”。他既概括出二者的区别，又指出后者变成前者不是随心所欲，而是有规律可循的，这就显得很有理论色彩，在表述上也严谨得多。从这个角度看，形式主义是未来主义诗歌创作实践的理论概括，也是未来主义诗学思想阐发者和辩护者。如果说未来主义的诗人需要理论家的帮助，同样，理论家也在同先锋派的结盟中为摆脱传统文艺学的困境寻找出路。

必须看到，俄国形式主义对本土文艺既有继承，也有反拨。他们一方面同俄国文艺学学院派，同象征主义、未来主义有血肉联系，一方面激烈反对俄国文艺学文化历史学派忽视审美特征，将文学史等同于文化史、思想史，反对革命后将文艺学等同于政治、经济，等同于生活的庸俗社会学和教条主义。就此而言，他们的理论确实是“对本土挑战的本土反应”。

俄国形式主义的产生至今已一个世纪，回过头来看这段历史，这个流派的产生绝不是几个毛头小伙的心血来潮，它既有西方思潮的影响，又有本土深厚的文化历史土壤，既有历史的背景，也有现实的需要。一个学科的发展取决于研究方法的不断改进，而一个学科的建立只取决于研究对象的确立。俄国形式主义在理论上有致命的弱点，尽管有不少夸张的、不成熟的观点，尽管他们忽视文艺同生活的关系，忽视了创作主体的作用，但历史地看，他们试图确立文学科学独立的对象，建立以语言学为基础、以作品文本为依据的本体论文学科学的努力，是具有重大理论价值的，而这种理论追求通过学派形成的历史背景和历史过程的展现，已经清晰地显现出来。

俄国形式主义1920年在国内遭到批判，到了30年代，在国内文坛上基本上销声匿迹。1920年雅各布森移居捷克，在那里形成了著名的布拉格学派，转向结构主义诗学之后，他又去了美国，把结构主义带到大洋彼岸。50 年代，俄国形式主义也被介绍到法国，对法国结构主义的形成和发展产生影响。俄国形式主义对世界诗学发展的影响是十分清晰，有的学者以莫斯科—布拉格—巴黎三大站加以概括。问题是俄国形式主义对本土诗学的影响、对 20 世纪俄罗斯诗学的影响往往却被忽视了。俄国形式主义虽然在国内遭到毁灭性的批判，但它以其合理的理论内核，仍然以“非主流”的状态顽强地存活于 20 世纪俄罗斯诗学之中，并且逐渐与俄罗斯诗学的历史主义传统结合，形成了俄罗斯诗学结构与历史相融合的重要特色和重要走向，充分显示出它的生命力，这一点在 20 世纪俄罗斯诗学代表人物维戈茨基、普罗普、巴赫金、洛特曼等人身上可以看得很清楚：维戈茨基试图将文学作品的形式结构分析同审美反应分析结合起来；普罗普不仅研究故事形态学，而且追寻神奇故事的历史根源，努力把故事结构研究和历史研究结合起来；洛特曼提出艺术文本结构和艺术非文本结构（历史文化语境）的概念，主张把结构研究和历史文化研究结合起来；巴赫金主张诗学研究应当从体裁出发，但他又把小说的结构诗学研究同文化诗学研究、历史诗学研究结合起来，形成一种整体诗学的新格局。20世纪的俄罗斯诗学逐渐走向一条形式研究和内容研究相结合、结构研究和历史研究相结合、内部研究和外部研究相贯通的道路。

二、从俄罗斯转到捷克、美国的雅各布森发展了俄国形式主义诗学，走向结构主义诗学

罗曼·奥西波维奇·雅各布森是世界著名的语言学家、文艺理论家，他先是俄国形式主义的创始人，后来又成为世界结构主义诗学的代表人物。

学界一般将雅各布森的学术历程分为俄国、捷克和美国三个阶段。

（一）俄国形式主义的领军人物

雅各布森在这个时期先后在俄国形式主义两大基地——莫斯科语言学小组和彼得堡诗歌语言研究会——活动，成为俄国形式主义的领军人物。他主要的理论贡献有两个方面，一是提出“文学性”的概念，主张应当把“文学性”，把文学作品的语言、结构、技巧作为文学

研究的主要对象，强调文学的自主性，力求使文学真正成为一门科学。二是在研究俄国未来主义诗人诗歌创作的基础上，主张诗歌语言不同于自然语言，指出诗歌就是语言的诗的功能，诗是对语言审美功能的运用。雅各布森的这些文学主张为自己的诗学研究，为语言学和诗学的结合，开辟了道路，也成为俄国形式主义的理论纲领。正是从这个意义上讲，我们把雅各布森称为俄国形式主义的核心人物和领军人物。

（二）布拉格学派之父

雅各布森1920年底到捷克布拉格，并在大学任教，他于1926年与马泰修斯（Vilém Mathesius，1882—1945）、穆卡洛夫斯基（Jan Mukarovsky，1891—1975）等人共同创立布拉格语言学小组。这个时期的主要著作和论文有《论俄国新诗》(1921)、《捷克斯洛伐克新诗和俄国新诗比较》(1923)、《语言和文学研究问题》(与迪尼亚诺夫 Юрий Николаевич Тынянов 1894—1943 合著，1928)、《主导》(1935) 等。这个时期雅各布森的理论研究有新的推进，一是同特鲁别茨科依（Николай

Сергеевич Трубецкой，1890—1938）合作研究音位学，提出了音位的概念，指出音位是词的语音组合，这种组合是语言中表义的重要手段，并可以运用于诗歌语言的研究。后来他又分析了基于每个音位系统之上的符号特征的二项对立现象，使音位学成了语言分析和其他领域研究的方法论范式。二是继续深入研究语言学和诗学的关系，提出语言是一个功能系统的概念，用功能方法取代形式主义以语言运用的目的来划分实用语言和自然语言的概念。他认为把语言视为功能系统，就可以把文学作品看作是由多种因素组成的结构，看作是个功能系统，就可以避免形式主义只讲共时性、排斥历时性的弊病。正是雅各布森这些理论贡献奠定了布拉格学派的理论基础，他也被称为“布拉格学派之父”。

（三）美国纽约语言学小组的发起人

雅各布森 1941 年到美国，1943 年和美国人共同发起建立“纽约语言学小组”。在这个时期，他继续语言学和诗学研究。首先，他将自己的理论运用于俄罗斯诗歌和其他民族诗歌的研究，其中还特别对普希金的诗歌进行详尽的文本阐释。其次，他从儿童语言和失语症的研究发掘出隐喻和换喻这种语言的两极现象，选择和组合这两种语言动作机制，并将它引入文学文本的研究，以此来划分文学体裁（区分诗和散文）和区分文学风格。第三，进一步提出诗的功能和诗的结构问题。他在 1958 年美国印第安纳大学的语言学学术会议上，做了《语言学和诗学》的报告，提出语言交际的六个因素和六个功能说，指出诗学是对诗歌的诗功能进行语言学的分析。除了诗功能说，他还提出对等原则等一系列原则是诗结构的重要特征的看法。

雅各布森文学研究的特色是从语言学的角度来研究诗学，从语言的角度阐释文学的特性，在某种意义上说是创建了语言学诗学。而他的具体研究路径则是从探讨什么是文学、文学的特性（文学性）是什么出发，并以此作为理论起点去进一步研究文学特性是如何具体体现在诗的功能和诗的结构之中。从文学研究的角度看，从诗学角度看，可以说，文学性、诗的功能和诗的结构，这三个方面组成了雅各布森结构主义诗学的相互联系的主要内容，在雅各布森的研究中，诗学的研究和语言学的研究是融为一体的，语言学诗学是他的诗学的最大特色。

1. 雅各布森的语言学和诗学

雅各布森既是语言学家，又是诗学家，但他认为自己首先是个语言学家。语言学和诗学关系问题不仅是一个理论层面的问题，对于雅各布森来说也是一个历史层面的问题，要思考这个问题还必须回到历史的原点，回到历史的语境，回到俄国形式主义以及雅各布森在其中的活动和思考。雅各布森作为俄国形式主义的核心人物和领军人物，他的理论主张及理论思考是同俄国形式主义的理论主张及理论思考紧密相连的，并为这个运动贡献了最重要的思想。其中给人们留下最深刻印象的，一是提出“文学性”的概念，一是关注诗歌语言问题，而对这两个问题的深入思考不仅涉及文学学科的独立性问题，也涉及语言学和诗学的关系问题。

首先，雅各布森提出“文学性”问题。他在 1921 年的论文《现代俄国诗歌》中提出“文学性”概念，主张建立独立自主的文学科学。他说：

> 文学科学的对象不是文学，而是“文学性”（литературность），也就是说使一部作品成为文学作

品的东西。不过，直到现在我们还是可以把文学史家比作一名警察，他要逮捕某个人，可能把凡是在房间里遇到的人，甚至从旁边街上经过的人都抓了起来。文学史家就是这样无所不用，诸如个人生活、心理学、政治、哲学，无一例外。这样便凑成一堆雕虫小技，而不是文学科学，仿佛他们已经忘记，每一种对象都分别属于一门科学，如哲学史、文化史、心理学等等，而这些科学自然也可以使用文学现象作为不完善的二流材料。❶

雅各布森这段话明确指出文学科学应当有自己独立的研究对象，而这个独立的研究对象就是文学性。这种看法仅就当时的文艺学界来说是振聋发聩的，而问题还在于什么是文学性。雅各布森在他的第一篇关于文学的论文中指出：

文学理论的对象不是文学，而是文学性……文

❶ 参见：[俄]艾亨鲍姆（Б. М. Эйхенбаум）《"形式方法"的理论》，见[法]托多罗夫（Tzvetan Todorov）编选：《俄苏形式主义文论选》，蔡鸿滨译，北京：中国社会科学出版社，1989，第24页。

学研究要成为科学，就应该把手段作为唯一的“角色”。[1]

后来在《诗学问题》的“后记”中他又指出：

> 文学性，换言之，言语到诗学作品的转换以及实现这个转换的系统手段，这就是语言学家在分析诗歌时要发挥的主题。[2]

从这两段话来看，尽管历代其他文艺学家可以从不同角度来界定文学性，界定文学的特性，而雅各布森和俄国形式主义的理论家们则着重是从文学的表现手段、从文学语言的角度来把握文学性、把握文学的特性、把握构成文学作品的内在因素及其相互作用的规律。

其次是雅各布森对诗歌语言的理解。无论是雅各布森也好，其他俄国形式主义理论家也好，他们着重从语言的角度、从诗歌语言的角度来把握文学性、把握

---

❶ 参见：[法]托多罗夫（Tzvetan Todorov）《象征理论》，王国卿译，北京：商务印书馆，2004，第377页。

❷ 同上。

文学的特性，雅各布森 1965 年在为托多罗夫（Tzvetan Todorov，1939—2017）编的《俄苏形式主义文论选》所写的“序言”《诗学科学的探索》一文中谈到了这个问题。他在谈到俄国形式主义两大组织的活动和宗旨时说：

> 所有这些活动都毫不犹豫地强调诗歌的语言问题。在当时，人们正在语言研究方面着手开辟新的途径，而诗歌语言最适合这种情况，因为这个领域一向为传统的语言学所忽视，容易摆脱新语法学家的常规。另外，因为在诗歌话语里，语言的目的与方式的关系以及整体与部分的关系，总而言之，就是语言结构的规律和语言的创造性，比在日常语言里更容易引起人们的注意。另一方面，纯文学的共同点，诗歌的功能在纯文学言语结构中的烙印，为整个文学价值提供了明显的特点，因为文学史具有一条主线，能够把所有研究普遍性规律的科学汇合起来。[1]

---

[1] [俄] 雅各布森（Roman Osipovich Jakobson）《序言：诗学科学的探索》，见 [法] 托多罗夫（Tzvetan Todorov）编选《俄苏形式主义文论选》，蔡鸿滨译，北京：中国社会科学出版社，1989，第 1 页。

这段话深刻说明了当年年轻的语言学家雅各布森为什么走上了语言学和诗学相结合的道路，这主要是因为他看到现代诗歌语言的革新达到前所未有的程度，看到诗歌语言比其他语言更具有创造性。他比别人高出一头之处就在于敢于肯定俄国未来派诗人（如赫列勃尼科夫）那种所谓“不正规”的诗歌语言，正是通过对这种语言的研究，他开辟了语言研究的新途径。正如托多罗夫所说，雅各布森“既要当语言学家，又要深刻地体会大胆的诗歌的内容，这就像是一场赌博。安分守己的办法是搞语言学，但只阅读‘普通的’话语；或者相反，热衷于诗歌，但把言语科学放在一边。雅各布森哪一样都不愿放弃，而他却‘赢’了：他的言语理论的与众不同之处就是不承认规范与例外间的对立。”[1]我们看到，“不安分守己”的语言学家通过“不规范”的诗歌语言的研究，给语言学的研究带来了生机，开辟了新的道路。从这个意义上讲，雅各布森所倡导的语言学诗学的产生，正是语言学和诗学的双赢，这也正是既作为语言学家又作为诗学家的雅各布森的价值和魅力之所在。

---

[1] [法]托多罗夫（Tzvetan Todorov）《象征理论》，王国卿译，北京：商务印书馆，2004，第386页。

2. 雅各布森论诗的功能

如前所述，雅各布森是从语言学的角度研究诗学，他对文学性的研究也是从语言学的角度出发的。诗的功能和诗的结构的研究是他从诗的语言把握文学性的两个主要方面，他的诗的功能的研究是从文学性出发的，是同文学性的研究紧紧相连的。

雅各布森对诗的功能的研究，从俄国形式主义阶段到捷克布拉格语言学小组阶段，后来到美国阶段，经历了一个从形式主义到结构主义的过程。从诗歌语言和普通语言的二元对立到把诗歌语言放在信息系统中加以考察，其中经历的变化是值得历史地加以深入探讨的。

俄国形式主义是从文学特性、文学性的角度来探讨诗歌语言的，他们认为诗歌的关键不在于形象和激情，而在于诗歌的语言形式，特别强调诗歌语言和日常生活语言是有差别的。雅各布森明确地指出：诗歌语言“是对普通言语的有组织的违反”[1]。总的来说，俄国形式主

---

[1] 参见：[英]霍克斯（Terence Hawkes）《结构主义和符号学》，瞿铁鹏译，上海：上海译文出版社，1987，第 146 页。

义都强调诗歌语言不同于日常生活语言，诗歌语言本身有独立的价值，而不只是一般的交流手段，这是他们的理论贡献，而他们的理论不足是用二元对立的观点将诗歌语言和普通语言对立起来，没有看到两者之间的联系，也就是没有能指出诗歌语言的审美功能和其他功能的联系。

捷克的布拉格语言学派的结构主义是对俄国形式主义的发展，在诗歌语言问题上，他们用结构系统的观点重新阐释诗歌语言的功能，把诗歌语言功能的研究大大向前推进了一步，其中的代表是穆卡洛夫斯基和雅各布森，前者的代表作是《标准语言与诗歌语言》(1932)[1]，后者的代表作是《主导》(1935)[2]。

穆卡洛夫斯基是捷克文论家、美学家，布拉格学派代表人物。他在文章中主要从诗歌语言的角度、从系统结构的角度研究诗歌语言和标准语言的关系，其中提出

[1] 中译本参见：[捷]穆卡洛夫斯基（Jan Mukarovsky）《标准语言与诗歌语言》，竺稼译，见赵毅衡编选《符号学文学论文集》，天津：百花文艺出版社，2004，第15—30页。

[2] 中译本参见：[俄]雅各布森（Roman Osipovich Jakobson）《主导》，任生名译，见赵毅衡编选《符号学文学论文集》，天津：百花文艺出版社，2004，第7—14页。

了著名的“前推论”（或称“前置论”）。他认为诗歌语言不是一种标准语言，但两者存在紧密的关系。在他看来，一首诗是一个系统，一个结构，诗的某些成分被前推，成为主要成分，同时其他成分被后推，成为前推成分的背景。在这篇文章中，穆卡洛夫斯基既强调“诗歌语言是有别于标准语言的具有不同功能的另一种语言形式”，应当把诗歌语言中的审美功能前推，成为主导，也承认前推成分和非前推成分的张力关系。

雅各布森在穆卡洛夫斯基之后发表的《主导》一文中，同他持有同样的观点，他主要强调“主导论”。他认为，形式主义应当把艺术看成“是一套艺术手法的有规则有秩序的等级系统”，并从结构主义的系统观上考察艺术和诗歌中的主导概念。在他看来，主导是“一件艺术品的核心成分，它支配、决定和变更其余成分。正是主导保证了结构的完整性。”诗歌本来就是一个价值系统，其中有高级价值和低级价值，同时还有一个作为主导成分的最主要的价值。他强调，“诗歌作品应被定义为一种其美学功能是它的主导的语言信息”。在主导概念成为出发点，在把美学功能当作诗的主导功能之后，他又进一步指出要考虑诗作之内各种语言功能的关系，他认为既不能因为承认诗作有多种功能，就把它看作是“一种机械的诸功能复合物”，也不能因为承认美学功能是主导功能而看不到诗作还有其他功能。

雅各布森的诗功能学说在1958年发表的著名的《语言学与诗学》[1]中又得到进一步发展和完善。他在文章的开头就明确指出：“我认为，诗学涉及的首要问题是：究竟是什么东西使一段语言表达成为艺术品？”[2]他认为在讨论语言的诗的功能之前，必须确定它在与其他语言功能的关系中所处的地位，而要对这样一种功能做出描述还需要对某一种语言行为的构成要素做出考察。发送者把信息传给接收者，信息要生效，需要联系某种语境，接收者要捕捉到语境，还需要有发送者和接收者通用的信码，最后还需要发送者和接收者的接触（物理通道和心理联系）。为此他指出，语言交流一般要涉及发送者、接收者、语境、信码、信息和接触六个要素，并用图式

---

❶ 中译本参见：[俄]雅各布森（Roman Osipovich Jakobson）《语言学与诗学》，滕守尧译，见赵毅衡编选《符号学文学论文集》，天津：百花文艺出版社，2004，第169—184页。

❷ [俄]雅各布森（Roman Osipovich Jakobson）《语言学与诗学》，滕守尧译，见赵毅衡编选《符号学文学论文集》，天津：百花文艺出版社，2004，第170—171页。

表达如下：

	语境	
	信息	
发送者	接触	接收者
	信码	

他指出在这六个因素中，每一种因素都会形成与六个因素对应的六个功能：信息发送者的情绪功能，信息接收者的意动功能（认知功能），信息接触涉及的交际功能，信息接触的语境涉及的指称功能，而信息信码执行元语言功能，信息指向自身则获得诗功能。这六种功能他用图式表达如下：

	指称功能	
	诗性功能	
情绪功能	交际功能	意动功能（认识功能）
	元语言功能	

在六种功能中，他特别指出“指向信息本身和仅仅

是为了获得信息的倾向，乃是语言的诗的功能”，强调诗的语言单纯指向表达，而且受其内在规则的支配。他同时又进一步分析诗的功能在语言艺术中的地位以及同其他功能的关系。他说：“诗的功能并不是语言艺术的惟一功能，而是它的主要的和关键性的功能。而在其他的语言行为中，它只能作为一种附加性的和次要的成分而存在。”❶这是问题的一方面，另一方面他又指出：“诗的语言除了占主导性的诗歌功能之外，还有其他语言功能不同程度上的参与。”❷

从俄国形式主义的诗歌语言和日常生活语言的二元对立，到诗的功能说，雅各布森对诗的功能理论的确有很大的发展。他从系统结构的观点，把诗的功能放在语言信息系统中，放在语言艺术功能系统中加以考察，既强调了诗功能的主导地位，又关注诗功能和其他功能的联系，这就比较合理地解决了文学的特性和文学同社会

❶ [俄]雅各布森（Roman Osipovich Jakobson）《语言学与诗学》，滕守尧译，见赵毅衡编选《符号学文学论文集》，天津：百花文艺出版社，2004，第180页。

❷ [俄]雅各布森（Roman Osipovich Jakobson）《语言学与诗学》，滕守尧译，见赵毅衡编选《符号学文学论文集》，天津：百花文艺出版社，2004，第181页。

历史文化语境的关系问题。

3. 雅各布森论诗的结构

雅各布森在关注诗的功能的同时，也十分重视诗的结构，从语音、词义、词法和句法等不同层面上研究诗歌结构的种种原则，其中最著名的是对等原则。

对等原则是雅各布森诗学研究的核心概念之一，他认为对等原则是诗歌结构的基本特征。需要指出的是，“对等”概念的含义在雅各布森的论述中是比较宽泛的，“对等”并不等同于“相等”，它包含了平行、对比、对立、相似和相并、同义和反义等内容。

在雅各布森看来，具有诗性功能语言的获得，诗歌中语言诗性的形成，就在于诗人运用对等性（相当性）的原则，把以选择为轴心的构造活动，投射到以组合为轴心的构造活动中。就是说，对等原则（相当原则）又进一步被用来指导诗的组合技巧。[1]简言之，语言诗性

[1] [俄]雅各布森（Roman Osipovich Jakobson）《语言学与诗学》，滕守尧译，见赵毅衡编选《符号学文学论文集》，天津：百花文艺出版社，2004，第182页。

功能的获得在于选择轴向组合轴的投射，而这种投射得以实现则有赖于对等原则。这种对等原则，这种相似性，不仅体现在选择轴上，而且也主要体现在组合轴上，于是对等原则就成为诗歌结构的重要原则和手段，成为诗歌结构的基本特征。这种对等原则，这种平行结构，表现在语音、词法和句法各个方面。有时在组合轴上，两个看似不具有相邻性的词语，由于诗人的创造性使用对等性的原则，就形成超出日常语言的选择关系和组合关系。我们可以举“我们的祖国是花园”这一歌词为例。在组合轴上，祖国是美丽的、美好的、温暖的，而花园也具有某种与祖国相似的属性，花园也是美丽的、美好的、温暖的。由于诗人的创造，花园成了祖国的喻体，祖国和花园在某些点上就形成相似的对等关系。这种选择轴（聚合轴）向组合轴的映射，使得组合轴上词语的组合、搭配具有广阔的天地，用于表现美，表现诗性。

雅各布森所指出的诗歌创作、诗歌结构的对等原则，在中外诗歌中处处可见，可以说是诗歌结构普遍存在的基本原则和基本特征。如他上面指出，对等原则在诗歌中是通过诗歌语言在语音、词法、语法各个层面的存在的平行、对比、对立得以展现，这种对等原则的运用，一方面体现诗歌语言的美，它的形式美，它的音乐性，满足人们的美感享受；另一方面也在于能够更好地传达诗歌的信息，更好地表现诗歌所蕴含的诗意，诗歌的意义正是在诗歌这种平行、对比、对立的对等结构中形成的。

雅各布森所指出的诗歌结构对等原则在中国古代和现代诗歌中也处处可见，足见这一原则的普遍意义。与对等原则相对应，中国古代诗论称之为对偶、对仗，指的是上下句字数相等、结构相同或相似的具有整齐对称效果的语言形式。对仗和对偶类型很多，方式多样，从形式看，有当句对、邻句对和隔句对；从上下句义看，有正对、反对、串对等等。中国古诗词中的对仗同雅各布森所说的对等原则一样，除了体现一种形式美，也蕴含着诗的意味。例如马致远的《天净沙 · 秋思》：

枯藤老树昏鸦，小桥流水人家，古道西风瘦马。夕阳西下，断肠人在天涯。

这是一首抒发天涯羁旅之情的不朽名篇。它最令人赞叹的是通过精心选择的意象组合，重叠组成凄清画面，抒发羁旅之情。从诗的结构角度看，它出色地运用了对等的原则，运用了对仗的手法。第一句枯藤、老树、昏鸦三个意象对置，定下作品凄凉的基调，第二句小桥、流水、人家三个意象对置，又给人家的温暖和家的亲切感觉。而第二句又同第一句形成对置，使旅途和家、凄凉和温暖形成强烈对照。第三句古道、西风、瘦马三个意象的对置，更衬托出一种凄凉感和历史感，把古今融合起来，第四句是总结，起承上启下的作用，它也同前三句形成对置。前三句主要写景，但景中有情，第四句主要写情，但情中有景。这首杰作可以说把诗歌创作中的对等原则发挥到了极致。

雅各布森的诗学是语言学诗学，他从“文学性”的研究出发，从诗的功能和诗学结构两个方面展开研究。他的研究继承了形式主义，又超越了形式主义，对语言学诗学，对结构主义诗学做出了突出的贡献。首先，他突破俄国形式主义诗歌语言和日常生活语言二元对立的观点，用系统结构的观点阐明诗的功能，既强调诗的功能主导地位，又关注诗功能同其他功能的联系。其次，他提出了对等原则等诗歌结构原则，对于科学把握诗的结构特征有重要意义。第三，从方法论角度上看，他重视语言学的研究同诗学研究的结合，关注诗学内部研究和外部研究的结合，对于诗学研究的发展，都有重要的方法论意义。

雅各布森作为世界著名的语言学家、诗学家、文艺学家，他经历了俄国形式主义、布拉格结构学派和欧美结构主义三个结构主义发展的重要阶段，他的理论和方法先是影响了捷克的结构学派，后又影响了托多罗夫、热奈特、罗兰·巴特的巴黎结构主义、列维-斯特劳斯的结构主义人类学以及美国的结构主义文论，由此显示出在俄罗斯文化系统中产生的艺术与科学精神相结合的诗学原则的强大生命力。

三、洛特曼的结构主义诗学是西方结构主义诗学同俄罗斯诗学历史主义传统相融合的产物，是具有俄罗斯特色的结构诗学

尤里·米哈伊诺维奇·洛特曼是俄罗斯20世纪具有世界影响力的学者，他的研究涉及文艺学、符号学、文化学等领域，他是塔尔图符号学派和俄罗斯结构诗学的奠基人，国际符号学学会副主席。他的代表作有《结构

诗学讲义》(1964),《艺术文本的结构》(1970),《诗歌文本的分析·诗的结构》(1972),《电影符号学和电影美学问题》(1973),《文化与断裂》(1992),《在意义的世界里》(1990)以及最后两部的合集《符号场》(2001)等。他的研究主要以诗歌为对象。不同于苏联传统的文艺社会学研究方法，他运用结构主义和符号学的理论，着重研究文学文本的内部结构，同时又把内部结构的研究同外部的社会文化语境联系起来，开辟了文学研究新的理论空间，从这个意义讲，西方有的评论认为“洛特曼的书在文学研究中的确带来了一场哥白尼革命”[1]。

(一)“文艺学应当成为一门科学”

20 世纪 60 年代，结构诗学在苏联的出现，有其理论的渊源，有苏联文艺学历史发展的必然性和现实的要求。

洛特曼结构诗学的理论源头是以索绪尔为代表的结

[1] [荷兰] 佛克马（D.W. Fokkema）、易布思（E. Kunne-Ibsch）《二十世纪文学理论》，林书武等译，北京：生活·读书·新知三联书店，1988，第 50 页。

构主义语言学和俄国形式主义。索绪尔的语言学一反以往侧重语言和社会关系研究的外部语言学，突出语言的内部结构研究，他的语言学研究以及在他的影响下西方后来兴起的结构主义思潮，对洛特曼的结构诗学研究有深刻的影响。就国内而言，俄国形式主义对洛特曼的结构诗学的影响就更为直接。他在俄国形式主义的大本营之一的彼得堡大学学习，受到了俄国形式主义重要理论家的思想影响。同俄国形式主义一样，洛特曼重视运用语言学方法研究文学，重视文学的文本，重视作品的形式和结构。当然，洛特曼的结构诗学又不完全等同于西方的结构主义和俄国形式主义，他更重视各种艺术手段和形式之间的联系、重视艺术形式和意义的关系、艺术文本和社会文化环境的关系等等。

20 世纪 60 年代洛特曼结构诗学在苏联的崛起也同当时苏联思想文化的松动有密切的关系。50 年代中期，苏联社会产生重大变化，出现了“解冻”。在文艺学领域，冲破了庸俗社会学和教条主义的束缚，冲破了传统认识论的束缚，开始重视艺术特点和艺术规律，开始认真思考文艺学的研究对象。一方面是过去遭到批判的俄国形式主义、普罗普、巴赫金的著作得以出版，得到重新评价；另一方面是西方的理论开始被介绍过来。正是在这种社会文化背景下，爱沙尼亚塔尔图大学的洛特曼和莫斯科的乌斯宾斯基（Борис Андреевич Успенский，1937— ）开始从事文艺的结构符号研究，形成了苏联的研究结构符号学的塔尔图–莫斯科学派。这个学派直接受到西方控制论、信息论、系统论以及符号学、结构主义语言学、机器翻译的影响，积极展开结构符号研究。1962年，苏联科学院斯拉夫学和巴尔干学研究所（设有斯拉夫语言结构类型学研究室）和控制论委员会在莫斯科联合召开“符号系统的结构研究”讨论会，并出版了论文集《结构类型学研究》。之后，1964年、1966年、1968年、1970年、1974年又在塔尔图等地先后召开一系列讨论会。从1964年起，在塔尔图大学出版了二十多辑《符号系统研究论文集》。洛特曼本人除了参加和主持上述活动，还在塔尔图大学开设用结构方法讲授诗学的课程（1962），并将该课程的讲义《结构诗学讲义》（1964）出版，后来将其修改、补充，出版了《诗歌文本的分析·诗的结构》（1972），这本专著，特别是之前的《艺术文本的结构》（1970），奠定了以洛特曼作为代表人物的苏联结构诗学的理论基础。

从以上情况看，洛特曼从事结构诗学研究不是心血来潮，不是赶时髦，是有其理论渊源和社会文化背景的。如果再深一层看，更是同他本人对文艺学学科存在的问题的思考，对文艺学学科如何成为一门科学的思考相联系的。历史地看，20 世纪初，俄国形式主义就尖锐地提出文艺学的研究对象问题，他们认为文艺学应当有独立的研究对象。洛特曼是在新的历史条件下，继续文艺学研究对象的思考，继续建立科学的文艺学的思考。1967 年，洛特曼在他的结构诗学研究遭到苏联文艺学界一些重要人物（如季莫菲耶夫 Леонид Иванович Тимофеев，1904—1984）的责难和批评时，写了论文《文艺学应当成为一门科学》，[1] 阐明他对建立科学文艺学的看法，批驳对结构诗学研究的指责。

洛特曼指出文艺学应当成为一门科学，结构诗学研究不是反对“传统文艺学”，而是给“传统”概念注入新的内容。结构诗学研究的一个根本出发点就是要把科学思维运用于文艺学研究。文艺学要成为一门科学就不能

[1] ［俄］洛特曼（Ю. М. Лотман）《文艺学应当成为一门科学》，李默耘译，载《文化与诗学》2010 年第 1 辑，北京：北京大学出版社，2010。

只靠艺术感受，特别需要科学思维，要“捕捉不可捕捉者”，“挖掘不可挖掘者”。认为文学艺术作品是一个系统，一个结构，应当从文学艺术作品的结构中去寻找作品的思想意义，在他看来，文学作品不是一系列特征的集合体，而是一个行使功能的系统和结构。文学艺术作品的思想不是外在于作品的结构，而是通过作品的一定的结构形式表现出来。

（二）艺术是一种特殊的语言系统

洛特曼的结构诗学研究是从语言切入的，他的研究主要出发点就是把文学艺术看作一种语言，把文学艺术看作一种特殊的语言系统，这是他的结构诗学的理论基点。

洛特曼在《艺术文本的结构》中，将语言分为两种模式系统。

第一种模式化系统，或者叫第一性语言，包括两种类型。一是自然语言，比如俄语、法语、捷克语、爱沙尼亚语等。二是人工语言：科学语言，比如化学语言、数学语言等；约定俗成的语言，比如路标等。

第二种模式系统，或者叫第二性语言，这就是文学语言，艺术作品是用这种语言写成文本。这种语言既是建立在自然语言之上的，是同自然语言相关的，但它又是一种特殊的语言，是自然语言的重构。它既要遵循自然语言的规范，又要遵循艺术的规律。也就是说，文学语言作为一种特殊的语言形式，它必须有自己一套特殊的结构规则，一套独特的组合原则，一套特殊的连接方式，这样它才有可能比自然语言传达更独特的、更丰富的信息和内容。

他认为要了解艺术的特征就必须了解艺术的结构，要了解艺术的结构就必须了解艺术语言组合规则。在他看来，文学语言和自然语言并不是对立的，但文学语言是按照一定的组合规则对自然语言进行重组和改造，这样就使自然语言产生变化，导致自然语言的“非语义化”，这一方面使自然语言的原意变得模糊，另一方面又产生更丰富的语义。比如在诗歌中，通过重复和对举等组合规则，通过多种成分的对立和对比，各种成分的矛盾和冲突，就使文学语言比自然语言具有更丰富的信息内涵和审美内涵。

洛特曼正是从文学语言的结构和特征出发，来进一步探讨艺术语言和艺术文本结构的关系，探讨艺术文本的结构。他认为艺术文本的结构是同文学语言的结构和特征相关的。把艺术当作特殊的语言学系统，正是洛特曼艺术文本结构分析的基础，也是洛特曼结构诗学的基础。

（三）诗歌的文本结构和意义的生成

具体来说，洛特曼的诗歌文本分析包括诗歌文本的结构层次、结构原则和意义生成机制等方面。

首先是诗歌文本结构的层次问题。

洛特曼把诗歌文本分为音韵、词义、句法、段落等要素和层次。他对艺术文本的层次分析体现了几个明显的特点：一是重视多层次之间的联系，各层次之间的对立和冲突，以及这种联系和冲突对于诗歌意义生成的重要作用。二是重视各层次表层意义和深层意义的联系，力求透过表层揭示诗歌的深层意义。三是重视内部层次和外部层次的关系，既深入分析艺术文本的内部结构、内部层次，又注意艺术文本内部结构、内部层次同外部结构、外部层次（社会历史文化）的联系。

其次是诗歌结构原则问题。

洛特曼认为，“艺术文本就是建构在两类联系的基础上：相等要素的反复对照和对比，以及近邻（不相等）要素的对照和对比”。[1] 这段话涉及诗歌结构的两个重要的结构原则：所谓相等关系和相邻关系，也就是洛特曼所说的诗歌结构的纵聚合横组合的原则。所谓反复对照和对比，也就是洛特曼所说的诗歌结构重复和对举的原则。

洛特曼所说的诗歌结构的纵聚合关系和横组合关系是从索绪尔提出又经雅各布森所发展的“二轴说”而来的。他们所说的聚合轴和组合轴指的是语言系统中最基本的聚合关系和组合关系，语义的生成和转移就发生在这两个过程之中。在他们看来，横组合是指语言系统组成成分之间的顺序和排列组合，纵聚合指的是横组合段中任何一个成分背景中存在的可以代替它的一连串成分。

洛特曼把这套关于语言系统纵聚合和横组合的理论运用于诗歌结构分析，试图说明诗歌结构的原则。在他看来，诗歌结构的横组合指的是诗歌各成分各要素之间

---

[1] [俄]洛特曼（Ю. М. Лотман）《艺术文本的结构》，王坤译，广州：中山大学出版社，2003，第 112 页。

的排列、联系、组合，如词与词的联系，词连成句子，句子连成诗行，诗行连成诗节等等。而诗歌的纵聚合则指的是本文内所选择的词语同本文外落选词语的关系。以古诗为例，贾岛的诗句“僧敲月下门”，其中“僧”是主语，“敲”是谓语，“门”是宾语，它们之间的搭配、联系是一种横组合关系；而其中的炼字、选字则是一种纵聚合关系，“敲”也可以选择“推”“开”“撞”，其动作有共同特点，而诗人选择“敲”则是与特定的情境相吻合的，它更能传达出月夜的寂静。

诗歌结构的重复和对举。在谈到诗歌结构的纵聚合和横组合时，洛特曼其实已经涉及诗歌结构的重复和对举的原则，他已经看到无论在纵聚合中或是在横组合中处处存在重复和对举的现象。他认为重复和对举也是诗歌结构的重要原则。

洛特曼说：“不同层次上的重复在文本组织结构中充当主要角色”[1]，“重复的趋势可以看作诗歌建构的原则，结合的趋势可以看作散文建构的原则。”[2] 重复既然是诗歌

---

❶ [俄]洛特曼（Ю. М. Лотман）《艺术文本的结构》，王珅译，广州：中山大学出版社，2003，第277页。

❷ 同上，第112页。

结构的重要原则，它当然要体现在诗歌结构的各个层面上，其中包括音韵、词汇、语法、诗行各个方面，语音包括韵脚，俄语还包括重音。语法的重复包括词语与词语的重复，句子和句子的重复。然而，洛特曼强调这种诗歌结构的重复绝不是机械的完全的等同，在诗歌的重复中包含着差异，例如词汇的重复、交叉、重叠往往是互为对象、互为同义词和反义词。同时，重复本身并不是目的，诗歌结构总是要通过重复的手法传达出一定的意义，使诗歌的意蕴更为丰富和隽永。下面以苏联著名诗人奥库扎瓦表现卫国战争的诗句为例：[1]

> 您听：战鼓已经隆隆敲响，
> 战士啊，快别她而去，别她而去，
> 队伍走出大雾茫茫，雾茫茫，雾茫茫，
> 但往事却越来越清晰，清晰，清晰……

在这四句诗行中，诗歌结构中的重复原则表现得淋

---

[1] [俄]洛特曼（Ю. М. Лотман）《艺术文本的结构》，王珅译，广州：中山大学出版社，2003，第179页。

漓尽致。第二句中的“别她而去”的两次重复，绝不只是表示再次告别，而是包含着“快告别吧，要不队伍已经走远了”；“快告别吧，这可能是最后的告别”；“快告别吧，别让战士依依牵挂”等丰富的情感。第三句“队伍走进大雾茫茫，雾茫茫，雾茫茫”，可以领悟为“队伍走进雾中，越来越远，最后在视野中消失”，也可以领悟为“战士走了，他的命运迷茫”。最后一句“但往事却越来越清晰，清晰，清晰……”，可以直接理解为“往事越来越清晰”，也可以理解为“往事越来越刻骨铭心，难以忘怀”。

洛特曼谈到的另一个诗歌结构原则是对举，也把它看作是诗歌语言结构中最基本的机制。在他看来、诗歌中不是多个词语意义的简单叠加和意义的组合，而是多个语义场相互交叉、对照、对立、冲撞，并由此产生新的意义，而支配这种机制的原则之一就是对举。对举原则与等价性密切相关，同重复一样，它可以体现在诗歌文本结构的各个层面，从词、诗句到诗段。重复突出诗歌结构中符合规律的“同”的一面，而对举则在诗歌结构中有意识打破规则，突出“异”的一面。对举可能是对应也可能是对立的，可能是同义词也可能是反义词。苏联著名诗人阿赫马托娃有这样两行诗：“别人对我赞扬——我却认为是中伤，你即使对我毁谤——我也觉得是褒奖。”[1] 这里，别人和你构成对举，赞扬和中伤构成对举，毁谤和褒奖构成对举。这种情况在普通语言中是不可能存在的，赞扬不能等于中伤，毁谤不能等于褒奖，而在诗歌中作为一种对举，却是可能，不仅是可能，而且由于这种对举，这种对常规的违反，它产生了新意。在第一句中表现了关系的疏远，甚至敌对，在第二句中表现了关系亲近，甚是亲密无间。

最后再回到结构和意义生成机制的问题。

上面谈了诗歌结构的层次问题和结构原则问题，其中实际上已经涉及诗歌意义生成机制问题。在洛特曼看来，诗歌的意义是同结构相联系的，而诗歌的一系列结构原则，诗歌的纵聚合和横组合，诗歌的重复和对举，归根到底是为了更好表现诗歌的意义，使诗歌具有更丰富的意蕴。

诗歌的结构系统不仅是一个复杂的有机结构，而且是一个充满矛盾和冲突的有机结构。从这个角度讲，洛特曼

[1] [俄] 洛特曼（Ю. М. Лотман）《艺术文本的结构》，王珅译，广州：中山大学出版社，2003，第 268 页。

指出，“诗歌的建构造成特殊的语义合并世界，类似、对比和对立不是与自然语义网相一致，而是参与同它们的冲突和对立”[1]。如果说自然语言、普通语言在日常交际中遵循的是规范，是各种语言要素的和谐统一；那么，在诗歌文本中，在诗歌语言中，遵循和违背往往是同时存在，不同的结构组成部分往往处于矛盾和对立之中。诗人们正是在规范和突破规范之中、在种种矛盾和对立之中增加诗歌的能量，创造诗歌的艺术奇迹。洛特曼指出：“在韵文组织中，我们可以找出对于冲突和抵触的永恒趋向，即不同结构原则之间的斗争……当对立的趋向一致时，我们不是遇到斗争的缺少，而是斗争的特殊情况：即结构能力的零度表现。”[2] 例如在纵聚合和横组合这一组诗歌结构原则中，我们可以清楚看到诗歌的对立和冲突并由此产生意义的机制。在纵聚合关系中，“异质”的语言材料被放置在一起，在等值关系中，成为功能反义词或功能同义词，从而产生语义的转移和新的意义。在横组合关系中，语义的转移和产生则表现为诗歌语言冲破自然语言的规范，打破自然语言搭

---

[1] [俄]洛特曼（Ю. М. Лотман）《艺术文本的结构》，王珅译，广州：中山大学出版社，2003，第 270 页。

[2] 同上，第 267 页。

配意义的限制，将语义完全不相关的词搭配在一起，使之产生相互冲突和碰撞，新的意义于是产生。洛特曼指出："创新文本的力量和主动性，在很大程度上取决于它所遇到的阻力的程度和强度。"[1] 显然，正是诗歌中音韵、词语、句子、诗行等不同成分之间的相似、对照、对立，它们之间的矛盾和冲突，产生了艺术的张力，形成了诗歌文本意义生成的动力。这就是诗歌文本意义生成的重要机制。

（四）艺术文本结构和外文本结构

洛特曼的诗歌结构文本分析的一个重要特点是没有局限于文本结构内部。他把艺术文本看成社会历史文化的存在物，认为文学艺术是在一定的社会历史文化环境中产生，只有把它放在一定的社会历史文化环境中加以考察，对它才能有真正的理解。为此，他提出了艺术文本结构和外文本结构的概念，他指出："文本的概念不是绝对的。它与许多伴随的历史、文化和心理结构相互联

[1] [俄]洛特曼（Ю. М. Лотман）《艺术文本的结构》，王坤译，广州：中山大学出版社，2003，第276页。

系。”[1]洛特曼不仅提出了文本结构和外文本结构的概念，而且指出两者是一个有机的统一体，认为“外文本结构作为一定层次的结构要素构成作品的有机组成部分”[2]。也就是说，对艺术作品的理解，必须在文本和外文本结构的统一体内才能进行。在他看来，分析艺术文本内部结构只是第一步，只有以更广阔的视野，把它放在外文本中，放在历史、文化和心理的背景中加以考察，才能洞察其深层意蕴。

如前所述，当年苏联有些学者出来指责洛特曼的诗歌结构分析是形式主义的，是过于强调文本内部结构因素，忽视艺术文本的外在因素，忽视艺术文本生成的社会历史文化语境。为此，洛特曼撰写了论文《文艺学应当成为一门科学》（1967）加以反驳，其中有一段很重要的话：“现在已经很清楚，当我们与复杂结构（而艺术就属于此类结构）打交道时，由于此类结构的多因素性，进行共时态描述一般说是很困难的。对此前状态的了解

---

❶ [俄]洛特曼（Ю. М. Лотман）《艺术文本的结构》，王珅译，广州：中山大学出版社，2003，第397页。

❷ 转引自：彭克巽主编《苏联文艺学学派》，北京：北京大学出版社，1999，第262页。

是成功进行模式化的一个必要条件。因此，结构主义不是历史主义的敌人，不但如此，考量作为比较复杂的结构要素——'文化''历史'——的个别艺术结构（作品），是一个十分迫切的任务。不是数学和语言学取代历史，而是数学和语言学与历史一起工作，这就是结构研究之路，也是文艺学家的同盟者阵营。"❶这段话再次说明洛特曼的诗歌结构分析是建立在系统论的基础上，在他看来诗歌的内部结构分为不同层次的系统，有语音、韵律层次，有词汇、布局层次，还有思想层次，同时诗歌文本结构还属于更大的系统，这就是现实生活、历史文化、社会心理、思想观念、文学观念等等。在他看来，文学系统离开更大的社会历史文化系统也无法真正理解文学艺术作品，文艺学唯一出路只有将结构分析和历史分析紧密结合起来。例如洛特曼在《〈叶甫盖尼·奥涅金〉的艺术结构》❷一文中，就指出普希金这部长诗的特殊结构与俄国当时现实和文学的关系，认为它的句法旋律和词

❶ [俄] 洛特曼（Ю. М. Лотман）《文艺学应当成为一门科学》，李默耘译，载《文化与诗学》2010 年第 1 辑，北京：北京大学出版社，2010，第 6—7 页。

❷ [俄] 洛特曼（Ю. М. Лотман）《〈叶甫盖尼·奥涅金〉的艺术结构》，刘保静译，见赵毅衡编选《符号学文学论文集》，天津：百花文艺出版社，2004，第 102—142 页。

法旋律构造之间有一种不对应的关系，这种关系破坏了传统的诗的结构，造成“风格断裂”，而这种变化正是反映了俄国现实和俄国文学的变化。他认为普希金之前的俄国文学中，文学作品的特点是固定结构，这样读者就被“吸收”入观点的一致性中。而普希金的现实主义使文本多元化，并且具有开放的性质。从而使单一固定的文本变成复杂、开放的结构体系。文本结构这一变化，归根到底反映俄国社会现实和文学创作的深刻变化。

（五）结构和历史、科学和人文的纠结和出路

洛特曼的结构诗学研究尽管深受俄国形式主义和西方结构主义思潮的影响，但他本人完全是在俄罗斯人文学术传统熏陶下成长起来的学者，俄罗斯文艺学强大的历史主义传统和人文精神显然在他的学术研究中打下深深的烙印。这样一种双重的影响，这样一种独特的学术环境，使得他的结构诗学研究不同凡响，独树一帜，不仅在俄罗斯，而且在世界范围具有独特的理论价值和影响。

洛特曼的诗学结构研究，显然是继承了俄国形式主

义的理论遗产，他们都重视艺术特性的研究，都关注艺术的形式，但洛特曼比形式主义是大大前进了一步：第一，他克服了形式主义孤立研究技巧和形式的弊病，把艺术文本看成是一个完整的结构，是结构的各个组成部分相互联系和相互作用的整体。第二，他克服了形式主义把形式和内容加以割裂的弊病，强调形式和内容的紧密联系，认为作品的任何形式和结构都是有意义的，作品的思想内容是从整个艺术结构表现出来，诗歌的意义正是产生于诗歌各个组成要素的矛盾和冲突之中。

洛特曼结构诗学显然也受西方结构主义思潮的影响，试图用一种系统的观念、结构的观念来看待艺术文本，然而他又突破了西方结构主义的只分析艺术文本内部结构，把自己封闭于文本之中的孤立性、封闭性、静态性的研究方式，指出了艺术文本和外文本的密切联系，主张把艺术文本结构置于更广阔的社会历史文化语境之中，进行更全面、更深入和更有动态性的研究。

第十二章

俄罗斯宗教哲学和俄罗斯文学

宗教和文学的关系，是跨文化诗学研究的一个重要内容。这里仅以俄罗斯宗教哲学和俄罗斯文学的互动，具体和深入地了解宗教和文学的关系。

19 世纪末 20 世纪初，俄罗斯出现了“新宗教意识运动”，涌现出一批俄罗斯宗教哲学家，诸如索洛维约夫（Владимир Сергеевич Соловьёв，1853—1900）、梅列日科夫斯基（Дмитрий Сергеевич Мережковский，1865—1941）、舍斯托夫（Лев Исаакович Шестов，1866—1938）、别尔嘉耶夫、谢·布尔加科夫（Сергей Николаевич Булгаков，1871—1944）、弗洛连斯基（Павел Александрович Флоренский，1882—1937）、罗扎诺夫（Василий Васильевич Розанов，1856—1919）等等。这些宗教哲学家在探讨宗教哲学时，自然也涉及

到俄罗斯的哲学、文化、文学和艺术，把著名的俄罗斯作家当作他们的研究对象。有人把他们称之为“宗教文化批评”，我则把他们称之为“宗教文化诗学”，因为他们在从宗教哲学的角度评论作家的同时，也涉及美学和文学理论的一些重要问题。

宗教文化诗学在19世纪末20世纪初的俄国兴起，构成了20世纪俄罗斯文化和20世纪俄罗斯诗学的一道独特而又复杂的图景，并对20世纪俄罗斯诗学产生了重要而独特的影响。虽然人们常常由于它的复杂性，对它感到难以把握，对它也褒贬不一，但在谈论20世纪俄罗斯诗学时却是无法回避俄罗斯宗教文化诗学。了解俄罗斯宗教文化诗学，对于我们研究20世纪俄罗斯诗学、研究俄罗斯文学，是很有意义的。一是他们从宗教哲学的高度来探讨文学艺术问题，使我们对文学艺术和人的自由及创造的关系，对文学艺术的终极目的，会有新的领悟和新的理解。二是他们从宗教哲学的独特的角度来评论最具宗教情怀的俄罗斯文学和俄罗斯作家，能使我们对俄罗斯文学和俄罗斯作家有别样的深入的认识。三是宗教哲学以探讨俄罗斯文化精神为使命，从宗教哲学切入俄罗斯作家研究，能帮助我们更深入理解俄罗斯文学同俄罗斯文化精神的血肉联系。

一、俄罗斯宗教哲学和宗教文化诗学

19 世纪末 20 世纪初，在俄罗斯出现的新宗教意识运动继承了俄罗斯宗教哲学的历史传统，可以追溯到最早的东正教哲学以及接下来非教会派的宗教哲学。

新宗教意识运动之所以新，在于它关注的不是神学意义上的哲学问题，而是俄罗斯民族的精神文化问题。他们试图通过宗教意识的更新，探讨新的哲学问题、新文化问题、新美学问题，以适应新的时代的要求。

新宗教意识运动的产生是同宗教哲学协会的成立和相关刊物的创办相联系的。1901 年 11 月，在圣彼得堡成立了第一个宗教哲学协会，它的活动延续至 1903 年，协会发起人为梅列日科夫斯基和吉皮乌斯（Зинаида Николаевна Гиппиус，1869—1945）夫妇，参加活动的有来自哲学界、文学界和宗教神学界的知识分子，其中有罗扎诺夫、菲洛索夫（Дмитрий Владимирович Философов，1872—1940）、明斯基（Николай Максимович Минский）。

同时于1903年创办了《新路》杂志，宣传新宗教意识运动的主张。第一个宗教哲学协会于1903年4月被取缔。之后，又于1909年成立了新的宗教哲学协会，在莫斯科由谢·布尔加科夫发起，在彼得堡由别尔嘉耶夫发起，在基辅由神学院几位教授发起。1904年，别尔嘉耶夫和布尔加科夫接管《新路》杂志，易名为《生活问题》，为宗教哲学提供理论阵地。多年后，1919年由别尔嘉耶夫发起，又在莫斯科成立了自由精神文化学院。

关于新宗教意识运动，关于宗教–哲学协会，关于俄罗斯宗教哲学的宗旨和特点，别尔嘉耶夫有明确的表述：

> 宗教–哲学协会成了宗教哲学思想和精神探索的中心。……这个协会反映了在俄国独具特色的宗教哲学的成长。这些协会的特点是，大幅度的思想自由，对经院派传统的剥离。其思想不是神学的，而是宗教哲学的。这是俄国所特有的。在西方，神学与哲学发生了界线分明的划分，宗教哲学是少见的现象，无论是神学家还是哲学家，都不喜欢它。在世纪之初的俄国，十分繁荣的哲学获得了宗教的性质，而宗教信仰却要落脚在哲学之上。哲学的确立完全不需要依赖于

> 神学和教会权威，它是自由的，但其内在精神却有赖于宗教经验。宗教哲学囊括了精神文化的所有问题，甚至社会生活的所有原则性问题。[1]

别尔嘉耶夫这段话清楚地说明了俄罗斯宗教哲学的三大特点：第一，它不是神学的，不是东正教的神学，它是独特的宗教哲学；第二，它是具有宗教性质的哲学，其内在精神有赖于宗教经验，但不依赖于神学和教会，它是自由的，它追求的是人的价值，人的创造和人的自由；第三，它不脱离社会，它关注俄罗斯的精神文化，关注俄罗斯社会生活中的一切原则性问题。

从宗教哲学的理论主张和特点来看，从宗教哲学家对自由的追求、对俄罗斯精神文化和俄罗斯社会问题的关注来看，俄罗斯宗教哲学和俄罗斯文学、俄罗斯诗学之间有一种必然的、内在的联系。俄罗斯宗教哲学家们常常用普希金、果戈理、尤其是陀思妥耶夫斯基和托尔斯泰的创作来印证和阐明他们的宗教哲学观点，同时又

---

[1] [俄] 别尔嘉耶夫（Н. А. Бердяев）《俄罗斯思想》，雷永生、邱守娟译，北京：生活 · 读书 · 新知三联书店，1995，第 231 页。

从他们的宗教哲学观点出发，对俄罗斯作家的创作做出新的、别具一格的阐释，深入探讨俄罗斯文学同俄罗斯民族文化精神、同俄罗斯灵魂的深刻的内在联系，同时也涉及人类社会存在和精神生活的一些带根本性的问题。正是俄罗斯宗教哲学和俄罗斯文学、诗学的交融和对话，形成了我们所说的宗教文化诗学。这种宗教文化诗学，以宗教哲学为视角，关注俄罗斯文学同俄罗斯民族文化精神的关系，具体又体现在他们对俄罗斯作家的研究之中，体现在他们的宗教文化批评之中。

新宗教意识运动有许多代表人物，有许多重要论著，这里只介绍三个代表人物和三本论著，通过这三个个案让我们对俄罗斯宗教哲学和俄罗斯文学的关系有深切的理解。

二、梅列日科夫斯基：《托尔斯泰与陀思妥耶夫斯基》

德·谢·梅列日科夫斯基是俄罗斯著名的哲学家、作家和文学批评家，19 世纪末 20 世纪初俄罗斯象征主义的奠基人和理论家，俄罗斯新宗教意识运动、俄罗斯宗教哲学的重要代表人物。他的代表作有《论现代俄国文学衰落的原因及新流派》(1893)、《托尔斯泰与陀思妥耶夫斯基》(1900—1902)、历史小说《基督与反基督三部曲》(《诸神之死：背叛者尤利安》，1896；《诸神复活》，1896；《反基督者：彼得和阿列克塞》，1903—1904)。他的著作不论是诗歌、小说，还是论著，从整体来说，都是在叙述和表现他的宗教哲学思想。他的宗教哲学思想是通过评论历史人物、评论作家和艺术家，特别是通过揭示他们的内在灵魂和精神变化过程来表达的。

《托尔斯泰与陀思妥耶夫斯基》是梅列日科夫斯基于1900—1902年创作的专著，是他文学理论批评方面的代表作。这部著作共两卷，卷一为《生平与创作》，上篇为《作为人的托尔斯泰和陀思妥耶夫斯基》，下篇为《作为艺术家的托尔斯泰与陀思妥耶夫斯基》。卷二为《宗教思想》，上篇为《托尔斯泰笔下的反基督》《陀思妥耶夫斯基笔下的反基督》《托尔斯泰笔下的基督》；下篇为《陀思妥耶夫斯基笔下的基督》《陀思妥耶夫斯基笔下的分裂》《托尔斯泰笔下的最终分裂和最终合一》。

从全书来看，梅列日科夫斯基仍然是通过分析这两位伟大作家的创作来阐发他的宗教哲学，他的新宗教意识，对作家的精神探索和艺术探索的分析成了他对宗教思想的探讨，不过也应当看到，书中有许多对两位作家创作的深入的、独到的、精彩的艺术分析。

梅列日科夫斯基1914年为《梅列日科夫斯基全集》写的“序言”中，有一段话涉及《基督与反基督》三部曲，其实也可以帮助我们理解《托尔斯泰与陀思妥耶夫斯基》这本专著的中心思想。这段话的全文如下：

> 当我着手写作“基督与反基督三部曲”的时候，我觉得，存在着两个真理——基督教讲的是天上的真理，多神教讲的是尘世的真理；将来，这两个真理结合起来，那宗教真理就完满了。但是，在我写到最后的时候，我已经知道了，要把基督和反基督结合起来，乃是渎神的骗局；我知道了：两个真理——天上的、尘世的——已经融合在耶稣基督、上帝之子的身上了，融合在那个为普世基督教所信奉的人身上了；我知道了：在他——唯一真神身上的真理不仅是完备的，而且还在不断被完善、不断成长、永无止境，除他之外，再不会有其他。但是，我现在还知道，我必须把这个骗局延续到底，以求看到真理。从一分为二

到合二为一——这就是我的路，我的读者旅伴如果在要点上，亦即自有探索上，与我等同，那么，也会走到同样的一个真理。[1]

首先，梅列日科夫斯基对托尔斯泰和陀思妥耶夫斯基这两个俄罗斯伟大作家和伟大灵魂的剖析，是以基督和反基督、天上的真理和尘世的真理为基本的理论框架和基本的戏剧推动线索的。也就是说，这本专著虽然是以托尔斯泰和陀思妥耶夫斯基的创作为对象，但它的视角是作者所主张的宗教哲学，它的落脚点也是作者所主张的宗教哲学，他试图探讨关于两种真理——上帝的真理和人类的真理在神－人现象中的关系，他原想把两种真理结合起来，实际上又是办不到的，因为，他认为基督教不但是完备的真理，而且是可以不断完善、不断发展、永无止境的真理。

其次，他指出托尔斯泰和陀思妥耶夫斯基的创作是有各自特点的。他说，“在托尔斯泰那里，是因为肉的重

---

[1] [俄] 梅列日科夫斯基（Д. С. Мережковский）《托尔斯泰与陀思妥耶夫斯基》（卷一：生平与创作），杨德友译，北京：华夏出版社，2009，序言第 2 页。

量超过灵，而在陀思妥耶夫斯基那里，则是灵的重量超过肉。”[1]“像托尔斯泰洞察肉之深那样，陀思妥耶夫斯基洞察了灵之深渊。”[2]

第三，梅列日科夫斯基认为，两位作家“是同样伟大，具有同样的俄罗斯性格，是彼此完成和补充着的”[3]。他并不像不少评论简单概括的那样，把两位作家看成是完全对立的两端，似乎一个完全重肉体，一个完全重灵魂，似乎要肯定一个，就要贬低另一个。他看到了问题的复杂性，敏锐发现了两者之间的矛盾和统一，力求用基督教的观点揭示两者之间的内在联系。他指出，“他们就是这样地处于永恒的矛盾和永恒的统一之中，——俄罗斯文艺复兴的这两个恶魔——肉的洞见者托尔斯泰和灵的洞见者陀思妥耶夫斯基；一位追求肉的灵魂化，另一位追求灵魂的肉体化。也正是在这一点上，即：他们是两个人，他们又在一起（虽然他们自己意识不到他们

---

❶ [俄] 梅列日科夫斯基（Д. С. Мережковский）《托尔斯泰与陀思妥耶夫斯基》（卷一：生平与创作），杨德友译，北京：华夏出版社，2009，第104页。

❷ 同上，第300页。

❸ 同上，第104页。

是在一起的，彼此缺一不可），这一情况中，蕴藏了我们最后的、最伟大的希望。”[1]

第四，梅列日科夫斯基认为托尔斯泰和陀思妥耶夫斯基的根基在于普希金，两位作家的相近之点、统一之点，应从普希金身上去寻找。他说：“在俄罗斯文学中，比陀思妥耶夫斯基和托尔斯泰更为内在地近似、同时又更为对立的作家是没有的。他们二人都源出普希金。陀思妥耶夫斯基对此一向有知，而托尔斯泰似乎从未想到、也未感知到这一点。但是，我们认为，没有普希金就不一定有托尔斯泰。他和陀思妥耶夫斯基既相近又互相对立，像一棵大树的主要的、最强壮的两大支干，树冠伸向对立的方向，基部却在一个主干中聚合。我们如果深入研究托尔斯泰和陀思妥耶夫斯基，就会抵达他们共同的根基——普希金。”[2] 问题是，普希金身上的什么精神把这两位作家连接了起来。梅列日科夫斯基认为是普希金试图解决世界性的矛盾的思想。“把异教和基督教这种渊

---

[1] [俄] 梅列日科夫斯基（Д. С. Мережковский）《托尔斯泰与陀思妥耶夫斯基》（卷一：生平与创作），杨德友译，北京：华夏出版社，2009，第301页。

[2] 同上，第9页。

源空前和谐地结合起来"[1]，也就是把基督和反基督、天上的真理和尘世的真理、东方的精神和西方的精神、神人和人神和谐地结合起来。

梅列日科夫斯基对托尔斯泰和陀思妥耶夫斯基创作及思想的分析，有许多独到的感悟和理解，也抓住两位伟大作家思想和创作的一些重要特点，但他主要是从他的宗教哲学，从他的新宗教意识的观点来探讨作家的思想和创作，无法真正阐明两位作家思想创作产生的社会历史根源。尽管如此，梅列日科夫斯基有很高的艺术素养，艺术感觉十分敏锐，在他的书中涉及两位作家大量作品，其中有许多对作家创作的细致的、独到的精彩分析。

关于两位作家对生活的描写，他说："如果说托尔斯泰的生活宛如地下涌泉般纯洁的清水，那么陀思妥耶夫斯基的生活就像火一样——这一股火焰从原始地下深处喷射出来，却混合着岩浆、灰烬、令人窒息的恶臭和浓

[1] [俄]梅列日科夫斯基（Д. С. Мережковский）《托尔斯泰与陀思妥耶夫斯基》（卷一：生平与创作），杨德友译，北京：华夏出版社，2009，第7页。

烟。”[1]

关于两位作家人物描写的特色，他说：“托尔斯泰从肉体走向灵魂，从外部走向内心。陀思妥耶夫斯基以相反的途径所取得的躯体外貌的明晰性也同样显然：他从内心走向外貌，从意识和人性走向自发的动物性。在托尔斯泰那里，因为我们看得见，我们才听得到；在陀思妥耶夫斯基那里，因为我们听得到，我们才看得见。”[2]

关于两位作家对大自然的描写，他肯定托尔斯泰的高超手法，而认为陀思妥耶夫斯基对大自然的描写也是有力量的，并不亚于托尔斯泰，“他热爱的不是‘肉的’、‘血的’、‘地上的’、‘戒指般的’俄罗斯躯体，而是受到灵感的、‘有灵魂的’、渗透着挥发出神性之芳香的俄罗斯神圣的躯体，俄罗斯神圣的土地，这片土地……”[3]

---

[1] [俄]梅列日科夫斯基（Д. С. Мережковский）《托尔斯泰与陀思妥耶夫斯基》（卷一：生平与创作），杨德友译，北京：华夏出版社，2009，第132页。

[2] 同上，第231—232页。

[3] 同上，第260页。

三、别尔嘉耶夫：《陀思妥耶夫斯基的世界观》

尼·亚·别尔嘉耶夫（Николай Александрович Бердяев，1874—1948）是俄罗斯著名哲学家、宗教思想家和文学批评家，俄罗斯宗教哲学运动的重要代表人物，他的重要著作有《陀思妥耶夫斯基的世界观》（1923）、《人的奴役与自由——人格主义哲学的体认》（1939）、《俄国共产主义的起源和意义》（1937）、《俄罗斯思想——19世纪至20世纪初俄罗斯思想的主要问题》（1946）、《自我认识——思想自传》（1949）等。作为一个哲学家，别尔嘉耶夫哲学的基本主题是人、个性自由和创造，并以此构建他的"自由哲学"或"自由精神哲学"。他的宗教哲学深受俄罗斯文学所体现的俄罗斯民族文化精神的影响，同时他也是注重通过俄罗斯作家的研究来阐发他的宗教哲学、他的自由哲学。

《陀思妥耶夫斯基的世界观》是别尔嘉耶夫集中研究陀思妥耶夫斯基的一部著作，其他研究陀思妥耶夫斯基的论著还有《宗教大法官》（1907）[1]、《斯塔夫罗金》（1914）、《陀思妥耶夫斯基的创作对人的发现》（1918）等。

---

[1] 该文发表时是作为别尔嘉耶夫的《新宗教意识及其社会性》（1907）一书中的一章。

别尔嘉耶夫同陀思妥耶夫斯基的关系非同寻常。

首先，陀思妥耶夫斯基对别尔嘉耶夫的影响是其他俄罗斯作家所无法比拟的，别尔嘉耶夫认为陀思妥耶夫斯基的精神生活对他世界观的形成起了决定性的作用。他在本书的“前言”对此作了明确的、深刻的表述。他说：“陀思妥耶夫斯基在我的精神生活中有着决定性的意义。还是在小男孩的时候我就形成了来自于陀思妥耶夫斯基的习性。……自由的思想永远是我的宗教立场和世界观的基础。在这个自由的第一直觉中我遭遇了陀思妥耶夫斯基，他一同我的精神之父。”[1]

其次，别尔嘉耶夫不仅仅是把陀思妥耶夫斯基看成自己的研究对象，更重要的是通过陀思妥耶夫斯基来阐明自己的宗教哲学，阐明自己对俄罗斯民族文化精神、对自由文化精神的理解。当然，丰厚的俄罗斯文化和文学都是别尔嘉耶夫的思想源泉，但是比起其他俄罗斯作家，甚至像托尔斯泰这样的大家，别尔嘉耶夫认为陀思妥耶夫斯基对他更亲近，更能体现他的宗教哲学思想。

---

[1] [俄] 别尔嘉耶夫（Н. А. Бердяев）《陀思妥耶夫斯基的世界观》，耿海英译，桂林：广西师范大学出版社，2008，前言第1页。

为此，他说："我不仅试图揭示陀思妥耶夫斯基的世界观，并且也融进了许多我个人的世界观。"[1] 也就是说，他们两个人的世界观有许多共同之处，他是借着陀思妥耶夫斯基的世界观来说明自己的世界观。我在《巴赫金的文化诗学》一书中在谈到巴赫金的专著《陀思妥耶夫斯基诗学问题》时，也曾说过："一部《陀思妥耶夫斯基诗学问题》讲的是陀思妥耶夫斯基的复调小说问题，在我看来，这部专著与其说是陀思妥耶夫斯基的诗学，不如说是巴赫金的诗学，巴赫金是通过对陀思妥耶夫斯基复调小说的分析来阐明自己的诗学观点的。"[2]

别尔嘉耶夫认为"陀思妥耶夫斯基不仅是伟大的艺术家，他还是伟大的思想家和伟大的与灵魂交往的人。"[3] 也就是说他善于深入到人的心灵和精神的远处和深处，善于探索人的精神世界的奥秘，他具有一种独特的精神结构，而这种独特的精神结构是源于"俄罗斯精神结构

---

[1] [俄] 别尔嘉耶夫（Н. А. Бердяев）《陀思妥耶夫斯基的世界观》，耿海英译，桂林：广西师范大学出版社，2008，前言第 1 页。

[2] 程正民《巴赫金的文化诗学》，北京：北京师范大学出版社，2001，第 7 页。

[3] [俄] 别尔嘉耶夫（Н. А. Бердяев）《陀思妥耶夫斯基的世界观》，耿海英译，桂林：广西师范大学出版社，2008，第 1 页。

中某种本质的东西”。在他看来，陀思妥耶夫斯基精神结构的特点和俄罗斯精神结构的特点是密不可分的。一方面我们可以通过了解陀思妥耶夫斯基的精神结构的特点来了解俄罗斯精神结构的特点，另一方面，我们要“彻底理解陀思妥耶夫斯基，这意味着理解俄罗斯精神结构中某种本质的东西，意味着逐渐揭开俄罗斯之谜”。❶别尔嘉耶夫认为俄罗斯的精神结构有别于西方人的精神结构。俄罗斯大地的辽阔无垠，决定了俄罗斯灵魂的辽远无边，没有分界、民族天性不受形式的限制，这意味着在俄罗斯人的精神结构中，精神和灵魂很难受到约束，“这个灵魂渴望终点和极限……就其基本的情绪和渴望讲，这是一个启示录的灵魂。”❷他说，“俄罗斯人，他们最常用以表达自己民族独特特征的词是——启示录主义者或虚无主义者。”❸在别尔嘉耶夫看来，陀思妥耶夫斯基作为“骨子里是地道的俄罗斯人和俄罗斯作家”，❹在他

---

❶ [俄]别尔嘉耶夫（Н. А. Бердяев）《陀思妥耶夫斯基的世界观》，耿海英译，桂林：广西师范大学出版社，2008，第5页。

❷ 同上，第97页。

❸ 同上，第5页。

❹ 同上，第95页。

身上体现了俄罗斯的灵魂，俄罗斯的天性和矛盾，这表现在他不是重视人的肉体而是重视人的精神和灵魂，表现在他不是在静止的、正规的生活中，而是在潜意识中，在疯狂中去揭示人的本性的深度；表现在他对终结和极限的渴望，“对世界终结、对发现新天、新地的宗教渴望”❶。

别尔嘉耶夫指出陀思妥耶夫斯基虽然是一个宗教哲学家，是一个基督教徒，但他不是神学家，“他的思想中充满着人学，而不是神学。”❷他认为作家是在自己的作品中通过探讨他所理解的基督教精神来探讨人和人的命运问题，来阐明俄罗斯文化精神的实质内容。在别尔嘉耶夫看来，陀思妥耶夫斯基虽然是地道的俄罗斯天才作家，是“最俄罗斯的”作家，但“就其意义和全部主题来讲，又是最全人类的”。他说：“如果所有的天才都是民族的，而非世界的，是以民族的方式表达全人类的东西，那么，这对于陀思妥耶夫斯基来说尤其正确。”❸这

❶ [俄]别尔嘉耶夫（Н. А. Бердяев）《陀思妥耶夫斯基的世界观》，耿海英译，桂林：广西师范大学出版社，2008，第 6 页。

❷ 同上，第 10 页。

❸ 同上，第 4—5 页。

就是说，陀思妥耶夫斯基通过同俄罗斯文化精神相通的、他所理解的基督教精神的探讨，试图思考和阐明全人类普遍的问题，这就是别尔嘉耶夫所看重的陀思妥耶夫斯基的深刻之处和伟大之处。

那么，别尔嘉耶夫认为陀思妥耶夫斯基通过自己的作品所探讨的、同俄罗斯文化精神相联系的基督教精神是什么呢？他认为是对人和人的命运的关注，是人的个性，人的自由，人的创造，而其中的核心是人的自由。他明确指出："对我而言，基督永远与精神的自由联系在一起。"❶在他看来，"人及其命运的主题，对于陀思妥耶夫斯基来说，首先是自由的主题。人的自由决定了人的命运，决定了他饱受苦难的流浪。自由位于陀思妥耶夫斯基世界观的核心"❷。在这个问题上，他特别赞赏陀思妥耶夫斯基在《宗教大法官》中所描写的基督形象，和其中所宣扬的以精神自由为基础的基督教精神。他认为《宗教大法官》是陀思妥耶夫斯基创作的顶峰，应当从

---

❶ [俄]别尔嘉耶夫（Н. А. Бердяев）《自我认知》，汪剑钊译，上海：上海人民出版社，2007，第137页。

❷ [俄]别尔嘉耶夫（Н. А. Бердяев）《陀思妥耶夫斯基的世界观》，耿海英译，桂林：广西师范大学出版社，2008，第39页。

中来寻找作家正面的世界观。他认为宗教大法官代表的是强权的形象，专制的形象，他以人们幸福的名义拒绝自由；而基督代表的是自由的形象，他不仅爱人，而且尊重人，尊重人的自由，拒绝奴役世界的一切权力。在《宗教大法官》中体现的是两种世界本源的冲突，自由与强权的冲突，自由和奴役的冲突。[1]从这个意义上讲，别尔嘉耶夫认为陀思妥耶夫斯基宣扬的是一种新的基督教精神，它的深刻性在于对人和人的命运的关注，在于“宗教最终走到人的精神的深处；精神深度回到了人身上”[2]。

别尔嘉耶夫认为陀思妥耶夫斯基带领人们走进新的精神时代，使人们的世界观变成一种悲剧的世界观，经历了在他之后的灵魂开始走向未知、可怕的未来，这是人道主义所未能洞察的人性的整个深度，20世纪初出现的新的宗教意识运动的代表人物都站到陀思妥耶夫斯基的旗帜下。[3]尽管“陀思妥耶夫斯基主义”中不仅隐藏

---

❶ [俄]别尔嘉耶夫（Н. А. Бердяев）《陀思妥耶夫斯基的世界观》，耿海英译，桂林：广西师范大学出版社，2008，第117页。

❷ 同上，第130页。

❸ 同上，第133—135页。

了伟大的精神财富，也隐藏着巨大的精神危险[1]，但别尔嘉耶夫认为，“有一点他仍然是导师，即他教导经由基督发现黑暗之中的光明，发现最堕落的人身上的上帝的形象；教导爱人，并尊重人的自由。”[2]

四、舍斯托夫：《在约伯的天平上：灵魂中漫游》

列夫·舍斯托夫（Лев Исаакович Шестов，1866—1938）是俄罗斯著名的哲学家、文学批评家，俄罗斯宗教哲学的重要代表人物。他的主要著作有《陀思妥耶夫斯基与尼采：悲剧的哲学》（1903）、《无根据颂》（1905）、《在约伯的天平上：灵魂中漫游》（1929）、《雅典与耶路撒冷》（1938）等。在19世纪末20世纪初的俄国，他是一个最具有思想独创性的哲学家，也是一个孤独灵魂的漫游者。他的哲学有人称之为悲剧哲学、存在主义哲学，有人称之为启示哲学、宗教哲学。他一生反

---

[1] [俄]别尔嘉耶夫（Н. А. Бердяев）《陀思妥耶夫斯基的世界观》，耿海英译，桂林：广西师范大学出版社，2008，第139页。

[2] 同上，第143页。

对传统的理性哲学、思辨哲学，力主启示哲学、宗教哲学。

在《在约伯的天平上：灵魂中漫游》这部著作中，舍斯托夫通过在西方古今哲学家和文学家灵魂中的漫游，对西方古今哲学家和文学家进行独特的思想考察，展示西方文化精神的两大来源——希腊哲学和圣经哲学、理性哲学和启示哲学之间的关系和两者之间的冲突与斗争，并从中表现作者本人以决绝的姿态冲击理性之墙的哲思和情怀。作为一部哲学著作，它涉及一系列哲学命题，并通过文学家的创作加以分析，其中重点分析了陀思妥耶夫斯基和托尔斯泰的创作。这部分总的标题是《死的启示》。本文的重点就放在作者如何通过对这两位作家创作的分析展现他的哲学思想。

舍斯托夫分析陀思妥耶夫斯基创作的部分题为《战胜自明（陀思妥耶夫斯基诞辰一百周年纪念）》。

舍斯托夫提出的"战胜自明"就是向传统哲学的理性、自明和绝对真理发起挑战。在传统哲学的观念中，生就是生，死就是死，而实际生活中却可能生就是死，死就是生。要看清这个问题就需要有双重视力，他认为

“陀思妥耶夫斯基无疑是一位具有双重视力的人”[1]他能从死看到生，能从生看到死。他认为陀思妥耶夫斯基感到死亡的威胁不是在断头台等待处死的时候，不是在服苦役和流放的时候，因为他面临死的威胁时依然有生的希望。他感到监狱的生活“并非是全部生活，并非整个天空就是监狱上那么一小块，而是偌大的苍天，在没有墙的地方，在天地无限宽广而又有不受任何限制的自由的地方……有真正的、充裕的、富有内容的、自觉的生活。”他渴望结束苦役生活和开始新生活的那一天，他在死中看到了生。然而当他结束了苦役和流放，结束了监狱般的生活时，开始作为自由人享有“整个天空”时，他却感到所谓自由的生活越来越像苦役的生活，令人感到憋闷、窒息，“天空令人窒息，理想遭到禁锢，如同死屋囚犯生活一样，正在变成一场噩梦……”[2]这种死囚般的生，对他来说，也就是死。从《死屋手记》到《地下室手记》，第一视力，旧的视力，使作家在《死屋手记》中从死中看到生；第二视力，新的视力，使作家在

[1] [俄]舍斯托夫（Л. И. Шестов）《在约伯的天平上》，董友等译，北京：生活·读书·新知三联书店，1989，第25页。

[2] 同上，第28页。

《地下室手记》中从生看到死。从根本上说，这是启示哲学向理性哲学的挑战，也就是舍斯托夫所说的“战胜自明”。他感到惊奇的是，作家虽然没有任何哲学和科学素养，可是他却正确看清了哲学的基本问题和永恒问题之何在。

舍斯托夫深刻之处还在于，他并没有把陀思妥耶夫斯基创作中的两种视力完全对立起来，而是敏锐看到这两种视力在作家创作中“连续不断的对质”。他说：“《死屋手记》和《地下室手记》是陀思妥耶夫斯基后来全部作品的滋养源。他的长篇小说《罪与罚》《白痴》《群魔》《少年》和《卡拉马佐夫兄弟》，都是对早期作品《手记》的广泛注释。到处可见‘天然视力’和蒙上眼睛的天使赋予他的超天然视力之间连续不断的对质。”[1] 在《罪与罚》中拉斯柯尔尼科夫的故事中，作家告诉人们，人想要离开“一般”就不应当变成神，而应当变成捕获的野兽，并认为只有这种意识“才是他生活中未来转折、再生和新生活观的先声”。舍斯托夫说这是作家“在《死屋手记》中描写的

[1] [俄] 舍斯托夫（Л. И. Шестов）《在约伯的天平上》，董友等译，北京：生活·读书·新知三联书店，1989，第 61 页。

声音”。[1]在他看来，“陀思妥耶夫斯基用自己的眼睛看丑小鸭，用‘人家的’眼睛论证美丽的天鹅。天然视力和非天然视力之间的争论没有停止，反倒更加尖锐了。”[2]在《罪与罚》之后的《白痴》中，作家想通过梅什金公爵给我们描绘“新生活”，但第二视力使他相信不可能有新的生活。舍斯托夫生动地指出，在小说中，“天平一端盘上放着沉甸甸的不动的‘二二得四’及传统‘自明’的全部构成物，——他用颤抖的双手急急忙忙给天平另一端放上‘没有重量的东西’——即凌辱、恐惧、喜悦、吉利、绝望、美、未来、丑、奴役、自由以及普罗提诺用‘最受尊敬的’一词所包罗的一切。任何人都不怀疑，二二得四的重量不仅超过陀思妥耶夫斯基一天之内七拼八凑的一堆‘最受尊敬的’东西，而且超过世界史的全部事件。难道二二得四动了半毫分吗？”[3]

舍斯托夫还指出：“陀思妥耶夫斯基在俄国文学上并非无独有偶”，前有果戈理，后有托尔斯泰。在他看来，

---

[1] [俄]舍斯托夫（Л. И. Шестов）《在约伯的天平上》，董友等译，北京：生活·读书·新知三联书店，1989，第62页。

[2] 同上，第64页。

[3] 同上，第67页。

果戈理的全部作品，从早期描写乌克兰风情的短篇小说，到《钦差大臣》《婚事》《死魂灵》，“有些部分就是连续的地下室手记”。陀思妥耶夫斯基看出，“果戈理的描写是用异常难题让理性感到难受”。[1]普希金认为《死魂灵》是无知识的、粗野的、落后的俄国的哀歌。果戈理则认为《死魂灵》把整个世界描写成“中了魔的王国”，只有死亡以及死亡的疯狂才能把人们从生活噩梦中唤醒。舍斯托夫进一步指出：“果戈理在《死魂灵》中不是社会真相的‘揭露者’，而是自己命运和全人类命运的占卜者。”从这个意义上讲，他认为果戈理“真正的《疯人日记》是《死魂灵》和《与友人书简选》”，而“《书简选》不过是对《死魂灵》的注释和补充”。[2]

舍斯托夫分析托尔斯泰创作的部分题为《最后审判的时刻（托尔斯泰的后期作品）》。

在这个部分，舍斯托夫以托尔斯泰后期作品《疯人日记》《伊凡·伊里奇之死》《谢尔盖神父》《主与仆》为研究对象，以死亡为题，揭示作家对“共同世界”的理

❶ [俄] 舍斯托夫（Л. И. Шестов）《在约伯的天平上》，董友等译，北京：生活·读书·新知三联书店，1989，第 49 页。
❷ 同上，第 106—107 页。

性原则的怀疑和动摇。

在舍斯托夫看来，托尔斯泰晚期作品《疯人日记》（1884—1886）是“在某种意义上可以看作托尔斯泰创作的关键”，“可以被看作托尔斯泰五十岁以后所写的全部东西的总标题”。[1]这部小说描写一个殷实的地主用便宜的价钱在外地买到一座漂亮的庄园，可是在回家的路上却突然被可怕的难忍的苦恼所惊扰，人们把他当成了疯子。舍斯托夫认为故事不是虚构的，所说的就是托尔斯泰本人，他也有过恐怖的“阿尔扎马斯之夜”，也有过莫名其妙的苦闷和恐惧。作品中主人公有一句自白：“他们认为我犯了感情倒错症，还有别的什么，但思维正常；他们这样认为，但我可知道我是个疯子。”[2]舍斯托夫指出，“这个自白为我们打开了通往托尔斯泰最重要的、最有意义的内心感受之路。”[3]也就是说，作家对“共同世界”所认定的理性、法则、秩序、真理产生了怀疑和动

❶ [俄]舍斯托夫（Л. И. Шестов）《在约伯的天平上》，董友等译，北京：生活·读书·新知三联书店，1989，第102、105页。

❷ [俄]托尔斯泰（Л. Н. Толстой）《疯人日记》，见《克鲁采奏鸣曲》，草婴译，上海：上海远东出版社，1997，第159页。

❸ [俄]舍斯托夫（Л. И. Шестов）《在约伯的天平上》，董友等译，北京：生活·读书·新知三联书店，1989，第112页。

摇。舍斯托夫还特别强调死亡有自己的真理，它不容忍我们寻常的观念，不可能也会变成可能。托尔斯泰就是把自己的主人公放在死亡面前揭示其如何把不可能变成可能，如何动摇对“共同世界”的理性和法则的信念。

从《疯人日记》开始，托尔斯泰晚期作品的主人公都带有某种疯癫状态，都对现实和理性提出质疑。“他感到自己已从共同世界中被驱逐出来的时候，他自愿不自愿地应当开始不用共同的而是用自己特殊的眼睛来看待一切了。”正因为如此，舍斯托夫才说《疯人日记》是托尔斯泰创作的“关键”，是五十岁以后全部创作的“总标题”。在《舞会之后》（1903）中，托尔斯泰把快乐、优雅的舞会场面和舞会之后对逃兵施以列队鞭笞酷刑的场面加以对比，让主人公感到舞会本身就是一场疯狂而痛苦的噩梦。舍斯托夫甚至由此联想到，托尔斯泰在青年时代和成年时代把生活描写成像迷人的舞会，而到了老年时期则把生活描写得像折磨人的列队鞭笞。在《谢尔盖神父》（1911）中，托尔斯泰以他特有的诚实和勇气讲述了一个真理：一个人的声望愈高，他就愈因意识到自己的虚弱和渺小而强烈感到痛苦，理性在欺骗，一切“努力”都白费。在《伊凡·伊里奇之死》（1884—1886）中，主人公之前不仅不敢起来反对法则、秩序，也害怕别人破坏法则、秩序，但当他临终时，在“最后审判”的时刻，在审视自己的一生时，却感到了绝对的孤独。“不仅人们，而且他以前的信仰，他长期生活过程中形成的世界观基础，都成了虚伪的、不可靠的东西。用以区分现实和梦、实际和幻想的特征正在消失。”❶ 在《主与仆》（1895）中，托尔斯泰描写商人和仆人在暴风雪之夜遇到的绝境，在最后的时刻，他同自己全部往事完全断绝关系，从前“有力”的意识闪光完全熄灭了，“剩下的只有一个为自己的虚弱无力和自由而感到的巨大喜悦。他已经不怕死了：力量怕死，虚弱无力没有这种惧怕。”❷

在托尔斯泰的后期作品中，舍斯托夫看到了作家所描写的“疯狂”，并对这些描写给予充分肯定。在他看来，“‘疯狂’在于，从前以为是真实的、真正存在的东西，现在看来是虚幻的东西，从前以为是虚幻的东西，现在则以为是唯一真实的东西。”❸ 这里，他看出了托尔斯

❶ [俄] 舍斯托夫（Л. И. Шестов）《在约伯的天平上》，董友等译，北京：生活·读书·新知三联书店，1989，第 135 页。

❷ 同上，第 151 页。

❸ 同上，第 107 页。

泰那种“彻底破坏理性的全部权力和特权”的意向[1]。托尔斯泰对“共同世界”所拥有的“二二得四”和“一切都是有缘由”的理性和真理产生怀疑并提出挑战，他对“疯狂”的描写正是对理性、原则、秩序的否定。就此，舍斯托夫指出：“托尔斯泰在其一生的最后十年中所给予我们的则是真正哲学创作的榜样。他所做的一切，只有一个意思和一个目的：削弱他同过往的暂时的世界，即‘共同世界’的联系，从自己的生命之船上抛掉使它保持平衡，但同时又不让它脱离地球的沉重的压舱物。”[2]

五、研究俄罗斯宗教哲学和俄罗斯文学关系的价值

（一）旨在探索和阐发俄罗斯文化精神

俄罗斯宗教哲学也好，俄罗斯宗教文化诗学也好，

❶ [俄] 舍斯托夫（Л. И. Шестов）《在约伯的天平上》，董友等译，北京：生活·读书·新知三联书店，1989，第 117 页。

❷ 同上，第 113 页。

不能说同政治毫无关系，列宁批评“路标派”[1]反对俄国革命民主主义传统，宣扬唯心主义哲学。列宁的批评自有其立场和道理，但又不能仅仅从政治的角度来考察它。俄罗斯宗教哲学和俄罗斯宗教文化诗学既然以宗教命名，当然也同宗教脱不了干系，但他们又不完全等于宗教。俄罗斯新宗教意识之新，就在于它有别于神学，他们关心的是人而不是神，他们的思想充满的是人学而不是神学。那么宗教哲学、宗教文化诗学的真正旨归是什么？我觉得，不应当只是从政治层面、宗教层面来理解，还应当更多地从文化层面来加以理解。一个民族的哲学、宗教和文学是一个民族文化精神的集中体现，一个民族的哲学、宗教、文学的特点和发展是同民族的特性、同该民族自己的历史道路和历史选择或明或暗地深深联系在一起的。19世纪末20世纪初面临俄罗斯历史发展的关键时刻，不同立场的思想家都在思考和探索俄罗斯的发展道路。俄罗斯的宗教哲学家和宗教文化诗学家就试

[1]《路标》是立宪民主党的一个文集，副标题是《关于俄国知识分子的文集》，1909年春在莫斯科出版，其作者就有宗教哲学的代表人物别尔嘉耶夫、谢·布尔加科夫、司徒卢威（Пётр Бернгардович Струве，1870—1944）、弗兰克（Семён Людвигович Франк，1877—1950）等。

图通过对俄罗斯宗教哲学和体现俄罗斯宗教哲学的俄罗斯文学的研究，来寻找俄罗斯的民族文化精神，寻找俄罗斯的民族特性和发展道路。在他们看来，俄罗斯民族是最富有宗教性的民族，俄罗斯的哲学和文学都带有浓厚的宗教性质，并在其中蕴含着独特的俄罗斯文化精神。俄罗斯人的宗教信仰、宗教情怀不完全体现为对教规的遵守，更主要体现为带有浓厚生活色彩的生活态度、人生态度，他们从宗教体验角度思考和探索人生，探索生命的意义，其中充满强烈的救世精神和普世精神，充满对人的价值、人的个性和自由的关注，这一切经过历史的积淀，逐渐成为俄罗斯民族文化精神。值得称道的是，俄罗斯的宗教哲学家和宗教文化诗学家在强调俄罗斯文化精神的民族特色时，并没有把它同全人类的普遍问题割裂开。他们认为，所有的天才都是民族的，但他们都是以民族的方式表达全人类普遍关注的问题。

（二）为研究俄罗斯文学提供了新的视角，加深了人们对俄罗斯文学深层意蕴的理解

俄罗斯宗教文化诗学有别于俄罗斯宗教哲学，它的

研究重点在于文学而不全在于哲学，但两者之间又有一种密不可分的内在的联系，大多数宗教哲学家都是以俄罗斯作家作品为研究对象的，他们常用俄罗斯作家的创作，用普希金、莱蒙托夫、果戈理、契诃夫，特别是陀思妥耶夫斯基和托尔斯泰的创作来印证和阐释他们的宗教哲学观点，反过来，从他们的宗教哲学观点的角度对俄罗斯文学，对俄罗斯作家的创作做出新的、别具一格的阐释。

首先是深入探讨俄罗斯文学同俄罗斯民族文化精神的内在联系。他们特别看重俄罗斯文学在形成和表现俄罗斯文化精神过程中的特殊的、重要的作用，认为不同于文艺复兴式的文学，俄罗斯文学是充满苦难和具有悲剧性的文学。宗教问题折磨着伟大的俄罗斯文学，关于从苦难中拯救人，关于追求人的价值和人的自由，关于人生意义的思考，在俄罗斯文学中占据着主要的地位。我们看到一个有意思、有意义的现象，俄罗斯宗教哲学家们都不约而同地关注陀思妥耶夫斯基的创作，而且特别关注陀思妥耶夫斯基的小说《卡拉马佐夫兄弟》中《宗教大法官》这一章，别尔嘉耶夫、舍斯托夫等人或写专文或在论著中论述，罗扎诺夫更是专门写出专著《论宗教大法官的传说》。他们认为在小说中大法官代表的是强权的形象，专制的形象，而基督代表的是自由的形象，两者之间的冲突是自由和强权的冲突。从中可以看出，俄罗斯宗教哲学家们在俄罗斯文学研究中所宣扬的新基督教精神实际上就是俄罗斯文化精神，就是对人的价值、人的自由和人的命运的关注。

其次，他们从宗教哲学的角度阐明俄罗斯作家作品所具有的特色，给人耳目一新的感觉。梅列日科夫斯基看到托尔斯泰和陀思妥耶夫斯基的创作各有特色，一个重肉体，一个重灵魂，一个洞察肉之深，一个洞察灵之深；同时又指出两者又不是完全对立的，之间存在矛盾统一的内在联系。这对于我们把握这两位作家创作的特色和他们两人创作之间的复杂关系，是很有启发的。而舍斯托夫指出陀思妥耶夫斯基有双重视力，能从死看到生，从生看到死，从他的创作分析出他如何以启示哲学向理性哲学发起挑战，这些见解对我们了解陀思妥耶夫斯基创作的深度，以及他的创作蕴含的深刻哲学意味，也是很有帮助的。

（三）体现出一种“人文研究”的“人文性”

俄罗斯宗教哲学家们个个都是学养深厚的学者，他们有很高的文化素养、哲学素养，但他们在面对伟大而深刻的俄罗斯文学时，也体现出很高的文学素养，对作家作品的思想艺术特色有精确的把握和细致的分析。其中最重要的一点是他们往往不是从理念出发，从概念出发，而是从直觉出发，从感悟出发，从人的生命体验出发，从作品的实际出发，来把握作家作品，而这种研究方法和研究特色在很大程度上是和宗教哲学强调宗教体验相联系的。比如他们指出，陀思妥耶夫斯基的悲剧哲学是来自作家因理想主义的破灭而产生的可怕孤独的生命体验。比如他们在研究托尔斯泰后期作品的时候，并不是先从作家的立场和世界观变化的概念出发，而是从一系列晚期作品所体现的疯狂的、恐惧的生命体验出发，体悟出作家对“共同世界”的理性原则的怀疑和动摇，进而把握作家思想的变化。俄罗斯宗教哲学家这种在人文科学研究中所体现出的“人文性”虽然不能说是人文科学研究唯一的方法，但它启发我们人文科学的研究要更重视它的“人文性”。在人文科学的研究中如何坚持从历史中的人的具体生命体验出发，而不是仅仅从思想观念的设定出发。如何使人文科学研究保有“人文性”，是一个值得反思的重要问题。

第十三章

小说体裁和民间文化

上层文学和民间文化的对话也是跨文化诗学对话的重要内容。巴赫金研究民间狂欢化对文学的影响主要是从小说体裁入手，他把小说史研究和文化史研究结合起来，力图从文化史的广阔背景，特别是从民间文化的广阔背景来寻找小说发展的历史规律，来把握小说体裁的特征。他在从历时的角度阐明古希腊罗马庄谐体文学和后来的狂欢体小说同民间狂欢化文化的深刻联系之后，又从共时的角度深入探讨小说体裁的特性和民间狂欢化文化的深刻联系。他的研究为小说理论研究作出了令人叹服的富有独创性的贡献，也为文化诗学研究和跨文化诗学研究提供了富有启示性的范例。

从传统的眼光来看小说是低下的体裁。可是巴赫金在研究文学时却偏偏看重小说体裁，他看重的是民间狂欢化文化给小说体裁带来的生命活力。同时，也试图通过小说研究向主要以史诗和悲剧为研究对象的西方传统诗学提出挑战。在他看来，小说是一种文学体裁，也是一种具有挑战性和颠覆性的力量。

巴赫金认为，小说体裁具有以下几个重要特征。

1．未完成性和反规范性。巴赫金指出研究小说体裁是相当困难的，这是“因为小说……是在早已形成和部分地已经死亡的诸多体裁中唯一一个处于形成阶段的体裁”[1]。

从文学发展的历史来看，其他体裁，如史诗、悲剧，都有自己的程式，都有自己稳定不变的结构，而很少可塑性。小说则不同，从小说史来看，小说只有典范的作品，却没有固定的体裁程式。文学理论对付其他体裁是“信心十足，切中要害”的，可是只要一碰到小说，就表现得束手无策，结果只好像巴赫金所说的给种种小说体裁特征加上“附加保留条件”，例如，小说是多布局的体

[1] [俄]巴赫金（M. M. Бахтин）《巴赫金全集》（第三卷），白春仁、晓河译，石家庄：河北教育出版社，1998，第506页。

裁，但也存在单布局的小说；小说是要有情节的，但也存在淡化情节的小说；小说是散文体裁，但也存在诗体小说。这样一来，种种小说"体裁特征"就被研究者所附加的保留条件化为乌有了。

巴赫金认为，"小说从本质上说就不可用范式约束"[1]。在某些时代，正统文学中的所有体裁都相互补充，整个文学是一个多种体裁汇合的和谐的整体，而小说却不进入这个整体，不参加到各种体裁的和谐生活中去。有意思的是，小说体裁不仅同其他体裁不和谐，而且从创作上和理论上对其他体裁持强烈的批判态度。特别是在18世纪，伴随着新型小说的出现，小说家们阐明了自己对小说体裁的看法和要求，而这些看法和要求都是同史诗和悲剧固有的规范相对立的：如小说不该具有其他体裁所固有的"诗意"；小说主人公不该是史诗和悲剧意义上的"英雄"人物，而应该把正反、高低、庄谐融为一体；小说主人公不该是定型不变的，而应该是成长和变化的；小说在现代世界所起的作用应该像史诗在古代

[1] ［俄］巴赫金（M. M. Бахтин）《巴赫金全集》（第三卷），白春仁、晓河译，石家庄：河北教育出版社，1998，第544页。

所起的作用一样。这些对小说的要求一方面是对其他体裁和它们对现实态度的原则性批判（矫揉造作的英雄化、程式化，狭隘而无生气的诗意，情调单一而且抽象，主人公定型不变），另一方面则是小说自我认识的一种表现。

2. 时代性。巴赫金明确指出小说体裁的未完成性是源于它同没有完成的、正在形成的现代生活的密切联系，“正是现实生活中的变化对小说起着决定的作用……小说是处于形成过程的唯一体裁，因此它能更深刻、更中肯、更敏锐、更迅速地反映现实本身的形成发展”[1]。巴赫金指出，小说“是世界历史新时代所产生和哺育的唯一一种体裁，因此它与这个新时代有着深刻的血缘关系”[2]。这个时代指希腊罗马古典时期同希腊化时期相交之际。到了新时代，新世界则是中世纪晚期和文艺复兴时期。这个新时代的主要特征是多语世界和多语现象的出现，他说：“新的文化意识和文学创作意识，存在于积极的多语世界中。世界一劳永逸变成多语世界，再无反顾。

---

❶ [俄]巴赫金（M. M. Бахтин）《巴赫金全集》（第三卷），白春仁、晓河译，石家庄：河北教育出版社，1998，第509页。

❷ 同上，第506页。

不同民族语言闭目塞听，不相往来的共存阶段，宣告结束了。"[1]拿小说同史诗作比，史诗所指示的世界归属于绝对过去的时代，归属于包括民族根基和高峰在内的过去，而小说面对的则是现代的生活现实。过去与现代不仅是时间范畴，而且是价值范畴，史诗认为过去的一切都是好的，而小说要肯定的是充满活力和生机的现代。同时，史诗是依靠记忆而不是依靠认识，而关于过去的传统是神圣不可改变的。小说则与史诗相反，渊源于现实生活，依靠经验、认识和实践。巴赫金指出："要在自身和自己同时代人相一致的评价水平和时间层面上描绘事件（因此也就是在个人经历和虚构的基础上描绘事件），就意味着实现根本的转变，从史诗的世界跨进小说的世界。"[2]

3．杂语性。巴赫金认为杂语性体现了小说体裁的本质，而杂语性又同时代性相联系的。小说体裁的出现和发展，是同社会的转型，语言和思想的稳定体系解体相联系的。拿小说同史诗比较，史诗是单一语言的，统一

---

❶［俄］巴赫金（M. M. Бахтин）《史诗与小说——长篇小说研究方法论》，见《巴赫金全集》（第三卷），白春仁、晓河译，石家庄：河北教育出版社，1998，第514页。

❷ 同上，第516页。

语言的，而小说的出现和发展则是以社会性的杂语现象作为前提和基础的。在统一的民族语言内部实际上是分成各种社会语言、职业行话、各种文体的语言、各种年龄的语言、各种政治语言。这种语言的内在分野就是小说体裁存在的条件。其中每个小说统一体都有多种社会声音以及多种声音之间的联系。具体来说，小说是通过以下几种方法把社会杂语艺术地组织到作品中，并用以折射作者的创作意图的：

一是语言的混合。这是两种社会性语言在一个表述范围内的结合，这种语言的混合，在表面上看来是两种语言的混合，而其背后则是两个意识、两个声音、两个语调，甚至是对世界的不同观点。这种语言混合，自然产生语言内在的对话性。

二是引用叙述人的语言和主人公的语言。引用叙述人（或假定作者）的语言也是引进和组织杂语来折射作者的创作意图的主要形式。叙述人的视角有积极的作用，它能使描写对象呈现出新的侧面，作者既不在叙述人的语言中，也不在通常的标准语中，它在自己作品的每一个因素中都充分利用不同语言的这种相互呼应和相互对话，展示自己的意图。小说具有一定独立性的主人公的话语是用人物语言讲出的他人话语，这也可以折射出作者的意图，在一定程度上可作为作者的第二语言。

三是插进不同的体裁。巴赫金指出：“长篇小说允许插进来各种不同的体裁，无论是文学体裁(插入的故事、抒情剧、长诗、短戏等)，还是非文学体裁(日常生活体裁、演说、科学体裁、宗教体裁等等)。从原则上说，任何一种体裁都能镶嵌到小说的结构中去；从实际看，很难找到一种体裁是没被任何人在任何时候插到小说中去的。”[1] 这些插进小说的体裁都给小说带来自己的语言，因此就分解了小说的语言统一。

巴赫金认为不管用什么形式引进杂语，都会形成一种双声语，一种内在的对话性。在小说内部包含着潜在的对话，究其本质是两种语言、两种声音和两种世界观的对话。他指出：“如果说诗歌理论的中心课题是诗歌形象的问题，那么小说理论的中心课题便是多种类型的内在对话化的双声语问题。”[2]

上面比较具体地分析了小说体裁所具有的特征以及

---

[1] [俄]巴赫金（M. M. Бахтин）《巴赫金全集》(第三卷)，白春仁、晓河译，石家庄：河北教育出版社，1998，第106页。

[2] 同上，第116页。

它们之间的内在联系，那么，小说体裁的特征又是如何形成的呢？巴赫金认为它同民间文化、民间狂欢化文化、民间诙谐文化有密切的联系。他认为，“狂欢化有构筑体裁的作用。亦即不仅决定着作品的内容，还决定着作品的体裁基础”❶，它具有构成新文体的力量。巴赫金认为，小说作为一种体裁的某些因素“早已开始酝酿”❷。他说：“小说恰恰是形成于这样的过程之中：史诗中的那种间距被打破了，世界和人获得了戏谑化和亲昵化，艺术描写的对象降低到现代生活的未完结的日常现实。”❸

民间狂欢文化如何具体影响小说体裁的形成，巴赫金谈到了以下三个方面。

1. 亲昵和笑谑。在民间狂欢中有亲昵、插科打诨、俯就、粗鄙等狂欢式的范畴。亲昵化对小说的影响有三个方面，一是缩短了史诗和悲剧中存在的距离感，使内容转入亲昵气氛之中；二是决定了作者对主人公态度的

---

❶ [俄]巴赫金（M. M. Бахтин）《陀思妥耶夫斯基诗学问题》，白春仁、顾亚铃译，北京：生活·读书·新知三联书店，1988，第186页。

❷ [俄]巴赫金（M. M. Бахтин）《巴赫金全集》（第三卷），白春仁、晓河译，石家庄：河北教育出版社，1998，第543页。

❸ 同上，第543—544页。

亲昵感，这在崇高体裁中是不可能的；三是民间亲昵不拘的语言对小说语言的形成也有重要的作用：上面所谈到的小说体裁的杂语性恰恰是同民间狂欢化文化所具有的亲昵性相联系的。在欧洲文学史中，“狂欢化也一直帮助人们摧毁不同体裁之间、各种封闭思想体系之间、多种不同风格之间存在的一切壁垒。狂欢化消除了任何封闭性，消除了互相间的轻蔑，把遥远的东西拉近，使分离的东西聚合。这就是狂欢化在文学史上的巨大功用之所在”[1]。

同亲昵相联系的是笑谑，巴赫金认为民间笑谑是小说的民间文化源泉，民间笑谑对小说语言的产生有重大意义。正是民间笑谑作品直接产生了作为小说的前身的古希腊罗马的庄谐体文学，形成小说发展的第一个阶段。他认为：“笑谑具有把对象拉近的非凡力量，它把对象拉进粗鲁的交往领域中……笑谑能消除对事物、对世界的恐惧和尊崇。变事物为亲昵交往的对象，这样就为绝对自由地研究它作好了准备。没有无所畏惧的前提，就不

[1] [俄] 巴赫金（M. M. Бахтин）《陀思妥耶夫斯基诗学问题》，白春仁、顾亚铃译，北京：生活·读书·新知三联书店，1988，第 190 页。

可能有现实主义的认识世界，而笑谑便是创造这一前提的一个极其重要的因素。”❶

2. 讽刺性摹拟。在狂欢式中，讽刺性摹拟应用极广，不同的形象以不同的方式。从不同的角度，相互摹拟讽刺，很像哈哈镜把人或拉长，或缩短，或扭曲，巴赫金认为史诗和悲剧这种单一的体裁同讽刺摹拟格格不入，而小说这类狂欢化体裁则“本能地蕴含着讽刺性摹拟”，在古希腊罗马文学中，“实际上对一切都进行讽刺性摹拟”，“它是一切狂欢化了的体裁的不可分割的部分”❷。讽刺性摹拟对小说体裁的影响有两个方面：

一是造成小说语言双声化。在讽拟体的小说语言中，不可能出现不同声音融为一体的现象，而是各种声音各自独立，作者要赋予他人语言一种意向，同那人原来意向相反：这样一来，小说语言就出现了双声现象，出现了内在双语的现象。这种现象对小说体裁来说意义重大。巴赫金说：“在一部作品中能够并行不悖地使用各种不同

❶ [俄]巴赫金（M. M. Бахтин）《巴赫金全集》（第三卷），白春仁、晓河译，石家庄：河北教育出版社，1998，第526页。

❷ [俄]巴赫金（M. M. Бахтин）《陀思妥耶夫斯基诗学问题》，白春仁、顾亚铃译，北京：生活·读书·新知三联书店，1988，第181页。

类型的语言，各自都得到鲜明的表现而绝不划一，这一点是小说散文最重要的特征之一：小说体与诗体的一个深刻区别就在这里。”❶

二是造成小说体裁本身的不断发展，巴赫金说，“对直接体裁的和风格的讽刺性模拟，在小说中占有重要的地位”。在小说的发展阶段，充满对所有崇高体裁的讽刺摹拟，而这种讽拟体正是“小说的先兆、同伴，也是一种特别的草图”❷。在小说发展史上始终贯穿着对力求模式化的小说施以模拟和滑稽化，例如讽拟骑士小说，讽拟巴洛克小说，讽拟牧人小说，讽拟感伤小说等等。也正是在讽刺模拟的土壤里产生了一批批狂欢化程度很高的伟大小说。

3．小丑、傻瓜和骗子的形象。在民间狂欢节上，小丑、傻瓜和骗子的形象是常见的，这些形象从狂欢广场走近小说，对小说体裁的形成有重要的意义。巴赫金从这些形象的特殊功能出发，认为关键是要研究他们在小

❶ [俄]巴赫金（M. M. Бахтин）《陀思妥耶夫斯基诗学问题》，白春仁、顾亚铃译，北京：生活·读书·新知三联书店，1988，第274页。

❷ [俄]巴赫金（M. M. Бахтин）《巴赫金全集》（第三卷），白春仁、晓河译，石家庄：河北教育出版社，1998，第508页。

说中的特殊功能。他说："是骗子、小丑、傻瓜开始了欧洲现代小说的摇篮时期，并且把自己的小帽和玩物丢在了摇篮的襁褓里。"[1]在狂欢广场上，这些人物既是现实的又是理想的，他们处在生活和艺术的临界线上。他们进入小说后又在自己的周围形成特殊的世界。这些人物形象有三个鲜明的特点：第一，这些人物带给文学的是同广场戏台、广场游艺假面的重要联系；第二，这些人物的存在，本身便具有转义而不是直义；第三，他们的存在是另外某种存在的反映，并不是直接的反映。小丑、傻瓜和骗子是一种面具，是世界中的外人，他们是以一种特殊的眼光来看世界。任何人生处境都不能令他们满意，他们看出每一处境的反面和虚伪。

那么，这些人物形象进入小说之后，对小说的形成和发展具有什么特殊的功能呢？

首先是影响到小说作者的视角。小说作者对所写的生活的立场远比史诗、戏剧和抒情诗的作者复杂，"因为需要有一个某种重要的非杜撰的面具，它既决定作者

---

[1] [俄]巴赫金（M. M. Бахтин）《巴赫金全集》（第三卷），白春仁、晓河译，石家庄：河北教育出版社，1998，第197页。

对所写的立场（即他作为个人是怎样、从哪里观察并揭示全部这种个人生活的），又决定作者对读者对公众的立场（即他以什么人的名义站出来‘揭露’生活，如作为法官、检察官、‘书记官’、政治家、传教士、小丑等等）”[1]。恰恰是在这里，小丑和傻瓜的面具帮了小说作者的忙，他们既有深厚的民间根基，不是杜撰的，同时又是作为世界的外人，能够从独特的角度来揭示世界。

其次是影响到小说人物形象的塑造。巴赫金指出："有些稳定不变的民间脸谱角色，曾在小说发展的所有重要阶段上（古希腊罗马的庄谐体裁、拉伯雷、塞万提斯），给小说人物形象的形成以巨大的影响。"[2]他又说："史诗人物的那种完整性，到了小说产生分裂，……如人的内心和外表之间出现严重分歧。其结果，人的主观性成了体验和描绘的对象（起初是以戏谑、亲昵的态度描绘的）。这样，描写的方面便产生了特殊的差别：一方面是写自身感到的人，另一方面是写他人眼中的人。史诗（以至悲剧）人物的完整性在小说中就这样解体了，与此

❶ [俄]巴赫金（M. M. Бахтин）《巴赫金全集》（第三卷），白春仁、晓河译，石家庄：河北教育出版社，1998，第356页。

❷ 同上，第540页。

同时又在人类发展的更高阶段上开始酝酿人的一种新的复杂的整体性。”[1]

[1] [俄]巴赫金（M. M. Бахтин）《巴赫金全集》（第三卷），白春仁、晓河译，石家庄：河北教育出版社，1998，第 542 页。

参考书目

乐黛云等《比较文学原理新编》，北京：北京大学出版社，1998。

陈惇、刘象愚《比较文学概论》（修订版），北京：北京师范大学出版社，2000。

曹顺庆等《中外文学跨文化比较》，北京：北京师范大学出版社，2000。

《比较文学概论》编写组编《比较文学概论》，北京：高等教育出版社，2015。

北京师范大学中文系比较文学研究组选编《比较文学研究资料》，北京：北京师范大学出版社，1986。

[美]乌尔利希·韦斯坦因（Ulrich Weisstein）《比较文学与文学理论》，刘象愚译，沈阳：辽宁人民出版社，1987。

钱锺书《管锥编》，北京：中华书局，1979。

[美] 刘若愚（James J. Y. Liu）《中国文学理论》，台北：联经出版事业公司，1981。
叶维廉《比较诗学》，台北：东大图书股份有限公司，1983。
曹顺庆《中西比较诗学》，北京：北京出版社，1988。
黄药眠、童庆炳主编《中西比较诗学体系》，北京：人民文学出版社，1991。
饶芃子等《中西比较文艺学》，北京：中国社会科学出版社，1999。
[美] 厄尔 · 迈纳（Earl Miner）《比较诗学》，王宇根、宋伟杰等译，北京：中央编译出版社，1998。
陈跃红《比较诗学导论》，北京：北京大学出版社，2005。
[俄] 尼古拉耶夫（П. А. Николаев）等《俄国文艺学史》，刘保端译，北京：生活 · 读书 · 新知三联书店，1987。
[俄] 奥夫相尼科夫（М. Ф. Овсянников）《俄罗斯美学思想史》，北京：中国人民大学出版社，1990。
[俄] 卡冈（М. С. Каган）《马克思主义美学史》，汤侠生译，北京：北京大学出版社，1987。
[俄] 尼古拉耶夫（П. А. Николаев）《马克思列宁主义文艺学》，李辉凡译，合肥：安徽文艺出版社，1986。
刘宁、程正民《俄苏文学批评史》，北京：北京师范大学出版

社，1992。

彭克巽主编《苏联文艺学学派》，北京：北京大学出版社，1999。

张杰、汪介之《20 世纪俄罗斯文学批评史》，南京：译林出版社，2000。

程正民、邱运华、王志耕、张冰《20 世纪俄国马克思主义文艺理论研究》，北京：北京大学出版社，2012。

[法] 托多罗夫（Tzvetan Todorov）编选《俄苏形式主义文论选》，蔡鸿滨译，北京：中国社会科学出版社，1989。

[美] 厄利希（Victor Erlich）《俄国形式主义：历史与学说》，张冰译，北京：商务印书馆，2017。

张冰《俄罗斯形式主义诗学》，北京：中国社会科学出版社，2019。

[俄] 普罗普（В. Я. Пропп）《故事形态学》，贾放译，北京：中华书局，2006。

[俄] 普罗普（В. Я. Пропп）《神奇故事的历史根源》，贾放译，北京：中华书局，2006。

贾放《普罗普的故事诗学》，北京：中国社会科学出版社，2019。

[俄] 维戈茨基（Л. С. Выготский）《艺术心理学》，周新译，

上海：上海文艺出版社，1985。

[俄] 维谢洛夫斯基（A. H. Веселовский）《历史诗学》，刘宁译，天津：百花文艺出版社，2003。

马晓辉《俄罗斯历史诗学》，北京：中国社会科学出版社，2019。

[美] 雅各布森（Roman Osipovich Jakobson）《雅各布森文集》，钱军编辑，钱军、王力译注，长沙：湖南教育出版社，2001。

[俄] 洛特曼（Ю. М. Лотман）《艺术文本的结构》，王坤译，广州：中山大学出版社，2003。

赵晓彬等《雅可布逊的诗学研究》，北京：人民文学出版社，2014。

张冰《洛特曼的结构诗学》，北京：中国社会科学出版社，2019。

[俄] 巴赫金（М. М. Бахтин）《巴赫金全集》（6 卷本），钱中文主编，石家庄：河北教育出版社，1998。

程正民《巴赫金的文化诗学》，北京：北京师范大学出版社，2001。

程正民《跨文化研究与巴赫金诗学》，北京：中国大百科全书出版社，2016。

程正民《巴赫金的诗学》，北京：中国社会科学出版社，2019。

[俄]梅列日科夫斯基（Д. С. Мережковский）《托尔斯泰与陀思妥耶夫斯基》（卷一：生平与创作、卷二：宗教思想），杨德友译，北京：华夏出版社，2009。

[俄]别尔嘉耶夫（Н. А. Бердяев）《陀思妥耶夫斯基的世界观》，耿海英译，桂林：广西师范大学出版社，2008。

[俄]舍斯托夫（Л. И. Шестов）《在约伯的天平上：灵魂中漫游》，董友等译，北京：生活·读书·新知三联书店，1989。

后　记

我的本行是文艺学，重点是俄罗斯文艺学，对于比较文学也好、跨文化研究也好，我完全是门外汉。2002年，在研究巴赫金的文化诗学时，写了一篇经钟敬文先生审阅的《文化诗学：钟敬文和巴赫金的对话》（《文学评论》2002年第2期），无意中走进跨文化诗学研究。2015年之后，北京师范大学成立跨文化研究院，董晓萍教授盛情邀我加盟，我这才懵懵懂懂地进入跨文化研究与跨文化诗学研究领域。之后的五年，连续应邀在研究院主办的“跨文化学研究生国际课程班”讲了五次课，2015年第一次讲的就是《跨文化研究和巴赫金对话思想》。从此，我开始比较有意识地运用跨文化的理论从宏观和微观的角度研究俄罗斯诗学，这就是本书的个案研究（一）和个案研究（二）。应当说，跨文化研究的思路为我的俄罗斯诗学研究开拓了新的方向，带来了活力。近年来，我开始不满足于个案研究，试图在个案研究的基础上，对跨文化研究作一些理论阐释。我认为只有从根本上搞清楚什么是对话，认识到对话不仅是一种文体，而是一种世界观和思维方式，才能对跨文化研究与跨文化诗学研究有更深入的了解。这就是本书理论研究的思路。理论研究，特别是对话论的系统、深入研究，难度很大，我的研究只能是一种尝试，一种起步。

我的跨文化研究、跨文化诗学研究，仅有五六年的工龄，比起在这方面从事了几十年研究的专家，还是一个小学生。本书无论在理论研究还是在个案研究方面，都存在不少问题，真诚希望得到业内专家和读者的指正。

本书的出版得到北京师范大学跨文化研究院和董晓萍教授的大力支持，吕红峰同志承担了书稿手写稿的电脑录入工作，费了很大心力，在此向他们表示衷心感谢。

程正民

2020 年 12 月

附录

“跨文化研究”丛书书目[1]

1 乐黛云《跨文化方法论初探》，中国大百科全书出版社，2016。

2 [法]汪德迈（Léon Vandermeersch）《中国文化思想研究》，中国大百科全书出版社，2016。

3 [法]金丝燕、[法]法宝（Dhammaratana Tampalawela）《佛经汉译之路：〈长阿含·大本经〉对勘研究》，北京大学出版社，2016。

4 [法]金丝燕《文化转场：中国与他者》，中国大百科全书出版社，2016。

5 程正民《跨文化研究与巴赫金诗学》，中国大百科全书出版社，2016。

6 董晓萍《跨文化民间文艺学》，中国大百科全书出版社，2016。

---

[1] “跨文化研究”丛书是教育部人文社会科学重点研究基地重大项目“跨文化视野下的汉语、汉字与民俗文化研究”的综合性研究成果，[法]金丝燕、董晓萍主编，国内出版社加盟出版的有：中国大百科全书出版社、北京大学出版社、商务印书馆、中国人民大学出版社、中国社会科学出版社、北京师范大学出版社、文化艺术出版社和上海大学出版社。法国出版社同步出版的有：Paris:Éditions You Feng Libraire & Éditeur 与 Paris：Nuvis，乐黛云、[法]金丝燕、董晓萍主编。

7 [法]劳格文(John Lagerwey)华南民俗志》，中国大百科全书出版社，2016。

8 王邦维《跨文化的想象：文献、神话与历史》，中国大百科全书出版社，2017。

9 王一川《跨文化艺术美学》，中国大百科全书出版社，2017。

10 董晓萍《跨文化民俗学》，中国大百科全书出版社，2017。

11 董晓萍《跨文化民俗志》，中国大百科全书出版社，2017。

12 董晓萍《钟敬文与中国民俗学派》，中国社会科学出版社，2017。

13 [爱沙尼亚]于鲁·瓦尔克(Ülo Valk)《信仰·体裁·社会》，董晓萍译，中国大百科全书出版社，2017。

14 [法]劳格文(John Lagerwey)、谭伟伦主编《(一)闽西客家社会——长汀》，中国人民大学出版社，2017。

15 [法]劳格文(John Lagerwey)、谭伟伦主编《(二)闽西客家社会——宁化》，中国人民大学出版社，2017。

16 [法]劳格文(John Lagerwey)、谭伟伦主编《(三)与非客的社会》，中国人民大学出版社，2017。

17 [法]劳格文(John Lagerwey)、谭伟伦主编《(四)粤东粤北社会》，中国人民大学出版社，2017。

18 [法]汪德迈(Léon Vandermeersch)《中国思想的两种理性：占卜与表意》，[法]金丝燕译，北京大学出版社，2017。

19 王宁《汉字六论》，中国大

百科全书出版社，2017。
20 [法]汪德迈（Léon Vandermeersch）、金丝燕编著《古文言读本》（法文版），Paris：Éditions You Feng Libraire & Éditeur，2017。
21 [法]金丝燕等译《药师琉璃光七佛本愿功德经》（法文版），Paris：Éditions You Feng Libraire & Éditeur，2017。
22 董晓萍《中国经典故事》（法文版），Paris：Nuvis，2017。
23 [德]艾伯华（Wolfram Eberhard）《中国民间故事类型》（修订版），王燕生、周祖生译，刘魁立审校，董晓萍校注，商务印书馆，2017，2018。
24 [法]汪德迈（Léon Vandermeersch）《跨文化中国学》，中国大百科全书出版社，2018。
25 乐黛云、陈越光主编《全球视野下的中国文化本位》，中国人民大学出版社，2018。
26 乐黛云、陈越光主编《全球治理、国家治理和社会治理》，中国人民大学出版社，2018。
27 [法]金丝燕主编《中国当代艺术》（法文版），Paris Nuvis，2018。
28 [法]白乐桑（Jöel Belensan）《跨文化汉语教育学》，中国大百科全书出版社，2018。
29 [英]白馥兰（Francesca Bray）《跨文化中国农学》，董晓萍译，中国大百科全书出版社，2018。
30 董晓萍《跨文化民俗体裁学》，中国大百科全书出版社，2018。

31 王宁《跨文化汉字学》，Paris：Éditions You Feng Libraire & Éditeur，2018。
32 程正民《巴赫金诗学》，Paris：Éditions You Feng Libraire & Éditeur，2018。
33 程正民《巴赫金的诗学》，程正民主编，中国社会科学出版社，2019。
34 王志耕《俄罗斯社会学诗学》，程正民主编，中国社会科学出版社，2019。
35 张冰《俄罗斯形式主义诗学》，程正民主编，中国社会科学出版社，2019。
36 贾放《普罗普的故事诗学》，程正民主编，中国社会科学出版社，2019。
37 马晓辉《俄罗斯历史诗学》，程正民主编，中国社会科学出版社，2019。
38 张冰《洛特曼的结构诗学》，程正民主编，中国社会科学出版社，2019。
39 钟敬文《钟敬文全集》第1册，董晓萍编《总目》，高等教育出版社，2018。
40 钟敬文《钟敬文全集》第2册，连树声编《中国民俗学派》，高等教育出版社，2018。
41 钟敬文《钟敬文全集》第3册，钟敬文主编、许钰、董晓萍副主编《民俗学概论》，高等教育出版社，2018。
42 钟敬文《钟敬文全集》第4册，董晓萍编《歌谣学/故事学》，高等教育出版社，2018。
43 钟敬文《钟敬文全集》第5册，董晓萍编《神话传说学/谚语与谜语/民族民间文学》，高等教育出版社，2018。
44 钟敬文《钟敬文全集》第

6 册，董晓萍、刘铁梁编《民间文艺新论集 / 民间诗歌与文人诗 / 歌谣史与诗歌史》，高等教育出版社，2018。

45 钟敬文《钟敬文全集》第 7 册，董晓萍编《民间文学（香港版）/ 人民口头创作》，高等教育出版社，2018。

46 钟敬文《钟敬文全集》第 8 册，钟敬文主编《民间文学概论》，高等教育出版社，2018。

47 钟敬文《钟敬文全集》第 9 册，陈子艾编《民俗文化学与文化史》，高等教育出版社，2018。

48 钟敬文《钟敬文全集》第 10 册，董晓萍整理《民俗文化学个案研究：女娲考 /〈水浒传〉专书研究》，高等教育出版社，2018。

49 钟敬文《钟敬文全集》第 11 册，王宁整理《民间文化传承学卷（第一册）/ 国学与外来学说》，高等教育出版社，2018。

50 钟敬文《钟敬文全集》第 12 册，王宁整理《民间文化传承学卷（第二册）/ 民间宗教与民间口头传承研究》，高等教育出版社，2018。

51 钟敬文《钟敬文全集》第 13 册，萧放编《历史民俗学》，高等教育出版社，2018。

52 钟敬文《钟敬文全集》第 14 册，杨利慧编《民间艺术学》，高等教育出版社，2018。

53 钟敬文《钟敬文全集》第 15 册，万建中编《民俗教育学》，高等教育出版社，2018。

54 钟敬文《钟敬文全集》第16册，程正民编《文艺学》，高等教育出版社，2018。

55 钟敬文《钟敬文全集》第17册，张恩和编《鲁迅研究文存（第一册）/关于鲁迅的论考与回想》，高等教育出版社，2018。

56 钟敬文《钟敬文全集》第18册，张恩和编《鲁迅研究文存（第二册）/鲁迅研究札记与译著》，高等教育出版社，2018。

57 钟敬文《钟敬文全集》第19册，何乃英编《国际交流卷》，高等教育出版社，2018。

58 钟敬文《钟敬文全集》第20册，童庆炳编《散文卷（第一册）/五四以来散文创作与抗战报告文学》，高等教育出版社，2018。

59 钟敬文《钟敬文全集》第21册，童庆炳编《散文卷（第二册）/现代散文与创作论》，高等教育出版社，2018。

60 钟敬文《钟敬文全集》第22册，董晓萍、康丽编《诗歌概论/诗歌通论/诗词格律要略》，高等教育出版社，2018。

61 钟敬文《钟敬文全集》第23册，胡友鸣编《考证〈白香词谱〉》，高等教育出版社，2018。

62 钟敬文《钟敬文全集》第24册，赵仁珪编《诗词总集》，高等教育出版社，2018。

63 钟敬文《钟敬文全集》第25册，赵仁珪、钟宜编《诗词补集》，高等教育出版社，2018。

64 钟敬文《钟敬文全集》第

26 册，宫苏艺编《报刊文章》，高等教育出版社，2018。
65 钟敬文《钟敬文全集》第 27 册，秦永龙、董晓萍编《学术书信卷》，高等教育出版社，2018。
66 钟敬文《钟敬文全集》第 28 册，史玲玲、朱霞、赖彦斌、赵娜编《钟敬文与北师大民俗学史（1949–2013 年）》，高等教育出版社，2018。
67 钟敬文《钟敬文全集》第 29 册，董晓萍、赖彦斌、赵娜编《钟敬文录像图文卷》，高等教育出版社，2018。
68 钟敬文《钟敬文全集》第 30 册，钟少华、钟宜、曹文瀚编《图片手迹》，高等教育出版社，2018。
69 董晓萍《文献与口头》，上海大学出版社，2019。
70 [法]金丝燕《文化转场：法国早期汉学视野研究》，中国大百科全书出版社，2019。
71 董晓萍《跨文化技术民俗学》，中国大百科全书出版社，2019。
72 董晓萍《跨文化民间叙事学》，中国大百科全书出版社，2019。
73 王一川《中国艺术心灵》，中国大百科全书出版社，2019。
74 李国英《〈说文解字〉研究四题》，中国大百科全书出版社，2019。
75 韩琦《康熙皇帝·耶稣会士·科学传播》，中国大百科全书出版社，2019。
76 [法]罗栖霞（Julie Lechemin）《法国国家图书馆：汉学图书的跨文化典藏》，中国大百科全书出版社，2019。

77 刘宁《跨文化俄苏文学访谈录》，李正荣整理，中国大百科全书出版社，2019。

78 [爱沙尼亚]于鲁·瓦尔克（Ülo Valk）《信仰故事学》，董晓萍译，中国大百科全书出版社，2019。

79 董晓萍《国家·历史·民俗》，中国大百科全书出版社，2019。

80 [法]汪德迈（Léon Vandermeersch）《中国教给我们什么》，[法]金丝燕译，中文繁体版，香港中文大学出版社，2019。

81 陈越光《谦卑》，中国大百科全书出版社，2019。

82 [法]冉刻（Léon Vandermeersch）《谦卑》，金丝燕译，中国大百科全书出版社，2019。

83 [法]金丝燕《读》，中国大百科全书出版社，2019。

84 [法]约翰－弗朗索瓦·塞纳（Jean-François Sené）《读》，赵宗红译，中国大百科全书出版社，2019。

85 [法] Danielle Marcoin trans. Folk Sayings on Cigarette Boxes《烟盒上的谚语》，法文版，Paris : Editions Nuvis，2019。

86 [法]汪德迈（Léon Vandermeersch）《中国教给我们什么》，[法]金丝燕译，中文简体版，中国大百科全书出版社，2020。

87 [法]汪德迈（Léon Vandermeersch）《中国思想的两种理性》，[法]金丝燕译，中文简体版，中国大百科全书出版社，2020。

88 [法]汪德迈（Léon Vandermeersch）《跨文化中国学》（上），中国大百科全书出版社，2020。
89 [法]汪德迈（Léon Vandermeersch）《跨文化中国学》（下），中国大百科全书出版社，2020。
90 [法]汪德迈（Léon Vandermeersch）《新汉文化圈》，陈彦译，中国大百科全书出版社，2022。
91 陈越光、董晓萍、金丝燕编《跨文化的星辰——汪德迈》，中国大百科全书出版社，2022。
92 [法]汪德迈（Léon Vandermeersch）《中国文学的独特起源》，金丝燕译，中国大百科全书出版社，即出。
93 [法]汪德迈（Léon Vandermeersch）《中国礼制社会》（上），中国大百科全书出版社，即出。
94 [法]汪德迈（Léon Vandermeersch）《中国礼制社会》（中），中国大百科全书出版社，即出。
95 [法]汪德迈（Léon Vandermeersch）《中国礼制社会》（下），中国大百科全书出版社，即出。
96 [法]汪德迈（Léon Vandermeersch）金丝燕《古文言读本》（第一册），中文版，Paris：Éditions You Feng Libraire & Éditeur，2020。
97 [法]金丝燕、路士栋、[法]法宝（Dhammaratana Tampalawela）译，《长阿含·阇尼沙经》，中法双语，Paris：Éditions You Feng Libraire & Éditeur，2020。
98 [法]金丝燕、[法]法宝（Dhammaratana Tampalawela）《佛经汉译之路：

〈长阿含·阇尼沙经〉对勘研究—中古汉土的期待视野》，中文版，Paris：Éditions You Feng Libraire & Éditeur，2020。

99 [俄]契切罗夫《俄罗斯人民口头创作》，连树声译，中文版，Paris：Éditions You Feng Libraire & Éditeur，2020。

100 [法]金丝燕等译（JIN Siyan，Robert Lechemin，Tmpalawela Dhammaratana）《典尊经》Soutra du Grand Exemplaire Vénérable，Traduit et annoté par，中法双语版，Paris：Éditions You Feng Libraire & Éditeur，2020。

101 [法]金丝燕、董晓萍主编 Transfert culture：Textes，arts，langues et cultures，sous la direction de Jin Siyan et Dong Xiaoping（《文化转场：文本、艺术、语言与文化—联合国教科文国际会议论文集》），英文版，Paris：Éditions You Feng Libraire & Éditeur，2020。

102 董晓萍《田野民俗志》（第三版），北京师范大学出版社，2020。

103 乐黛云、陈越光主编《跨文化学研究的理论与方法》，中国人民大学出版社，2021。

104 [法]金丝燕《诗学的悖论》，中国大百科全书出版社，2022。

105 董晓萍《跨文化学的文化批评》，中国大百科全书出版社，2022。

106 王一川《跨文化学的要素》，中国大百科全书出版社，2022。

107 [法]皮埃尔–西尔万·佛辽若(Pierre-Sylvain Filliozat)《法国的印度学》，赵悠译，中国大百科全书出版社，2022。
108 [英]白馥兰(Fransesca Bray)《技术作为一种文化—跨文化研究的一种尝试》，董晓萍译，中国大百科全书出版社，2022。
109 程正民《跨文化诗学——以俄罗斯诗学为例》，中国大百科全书出版社，2022。
110 [比]巴得胜(Bart Dessein)《跨文化学的研究范式》，董晓萍译，中国大百科全书出版社，2022。
111 [法]米歇尔·冉刻(Michel Zink)《游吟诗人》，[法]王以培译，中国大百科全书出版社，2022。
112 [美]傅罗格(Frog)《跨文化的芬兰学派》，董晓萍译，中国大百科全书出版社，2022。
113 [法]米歇尔·西班牙(Michel Espagne)《跨文化的文化转场》，董晓萍译，中国大百科全书出版社，2022。
114 [日]内田庆市《文化交涉学十六讲》，中国大百科全书出版社，2023。
115 [法]冉刻(Michel Zink)《中世纪文学研究》，[法]金丝燕译，中国大百科全书出版社，2022。
116 董晓萍等《非常跨文化对谈录》，中国社会科学出版社，2022。